Valentin Szebinski

Die Liebe ist ein Schattenspiel: Ich gehöre meinem Bauch

oder

Die Krise als Chance

Ein Roman

TWENTYSIX
Eine Marke der Books on Demand GmbH
© 2021 Szebinski, Valentin
Herstellung und Verlag: BoD – Books on Demand, Norderstedt
ISBN: 9783740782689

	Was für eine Story	5
1	Der Freitag, an dem sich alles änderte	6
2	Geh ich mit dem Hund raus oder vor die Hunde?	13
3	Warten in der Kneipe am Freitagabend	15
4	Freunde in der Not	22
5	Lonesome cowboy	24
6	Mein Werbetext	29
7	Am Briefkasten	31
8	Verrauchte Weltpolitik	33
9	Blumen im Hirn	40
10	Janine und der Verkehr	47
11	Mäxchen und drei Frauen	54
12	Kino und Feindesland	63
13	Frauen tanzen durch den Kopf	65
14	Cherchez la femme	75
15	Ramona an der Schnur	79
16	Eine Überdosis an Strahlung	80
17	Petra	87
18	Mit Petra bei Alfred	90
19	Kleinbürgerrouladen und Computertrash	95
20	Ein Brief für Sherlock Holmes	102
21	Im Bistro mit Schwarzwälder Kirsch	106
22	Kontakt zur Zahnärztin	113
23	Warten am Telefon	117
24	Arnold in der Kneipe	122
25	Corinna und Janine	125
26	Rendezvous	130
27	Umzug	133
28	Gast bei Greinichs	137
29	Kontakt zu Bianca	140
30	Das Wunder: Petra	141
31	Bianca reala	147
32	Jetzt sehe ich klar!	152
33	Happyend	155
34	Träumerisches Nachspiel	156

Und jetzt sitz ich da...
Die Krise als Chance?
Dass ich nicht lache...
Ein Entwicklungs- und Beziehungsroman
Ein verwickelter Erzieherroman
Wovon Männer träumen
Wovon Mann träumt...
Das Phantom in meinem Herzen
Phantombild der Liebe
zwischen Fronten und Frauen

Was für eine Story

Wenn's einem andern passiert, ist es interessant. Wenn's dir selbst passiert, ist es einfach nur Shit! Also, wenn du willst, erzähl ich dir meine Geschichte. Ja, hier an der Theke. Hier bei einem Bier. Meinetwegen bei zwei. Soll ich beim Ende anfangen? Ist das interessanter als der Anfang? Warum hören die Filme meistens vor dem Happy End auf? Weil's dann langweilig wird. Uns Zuschauer interessieren eh nur die Probleme. Die privaten Probleme sind die besten. Ich weiß, du liest keine Yellow Press. Aber die Stories interessieren dich doch – vielleicht klickst du bei deinem E-Mail-Provider zu den Beziehungskrisen der Promis. Die Geschichten bleiben sich gleich. Das wusste schon Heinrich Heine:

Ein Jüngling liebt ein Mädchen,
Die hat einen andern erwählt;
Der andre liebt eine andre,
Und hat sich mit dieser vermählt.

Das Mädchen heiratet aus Ärger
Den ersten besten Mann,
Der ihr in den Weg gelaufen;
Der Jüngling ist übel dran.

Es ist eine alte Geschichte,
Doch bleibt sie immer neu;
Und wem sie just passieret,
Dem bricht das Herz entzwei.

„Es ist eine alte Geschichte, aber wem sie passiert, dem bricht es das Herz", meinte Heine. Er kannte sich aus.

Heine schrieb dies 1822, meine Geschichte spielt kurz vor dem Millenium. Aus Sicht von digital Natives war das pures Mittelalter. Das merkt man, wenn diverse Möglichkeiten, die inzwischen selbstverständlich sind, nicht mal am Rand auftauchen. Man denke nur an Handy oder Parship. Aber die Geschichten zwischen Menschen sind sich gleich geblieben, die Schmerzen der Herzen…

Also, bei mir lief das so...

1 Der Freitag, an dem sich alles änderte

(1. Freitag kurz nach Mitternacht)

Das war der Tag, der alles in meinem Leben änderte,
Das war der beknackteste Tag meines Lebens.

Jahrelang hatte ich auf ihn gewartet, heimlich von ihm geträumt. Und nun war er beknackt.

Es regnete überhaupt nicht. Alle auf der Straße machten fröhliche Gesichter, alle hatten etwas Tolles vor. Nur ich nicht! Nur ich war das allerletzte, ausgestoßene Wesen auf diesem verdammten Planeten...

Petra war gegangen, einfach so. Nein, gar nicht einfach so. Wütend knallte sie die Tür so laut hinter sich zu, dass es das Echo Ihres expressiven "Du...!!!" fast völlig übertönte - der Sound entsprach der Wasserspülung und damit dem eigentlichen Inhalt ihrer nonverbalen Botschaft. Aber im Grunde genommen, was soll's? Was lief denn überhaupt zwischen uns beiden? Seit Jahren bewegte sich nichts mehr. Soll ich seit dem ersten Januar sagen: Seit Jahrhunderten. Oder gar seit Jahrtausenden? Stillstand kurz vor dem Millennium?

Im Grunde lag der Fehler darin, dass ich nach der ersten Nacht nicht einfach wieder heimgegangen war. In der Tiefe meiner Seele war sie eine Fremde gewesen, selbst als wir uns noch gar nicht kannten. Anfangs lief wenigstens emotional noch etwas, in der letzten Zeit lief praktisch nichts mehr. Und jetzt lief sie weg!

Unsre impertinente Standuhr schlug gerade drei, als ich Petra unten aus dem Haus gehen sah. Mit hocherhobenem Kopf mischte sie sich unter die unbeteiligten Passanten, die ziellos durch die Gegend irrten wie Statisten einer Jahrmarktsszene, schlendernd mit leblos lächelnden Mienen oder seliger Erfüllung, die lange vermisste Sonne genießend, hirnlos wie eine Schlange im Sonnenbad. In mir explodierte die Dunkelheit. Mit verschränkten Armen und unhörbarem männlich hartem Lachen schaute ich vom Fenster hinunter: Jetzt werde ich triumphieren! Jetzt, wenn sie sich zerknirscht umdreht und zurückkommt!

Nichts drehte sich außer den Zeigern der Uhr. Neunmal drehte sich der Minutenzeiger um sein Zentrum und passierte die Zwölf. Inzwischen holte ihn der Stundenzeiger ein. Der Wandkalender zeigte unbarmherzig den 29. Februar 2000. Wir waren schon im neuen Jahrtausend angekommen, wir hatten schon einen ganz besonderen Termin erreicht und da versenkt mich Petra ins tiefste emotionale Mittelalter. Ach, ich hatte ja wiedermal die Blätter nicht abgerissen. Es war nicht mehr der Ruby Tuesday, es war schon Black Friday. Wir hatten schon März....

Das leere und stille Zimmer begann mich zu nerven. Egal, ob ich mich ganz ruhig hinsetzte oder würdevoll den Raum durchschritt, diese Warterei hielt ich bald nicht mehr aus! Immer wieder horchte ich unruhig in Richtung auf die Wohnungstür.

Ich kenne jede Nuance des Klangs, wenn sie sich bewegt. Nichts klang. Das weiche, helle Kiefernholz, das zum Vorschein kam, als Petra den Lack liebevoll ablaugte, ruhte bewegungslos in seiner Fassung wie ein Gefängnistor. Die dunkle Standuhr neben dem Garderobenschrank, Petras Augapfel, tickte unbeteiligt vor sich hin. Das war auch besser so, denn im Zweifelsfall hätte sie sicher zu Petra gehalten. Natürlich hätte sie nicht gehalten, sondern weiter getickt; und alles, was ich von Petra weiß, ist, dass sie nicht richtig tickt! - Ha! Meine Gemeinheit habe ich noch nicht verloren. Aggressionen sind gesund! hat mir mein Therapeut gesagt. Also lasse ich die gefühllose Standuhr eben ticken und meinetwegen auch schlagen. Ich gebe mich nicht geschlagen!

Eben erst ertönte sie wieder - zwölf Mal, unerbittlich exakt. Als Petra sie damals anschleppte - mit Uli ("Kenne ich noch von der Penne."), dauerte es keine vierundzwanzig Stunden, bis Frau Greinich erschien, wie Mephisto aus dem Erdgeschoß und sich mit ausdrucksstarken Worten beschwerte - beim Finden von Synonymen bekäme sie bei mir Einsen am laufenden Band...

Der schwarze Stundenzeiger auf dem elfenbeinweißen Ziffernblatt zeigte noch friedlich eine vormittägliche Zeit an, als auch der Hausverwalter auf der Matte stand. Haustiere und Pendeluhren seien verboten. Leider stand das nicht im Mietvertrag. Bei einem Steinhäger - der tut gut, gell - einigte er sich mit mir darüber, dass die Frauen eben so seien, beim zweiten und dritten erzählte Joe mir einige seiner Ehegeschichten und nach dem vierten schieden wir als Freunde, die wissen, was sie klaglos zu tragen haben, nur weil sie Männer sind und das unbarmherzige Schicksal sie an eine Frau fesselte. Ich musste den Stundenschlag ja auch hören. Und ich wohnte näher dran als er. "Armer Kerl..." kommentierte er nur, mit leichtem Zungenschlag, es klang nach „amelkell"... Die Uhr blieb. *Bin ich frauenfeindlich?*

Eben schlug das Monstrum Mitternacht. Geisterstunde. Doch die Begeisterung hielt sich in Grenzen. Petra verschwand aus meinem Leben. Seit drei Minuten konnte ich sagen: Seit gestern. Es lag in der Logik der Sache, dass sie eines Tages geht. Trotz abgelaugter Tür und großbürgerlicher Standuhr: Es steckte keine Zukunft in dieser abwegigen Beziehung: ihr steinharter Dickschädel und mein liebevoll nachgiebiges Wesen. Aber wenn ein Abgang, dann in Würde! Nein, gnädige Frau, nicht so! Nicht mit einem Fluch und vor allem nicht so, dass ich jetzt doch dauernd an sie denken muss. *„Ich lieb dich überhaupt nicht mehr..."* sang der Udo Lindenberg vor Jahrhunderten; nicht sehr *überzeugtend*. Hey Petra, hättest du die Erinnerung nicht auch gleich mitnehmen können? So, wie das Sparbuch, das du im Vorbeigehen schnell noch eingesteckt hast. War doch auch 'ne Menge drauf!

Aber das kommt davon, wenn man... man? Jubel!!! Jetzt brauch' ich nicht mehr dauernd man und frau zu sagen und mir den Kopf darüber zu zerbrechen, wie Mann kleine und große Buchstaben akustisch unterscheiden kann! Jetzt unterbricht sie mich nicht dauernd mit irgendeiner pseudofeministischen Korrektur, die dem Germanisten tief in meiner Seele einen Schauer nach dem anderen über den Rücken jagen. Sprachterror! Aber dagegen demonstriert ja keiner. *Und die Herren Literaten haben die Schlechtschreibreform derart auf ihrem Enzenberg verschlafen, dass ihnen keiner eine Zeitansage mehr zutraut - mich inbegriffen. Die Frau als Problem der Rechtschreibung! D*as ist jetzt vorbei. Ein Genuss! Das Leben ist so einfach auf einmal, einfach und klar! Dabei konnte ich noch froh sein, dass sie kein Sternchen war, kein „*".

Wo war ich... Wer war ich? Was hatte ich gerade gedacht? Verflucht, mein Gedächtnis! Sollte ich wirklich alt werden? Hat sie mich deshalb verlassen? Bin ich ihr zu alt und sie hat die Eifersucht nur vorgetäuscht? Will sie mich nicht in meinem Siechtum pflegen? Ich hab manchmal in den letzten Tagen da links unten im Bauch... es hat nur gezwickt und es könnte der Knoblauch gewesen sein, den sie wieder einmal hemmungslos auf ihre geliebten Baguettes getürmt hatte, aber andererseits... Man wird halt auch nicht jünger. Sie hat mir's ja auch dauernd unter die Nase gerieben. Kaum war mal ‚ne nette kleine Fee vorbeigerauscht und hatte mich ein Stück aufrechter gehen lassen, kommentierte sie mit diesem verhassten gespielt mitleidigen Unterton: "Fränkiboy, du wirst auch nicht jünger. Die könnte deine Tochter sein, wenn du..."

Neulich habe ich ihr bewiesen, dass ich noch auf der Höhe der Jugend bin und einen Rap geschrieben, der voll aus dem Bauch kam. Mit meinen Bongos klang er reif für die Charts: *„Jeden Morgen steh ich auf, es ist meistens um sieben, da liegt die ganze Welt noch so ziemlich im Trüben, ich fische meine Socken, doch was ich hasse, ich finde sie auch blind, nämlich einfach mit der Nase, und dann schleich ich in die Küche, dort wartet der Kaffee, dass ich ihn in einen Filter tue und schleunigst aufbrüh, mein Brot wartet auch, bald ist alles in Butter und ich träume von dem Frühstückstisch damals bei Mutter, da gab es früh noch Kaba und nicht nur Nesquick, und meine langen Haare waren unheimlich schick,*

jetzt werd ich langsam grauer und an manchen Stellen dick, meine Freunde sagen eh, ich hätte nen Tick, weil ich so bin wie ich bin und anders als sie, denn ich rauche nur noch heimlich, aber sie rauchen nie, das sei was für die Jugend und für die Frau'n und mit meiner Frisur seh ich aus wie'n Clown; dann zieh'n sie ihren Schlips, früher warn sie mal rot, ich will nicht so sein wie sie, lieber wäre ich tot.

Ich glaub, sie sind schon Leichen und haben's nur noch nicht gecheckt, mit ihren Kaviarbäuchen, die Moral total verdreckt; aber so ist das Leben, Leichen sind auf ihrem Marsch durch die Institutionen, also direkt durch den A-fter. Ich glaub, jetzt hör ich auf, denn die Sprache wird fäkal, das ist unter meinem Niveau, nämlich total normal..."

„Nee", hatte sie mir reingefunkt: „Du bist wirklich nicht normal. Auf dein Teenagergehabe fällt doch nicht mal die Kindergärtnerin rein." Erstens, meine Liebe, heißt das heutzutage Erzieherin, und zweitens: natürlich, die Jahre rennen wirklich. Das muss mir Petra nicht erst verklickern, das merke ich auch so, und auch, ohne ihre diversen Krähenfüße zu kommentieren oder knapp am Doppelkinn vorbeizuschauen. Ei, du Petra, echt! Ich sage nur: Friedhof!

Aber jetzt, ganz die Ruhe, Junge, lass dich bloß nicht noch im Nachhinein provozieren. Leg die Beine hoch, du darfst es wieder ohne eine hämische Bemerkung einzufangen ("Wenn das deine Schüler sähen!!!")! Vergiss sie! Bleib ganz im Hier und Jetzt! Was machst du jetzt? "Begreife die Krise als Chance!" Das hast du doch bei der Selbsterfahrung gelernt.

Selbsterfahrung? O Sch..., da hab ich Petra doch erst kennen gelernt. Es fing alles so toll an. Ich entdeckte mich selbst und ließ mich entdecken.

"Frank, du bist ein neuer Kontinent", lächelte unser Guru nach meinem exotischen Coming-out. Ich lächelte auch und Petra, die zufällig - "nichts ist Zufall" (O-Ton Guru) - neben mir saß, flüsterte mir - natürlich lächelnd - zu: "Und ich bin Kolumbus..." - Schon damals störte mich die maskuline Symbolik. Aber wir machten ja Selbsterfahrung. *Und Kolumbine klingt fast wie Konkubine... Da steckt immerhin „Biene" drin - jetzt darf ich mir diesen chauvinistischen Gedanken ja erlauben. Wie wäre es andererseits mit Kolumbusen? Busen wie Säulen?*

Selbsterfahrung! Ha! Selbstverfahrung! An der nächsten Kreuzung steht Petra und das Leben geht schief! Voll durch bei Rot. Damit hat sie mich rum gekriegt. Das hatte ich in der Gruppe ganz offen zugegeben: Rot macht mich an. Da rotieren meine Hormone. Was machte die kleine Hexe? Roter Mini, rote Schuhe, roter Bolero und am Schluss noch rote Haare. Da musste ich schwach werden, schon bevor ich den roten Schlüpfer ent-deckte. Aber jetzt bin ich wieder frei! Die Krise als Chance! Von wegen Krise. Hier bietet sich die Chance meines Lebens. Ich weiß auch schon, was ich jetzt mache! Jetzt bleibe ich ich. Ich gönne mich mir selbst. Da redet mir keine mehr rein. Keine Frau mehr! Das reicht fürs erste.

Zumindest keine Frau für den Alltag. Nichts gegen Frauen, wenn es um meine Libido geht. Aber ansonsten will ich meine Ruhe. Noch gellen mir ihre Worte im Ohr: "Wann putzt du denn wieder mal das Waschbecken?!" Wie mich das ankotzt! Ich sollte mich auf meine Männerfreundschaften besinnen. Eine gediegene Unterhaltung bei einem gepflegten Bier, das ist doch was. Mal wieder ein echter Gedankenaustausch, vielleicht etwas Sport - aus Lust am Körper, an der Hetze, an Spiel und nicht wegen irgendeiner Fitness ("Frank, dein Bauch erinnert mich an meinen Vater....").

Soll ich Rolf anrufen? Der hat doch Volleyball gespielt: Klare Regeln, klare Rollenverteilung selbst bei gemischter Mannschaft, und hinterher noch zum Griechen. Oder ist das inzwischen anders? Als Schüler sind wir nach dem Spiel immer zum Italiener, als Studenten zum Griechen. Vielleicht geht man heute zum Chinesen. Oder Sushi? Ach, was weiß ich! Petra hat mich völlig rausgebracht aus der Szene. Ich fühl mich schon wie ein Spießer; wie Petras Vater ("Schön dass du kommst, Junge. Willste auch 'n Bier? Nimm dir's aus der Kiste. Der FC kommt grad in der Sportschau...."). Vergiss es! Jetzt sind diese öden Verwandtenbesuche gestorben. Obwohl, Hans war immerhin ein Mann. Wirklich! Und nun? Freiheit! Ich rufe Rolf an und...

Wie soll ich's ihm sagen? "Du, Rolf, Petra ist abgehauen. Ich muss mal mit dir drüber reden..." Nein, dann fühlt er sich als Lückenbüßer. Ich weiß noch, wie das damals war, als Caroline ("Carolain!" Sie war ja sooo progressiv...) ihm den Bettel hinschmiss. Da tauchte er überall auf, wo man ihn gerade nicht brauchen konnte. Von wegen fünftes Rad am Wagen. Schon das dritte war eines zu viel („O, das letzte Bier! Nein, ist das spääät. Du, kann ich vielleicht auf deiner Couch… äh, eurer Couch…?"). Naja, in der überschäumenden Jugendzeit. Heute sind wir abgeklärter und haben schon viel mehr abgehakt. Ich ruf ihn an. Ein Bier kann er mich nicht abschlagen. Ich sauf mein Bier doch nicht allein wie so ein Penner, oder ein verlassener Ehemann, der's nicht packt, dass ihn seine Alte aufs Abstellgleis geschoben hat. Ich nicht! Nicht ich!

Ich nicht! Nicht ich! Das erinnert mich an das seltsame Buch, das Petra mir geschenkt hatte („'Hitzefrei!' das muss dich als Lehrer doch interessieren!"). Dabei lachte sie und lächelte sphinxmäßig. Das Buch sprach mich trotzdem an: Eine Frau, der es wie mir ging, mit diesen ambivalenten Gefühlen. Dieser Frau war klar: Egal, wie es bei allen anderen war, egal wie die Naturgesetze es vorgaben: „Bei mir war es eben anders." Sollte ich mal Kontakt zu ihr aufnehmen? Ihre Facebook-Adresse stand im Buch. „Hitzefrei!"

Also, bevor ich hier beim vierten Bier versumpfe, such ich noch Rolfs Nummer raus. Irgendwo hab ich alles gespeichert. Lang lebe der Computer mit seiner Suchfunktion. Er hat seinen Ehrenplatz links von meinem Schreibtisch. Ich brauche mich auf meinem rotweißkarierten (O-Ton Petra: „Tolles Schottenmuster! Selbst an den Farben hast du gespart!") Drehstuhl nur leicht zu bewegen und sofort stehen mir alle Infos zur Verfügung. Mir! Denn Petra hat bis zum Schluss bei meinem System nicht durchgeblickt. Doch von allen Rolfs, die Google mir anpreist, ist keiner meiner. Das Internet vergisst nichts? Aber man kann es auch nicht immer finden. Wer weiß, vielleicht ist Rolf ja so ein Info-Verweigerer. Vielleicht ist er die Greta Garbo… Quatsch, die Greta Thunberg (mit „ü") des Algorithmusses?

Halt! Rolfs Nummer stammt aus der alten Zeit. Das finde ich sicher nur in dem zerfledderten Anhang irgendeines Terminkalenders. Und wo? Mein stabiles Kiefernholzregal enthält fast nur noch CDs. Nach und nach mussten die Bücher weichen. Auch wenn es meine Schüler oft nicht glauben: Ich gehöre der neuen Generation an. Natürlich nicht der Down-Load-Generation. Das finde ich unnatürlich. I'm a true born digital man. Auch im Lock-Down.

Also Regal… früher lag dort auch das Notizheft. Aber jetzt? In dem kleinen Rattanschränkchen neben der Anlage? Könnte sein. Vier übersichtliche Schubladen, gefüllt mit Unordnung. Edle Briefumschläge für Gelegenheiten, bei denen ich sowieso nicht schreiben... -, aha, mein Gedächtnis funktioniert noch einwandfrei: Hier habe ich meine Umschläge also aufbewahrt. Bloß suche ich sie gerade nicht. Meine Hufnagelkette vom Frankfurter Flohmarkt, erworben beim Schulausflug. Nostalgie! Aber jetzt brauche ich Rolfs Telefonnummer. Eine Dose... womit? Schwer. Geld? Meine gesammelten Reisemünzen. Die müsste ich mal dekorativer verwenden. Das waren noch Zeiten: Mit Interrail nach Marokko! Per Anhalter durch Great Britain. Auf dem Rad gen Österreich. Einfach stark. Man müsste noch mal 16 sein. Aber es hilft nichts. Vier Schubladen mit hochinteressantem Material für meinen Biographen, nur das klassische Telefonbüchlein bleibt verschwunden.

Neben den Lexika! Das böte sich an. Da lagern meine Tagebücher, kombiniert mit den Terminkalendern der letzten Jahre (die sind oft aufschlussreicher als die Tagebücher, zumindest für den Kenner, also für mich). Sieg! Ich habe doch eine rekonstruierbare Ordnung - entgegen Petras unwiderlegbarer und oft artikulierter Überzeugung. Hier sind sie, die Tagebücher, daneben die Terminkalender. Und was haben wir da? Ziemlich abgenutzt, mit diversen Eselsohren und Rissen an der Seite: Mein unersetzliches Telefonnummernverzeichnis. Na also, wer sagt's denn! Rolf, du bist entdeckt. Das kann Google nicht ersetzen. Was ist ein Algorithmus gegen meinen Ordnungsrhythmus. Immerhin bin ich Drummer! Mit E-Drums und Kopfhörern. Der Nachbarn wegen.

Ich Idiot! Da sind doch nur die vorgeschichtlichen Nummern gesammelt, sozusagen die nummerierten Höhlen meiner biographischen Steinzeit. Die Adresse hat inzwischen mindestens zweimal gewechselt, zeitgleich mit dem sozialen Aufstieg. Rolf wohnt wieder am Ort. Sonst hätte ich doch nie an ihn gedacht. Ich google ihn einfach, was sonst? Warum fiel mir das nicht gleich ein? Meine Güte, ich sollte mal was gegen Alterserscheinungen machen. Das Telefonbuch wäre eine belletristische Alternative, das fände ich auf Anhieb, direkt unter dem Telefon auf dem Schuhschrank im Flur. Neben dem Spiegel: Ich kann mir Fratzen schneiden beim Telefonieren. Manchmal tue ich es auch. Es entlastet, wenn eine Schülermutter anruft und sich über die ungerechte Behandlung ihres engelsgleichen Sprösslings beschwert. So mancher habe ich schon die Zunge rausgestreckt. Noch keine hat sich beklagt.

2 Geh ich mit dem Hund raus oder vor die Hunde?

(immer noch 1. Freitag (nachts))

Ei, wie finde ich denn das? "Spinnst du?" hat Rolf mich angefahren. Ein Freund! Ha, Freunde! Dass ich nicht lache. Ich bin in der tiefsten Krise meines Lebens, er ist meine einzige Chance und weiß nichts besseres als "Spinnst du? Weißt du, wie spät es ist?!" Okayokay, es war halb eins. Nachts. Aber ist das ein Grund, einen Freund anzuschnauzen, der einsam und verlassen mutterseelenallein in seiner trübsinnigen Wohnung sitzt und umgeben von den dunklen Wolken düsterer Gedanken am Sinn des Lebens zweifelt. Wie oft haben wir um halb Eins mit tieferen Problemen gerungen! Und es war ja nur so spät, weil ich noch durch diese trögen Terminkalender blättern musste, um am Rand irgendwo sein Nummer aufzustöbern. Ich hatte mein Letztes gegeben und er flüsterte nur heißer:

"Marga schläft schon und ich habe es bis jetzt auch getan..." Was hat er getan? Und wer ist Marga? Heißt das, dass er jetzt in so einer spießigen Zweierbeziehung lebt, wo ihn ein Freund in Not nicht mehr stören darf?

Ausgerechnet Rolf. Ich weiß noch, wie er das letzte Mal mit mir sprach. Es war halb drei in der Nacht. Ich wühlte mich aus Petras Decke und konnte nicht mal meinen Namen nuscheln. Halb drei, das war seine Zeit damals.

"Nicht mit mir!" hab ich ihm gesagt. "Ich red gern mit dir - auch über deine Probleme, ich will da gar nicht kneifen, aber nicht nachts um halb drei und überhaupt, Petra schläft schon."

Da hat er beleidigt aufgelegt und nichts mehr von sich hören lassen. Überempfindlich. Hypersensibel, wie die schlauen Pädagogen an der Uni sagten. Klar hätte ich für ihn Zeit gehabt. Jederzeit! Einem Freund ist man das schuldig. Aber bitte nicht mitten in der Nacht. Man kann doch auch zu vernünftigen Zeiten seine Probleme in aller Ruhe besprechen. Und einen Kasten Bier hab ich immer zuhause.

Ein Kasten Bier. Das ist das einzige, was ich jetzt habe. Und den Fernseher. Bloß Petra ist weg. Ich bin ja froh. Es war auch Zeit. Die Beziehung war sowieso im Eimer. Aber musste sie denn so überstürzt gehen? Wir hätten doch vernünftig in aller Ruhe drüber reden können. "Du kotzt mich an!" So geht man doch nicht auseinander, nachdem man jahrelang um das Waschbecken gekämpft hat. Sie ließ mir nicht mal Zeit, mich richtig darauf einzustellen, es mit ihr zu diskutieren. Weiber! Gut, dass das vorbei ist.

Wie war das neulich, als sie mit dem dreckigen Kläffer heimgekommen ist? Ich dachte, ich hör nicht richtig. Ich saß in aller Ruhe da und genoss den vollen Sound von Pink Floyd. Ach, Pink Floyd! Wie kuschelig waren die Zeiten, wo ich dazu immer ein Pfeifchen rauchte. Aber sie hat mich richtig domestiziert, die Domino-Domina! Ob ich's wieder mal versuche? Obwohl, ein Joint ist mehr was für pickelige Jugendliche. Ja, ich war auch ein pickeliger Jugendlicher. Ich stehe dazu. Und ich habe Pot geraucht. Und es war geil und das Größte überhaupt. Aber schließlich bin ich keine fünfzehn mehr. Heute brauch ich das nicht mehr. Höchstens mein Bier. Freilich: Das macht dick. Pot nicht! Division Bell dröhnte, der absolut geile Sound der 90er. Dann kläffte was dazwischen. Eine wohlvertraute keifige Stimme bohrte sich von der Tür her in mein Ohr: "Fraaaank, ist er nicht süüüß?" Nein, ich probierte den Köter nicht aus, verzichtete auf das Reinbeißen. Ich war nur sauer. Ein Hund in meiner Wohnung? Noch dazu so ein Kläffer? Ein richtiger Schäferhund, so ein Gegenüber, Auge in Auge, das wäre was, da weiß du: Wir zwei gehen durch dick und dünn. Der hat Power und du auch. Aber so ein Pinscher. „Ist er nicht süüüß?" Gut, dass das vorbei ist.

Natürlich musste ich ihn erst einmal akzeptieren. "Aber Frank, du kennst ihn doch noch gar nicht!" gefolgt von "Das sind doch lauter Vorurteile!" kombiniert mit "Das habe ich gerne... und sonst so liberal tun. Weißt Du, was du bist: scheißliberal!" O ja, Petra wusste immer, wie sie mich kriegte. Scheißliberal lass ich mich nicht nennen. Schon um die 68er nicht zu verraten. Meine Ideale lass ich mir nicht nehmen. Jetzt nicht mehr! An irgendetwas muss man doch glauben. Und wenn's die Feindbilder sind. Mehr haben sie uns ja nicht gelassen auf dem Marsch durch die Institutionen.

Ich bin nicht scheißliberal, und der Hund musste weg. Ein neues Feindbild stärkt die Lebensgeister. Ich griff zu einer gemeinen Taktik. Aber ich litt auch selbst darunter. Ich drückte mich nicht. Tapfer ertrug ich, dass Putzi (mir schaudert allein beim Namen!) vierzehn Tage Dünnschiss hatte. Tapfer schwieg ich und mir entschlüpfte keine Andeutung, dass ich die Ursachen für diesen Dünnschiß kannte, genauer gesagt... Aber was soll's! Ich habe meine Erfahrung mit Krimis und Erfolg ist Erfolg. Das ist wie beim Fußball. Haste gewonnen, fragt keiner mehr, ob's ein Scheißspiel war. Gegen Putzi habe ich gewonnen. Mit dem Putzeimer. Ich gebe zu, es war gemein dem Tier gegenüber. Aber es war so eine Art Notwehr. Natürlich guckte er immer tieftraurig, wenn ich mich an sein Fressen machte. Diese Triefaugen waren die reinste Höllenqual. Aber ich hielt durch. Dann musste Putzi doch weg - wir zwei sind berufstätig, und wer sorgt dann für einen Pinscher mit Dünnschiss? Zum Trost führte ich Petra zum Chinesen aus. Die haben zu Hause Rezepte für gesottene Pekinesen. Dachte ich mir. Sagte ich natürlich nicht. So grausam bin ich dann doch nicht.

Sie hätte es verdient! Erst mir den Pinscher reinschleppen und dann einfach so abhauen. Ohne Grund! Wie Frauen so sind. Hätte ich doch auf meine Onkels gehört. Die erklärten das immer, damals, am Stammtisch, wenn ich Papa abholte. Von Mama geschickt. Ein Trauerspiel. Ich schwor mir heimlich: "Das passiert dir einmal nicht. Du kuscht nicht vor einer Frau. Frauen bleiben draußen aus deinem Leben." Aber erstens musste ich dann doch wieder heim zu Mama – mit Papa im Schlepptau, und zweitens kam ich erst später in die Pubertät.

Nun sitze ich hier - eins ist längst vorbei - vor mir den Fernseher, auf den ich schaue und der an meinen Gedanken vorbeirauscht, hab mein Bier neben mir (ohne dass Petra meckert) und muss dauernd an sie denken. Ja, spinn ich denn? Endlich bin ich sie los und jetzt krieg ich sie nicht aus meinem verrückten Verstand raus. Von meinem Bauch mal ganz abgesehen; wenn ich mich nicht streng unter Kontrolle halte, kriege ich ein richtiges Kotzgefühl.

Vielleicht sollte ich aus meinem versteinerten Umfeld raus, eine richtige Weltreise machen, neues sehen, neue Wirklichkeiten kennenlernen. Indien, Nepal, da finden doch die Selbstsucher ihr eigentliches Ich. Ich könnte dabei sogar ein Du finden. Morgen muss ich mir Prospekte besorgen: Pro-spekt: Das Nachvorneschauen schlechthin. Kadmandu, oder? Barfuß durch den Himalaya. Auweia!

3 Warten in der Kneipe am Freitagabend

(1. Freitag abends)

Jetzt ist gleich acht und Arnold ist noch immer nicht hier. Dabei hatten wir acht Uhr vereinbart und er zeichnet sich durch Überpünktlichkeit aus. Freilich befremdete mich sein Verhalten heute Morgen.

Schon das Aufstehen kostete mich viel Überwindung. Im Sessel eingepennt, mit zu viel Restalkohol im Hirn blinzelte ich dem Tag entgegen. Üblerweise funktionierte der Wecker mit quarziger Präzision. Ein Herz aus Stein! Unter ausgeschlafen verstehe ich etwas anderes, unter Motivation ebenfalls... Freilich gönnte ich mir zunächst eine Lustphase: Anfangs kauerte ich mich zusammen wie ein Embryo, zögerte so das ernüchternde Badezimmer einige Minuten hinaus und träumte vorerst davon, was die neue Freiheit bringt. Jetzt bist du frei, murmelte ich in mich hinein. Und all die Traumfrauen, die du bisher zu deinen Bedauern passieren lassen musstest, stehen dir frei. Keine Bindung mehr! Petra langt!

Petra heißt übrigens der Fels, soviel Latein beherrsche ich noch von der Penne, obwohl mich seinerzeit ein unfähiger Pädagoge wegen einer unumstößlichen Sechs durchfallen ließ. Doch Bildung behält man ein Leben lang! Petra heißt "der Stein". Jawohl, der Stein in meinem Leben, eine schwere Last und ein ewiger Anstoß. Doch am Ende des steinigen Weges des Lebens steht die Freiheit! Freiheit kann nur der genießen, der Unfreiheit erduldet hat. So wie ich unter Petra. Was für Frauen könnten da jetzt herkommen! Natürlich höhnt mein nüchterner, eiskalter Verstand: Wie kommst du an die ran? Du kannst doch nicht durch die Straßen laufen und sagen: "He, Tussi, Petra ist weg. Ich bin frei! Wie wär's, kommste mit?" So läuft's eben nicht... Doch mein Traum gewann.

Wie gerne hätte ich noch weiter geträumt. Aber die Schule ruft und der Staatsdiener eilt. Wenn ich mir überlege, wieviele Pädagogen unserer Generation eigentlich mal so richtig kritisch waren... Was blieb von unserer Systemkritik? Die Sehnsucht nach langem Ausschlafen. Und das Gefühl: Eigentlich steht noch etwas ganz Wichtiges aus. Du hast noch einen Traum, der im Wachen geträumt werden will und der nach Verwirklichung schreit.

Also schnappe ich mir meine Tasche und schwinge mich umweltbewusst auf meinen Drahtesel. Die Bewegung tut gut und der Fahrtwind pustet mein benebeltes Hirn durch. Ich komme ganz knapp - eigentlich komme ich immer knapp, das ist fast eine Art Markenzeichen von mir. Der Schulleiter stellt gerade eine neue Kollegin vor. Sie wirkt auf den ersten Blick sympathisch, zu genauerem Hinschauen fehlt mir der Nerv, obwohl ich jetzt alle Freiheiten habe. Sie heißt Carola. In unserem Kollegium duzen wir uns. Schließlich sind wir alle mehr oder weniger die letzten Helden unserer Generation. Easy Rider statt New Kids on the Block oder wer immer aktuell ist; das wechselt ja fast wöchentlich, heute Tic, morgen Tack, übermorgen Toe. Ich merke, den Witz machte ich schon vor 20 Jahren, als ich bei meiner Schule anfing. Und Easy-Rider brauste noch vor meiner Zeit durch Nordamerika. Dazwischen gab es mich. Bei uns früher... aber das sind präsenile Gedanken, die mir in meinem Aufbruch zum neuen Lebensufer im Weg stehen. Also, mit

Schwung in den Kampf.

Ich weiß schon: Leicht wird es heute nicht. Am Freitag spinnen die meisten, fühlen sich durch die Woche überlastet und lassen das am Lehrer raus. Heute checkte meine Klasse wohl schon bei meinem Reinkommen, dass mit mir was nicht stimmt; die haben einen sechsten Sinn dafür. Soviel Disziplinlosigkeit hatte ich schon lange nicht mehr; und dann sagt noch eine freche Zwölfjährige: "Sie haben wohl Zoff Zuhause!"

Unverschämtes Pack! Dabei haben die Kids das von mir gelernt. Von mir, dem großen Pädagogen. Aus meiner Hand erhielten sie diese Waffe, genauer, aus meinem Mund. Und jetzt richteten sie sie voll auf mich. Aber ruhig Blut, Junge, da musst du jetzt durch. Dafür bekommst du auch mal eine hübsche Pension - und die müssen diese Rabauken dir blechen.

Die Kurzprobe, die ich in meiner Wut dann schreiben ließ, musste ich zu allem Überfluss anschließend noch korrigieren. Aber das war gar nicht so schlecht, denn es hat wirklich abgelenkt. Hunger hatte ich keinen mehr, also gab's auch kein Problem mit dem "Was kochen wir denn heute?". Eine Frage, die mir meistens schon den Appetit raubt. Da bin ich ganz unparteiisch ehrlich: Petra machte in der Regel die besseren Vorschläge. Aber an meinen Sauerbraten mit Klößen kommt sie nicht ran. Der Sonntag gehörte mir und der Küche. Ein gepflegter Wein, dezente Barockmusik im Hintergrund - seltsam, das höre ich mir sonst nie an. Aber Sonntags beim Essen, irgendwie... Am meisten favorisiere ich die Beatles im Barocksound. Aber das geht auch nicht jedesmal. Schön, dass selbst Vivaldi etwas für Gitarre geschrieben hat. Naja, was soll's...

Jetzt hock ich vor einem Bier? Mir gefällt diese Kneipe mit tollem dunklen Holz und prima dunklem Bier. Aber es ist kurz nach acht und Arnold ist noch immer nicht hier. Auch sonst läuft kaum was. Was machen die Typen in der sogenannten freien Wirtschaft nur alle? Karriere? Hocken die in ihren Büros, zittern um ihren Arbeitsplatz und kriechen dem Chef in den Hintern? Oder der Chefin? Ganz woanders hin? Ein Traum! Eine Chefin, die sagt: "Frank, kommen Sie mal zum Diktat..." Und dann macht sie die Tür hinter dir zu und setzt sich direkt vor deinen Augen auf den Tisch, die freien Knie in Höhe deiner Wimpern. "Frank, Sie sind ein begabter Mann. Sie könnten es hier weit bringen. Ich schätze Sie sehr. Und Sie wissen ja auch, was Sie der Firma schuldig sind. Ist Ihnen nicht heiß? Machen Sie doch ruhig die

Krawatte locker. Nicht so schüchtern, junger Mann. Sie wollen doch Karriere machen, na, vielleicht lade ich Sie mal in meine Sauna ein. Sehen Sie mein Amulettkettchen? Vielleicht ist es ein Amulett, das Ihnen Glück bringt! Schauen Sie es sich genau an!" Dann beugt sie sich vor, und das Kettchen hängt direkt über ihrem Ausschnitt, und der gibt den vollen Blick frei und du denkst: Es gibt nichts Schöneres als eine Karriereleiter, auf der du diese Frau besteigen kannst...

Chauvinistisches Arschloch!

"Noch ein Bier?"

Ein Bier? Im Büro? Während der Arbeitszeit? Weshalb hat sie so eine sonore Stimme? Scheiße, die Stimme kenne ich: Das ist Alfred, der Kellner.

Jetzt muss ich doch auftauchen aus dem reaktionären Softporno meines Hirnkinos. "Äh, ja, noch eins..." Ein Bier in dreißig Minuten? Wenn der Abend noch lang wird, muss ich mein Tempo verlangsamen, sonst bin ich blau, bevor ich meine Sorgen los bin. Tagesschau vorbei und Arnold lässt auf sich warten. Soll ich noch lange warten? Das Leben läuft an mir vorbei und ich warte auf einen Mann, der mich versetzt.

Naja, heute nachmittag, als ich bei Arnold vorbeischaute, spürte ich auch nicht die totale Offenheit gegenüber meiner Krise. Er ist zehn Zentimeter größer als ich. Aber im Sitzen merkt man das nicht so. Bei der Begrüßung standen wir leider. "Frank, Du?" sagte er ganz herzlich und unverbindlich und griff nach meiner Hand, als wollte er mich zu einer Unterschrift überreden. Dabei arbeitet er in einer Lebensversicherung und ich bin schon überversichert. Außerdem habe ich momentan nichts, was sich zu versichern lohnte. Mein Kapital bin ich und ich bin zehn Zentimeter kleiner als Arnold. Das habe ich wirklich gedacht. Peinlich! Bei meinem hart und teuer erarbeiteten Selbstbewusstsein. So etwas darf einfach nicht passieren. Der innere Frank ist immer noch zehn Zentimeter größer als der innere Arnold und bekanntlich waren Napoleon und Friedrich der Große... Blöde Ausreden. Beim Volleyball macht dir das Netz schon klar, wer hier der Größere ist: Der Längere.

Das Grauen erlebte ich als Kind in der Schule. "Der Größe nach aufstellen!" schnarrte der paramilitärische Turnlehrer. Wahrscheinlich dachte er sich nicht viel dabei. Denken gehörte nicht in sein Fach. Dann stellten wir uns der Länge nach auf. Würde ich jemals da oben landen? Wir tummelten uns zu dritt am Ende. Manchmal wechselte es. Da war ich drittletzter. Also so eine Art Riese im internen Wettstreit. Aber leider hielt das nicht an. Immer wieder fiel ich auf die letzte Position ab.

Da half auch die Sechs in Latein nicht. Ich fiel zwar grandios durch, aber der Turnlehrer änderte seine Methode. Vermutlich absolvierte er in den Sommerferien einen pädagogischen Zusatzkurs, der das Sortieren der Schüler nach Größe disqualifizierte. Und so kam ich wieder mal nicht weiter in der Rangordnung. Leider wuchs ich nur proportional. Als die Größeren aufhörten zu wachsen, hörte ich auch auf. Scheiße! Arnold und ich waren im gleichen Alter. Natürlich auch im gleichen Altern. Sein breiter Scheitel bereitete mir eine Genugtuung, die nicht mit Geld zu bezahlen war und auch nicht mit Zentimetern.

"Hast wohl nicht gut geschlafen?" Arnold lachte behäbig. Man konnte ihn glatt für fünfzig durchgehen lassen. Dabei ist er nicht nur zehn Zentimeter größer als ich, sondern auch zehn Monate jünger. Bei einem runden Geburtstag fällt das auf. Mir zumindest, mit meiner mathematischen Begabung.

"Naja, im Alter braucht man nicht mehr so viel Schlaf, was?" Jetzt klang sein Lachen noch öliger. Mit wem bin ich eigentlich befreundet! Innerlich ist er doch längst vorgealtert. Das war schon in der Schule so. Emotionaler Alzheimer! Und dem will ich mich anvertrauen? Mein Seelenleben, meine sensible Innenwelt preisgeben? Naja, wenn du keine Wahl hast, dann...
"Also, wo brennt's denn? Kommt Schwiegermutter zu Besuch?" Sag mal, wo bin ich denn? Im Irrenhaus oder so? Das sind Sprüche, die kenn' ich nur aus Filmen, in die ich nie gehen würde.

Aber mit meiner gesammelten inneren Überlegenheit oute ich mich dann doch: "Du, Arnold, echt, mir geht's beschissen..." Bevor ich weiterreden kann, nimmt er mich väterlich am Arm und führt mich zu einem Ledersofa, in dem ich versinke, als würde ich gerade reingelegt. "Junge! Mit dem Gewicht quetscht du ja das Polster zur Isomatte!" Schon wieder dieses impertinente Lachen.

Ich aktiviere meine komplette seelische Energie, um innerlich wieder hochzukommen und meine vitalen Interessen einzubringen. Aber väterlich (immer noch!) legt er mir den Arm um die Schulter: "Na, wo brennt's denn. Papa Arnold ist ganz Ohr." Seine großen Ohren prägen das Antlitz dieses Greises: Rot und Abstehend. Damit könnte er in einem alten Jerry-Lewis-Film auftreten. Ich würde am liebsten austreten.

"Petra ist weg!" Dass ich das noch rausbrachte! Meine Stimme klang ein wenig zittrig. Aber nach den emotionalen Brocken, die er mir in den Weg gelegt hatte, war es eine reife Leistung, überhaupt zum Thema zu kommen. Sofort schaltete er um auf ernst und nuschelte nervtötend fürsorglich: "Petra ist weg? Das ist ja schlimm für dich. Krach? Oder hat sie einen anderen?" Einen anderen? Das plapperte er so dahin, als sei das eine ganz natürliche Möglichkeit. Einen anderen neben mir? Petra? Ich? Ich schaute ihn wohl auch verdattert an.

"Schon gut, soll ja vorkommen", beschwichtigte er, und hatte wohl gemerkt, dass er hier kanzlerreif in ein Fettnäpfchen getreten war. Fürchtete er sich selbst vor den Hörnern? Stellte Jutta manchmal mehr Ansprüche als er befriedigen konnte? Naja, das war jetzt nicht mein Problem. Aber gut, er hatte einen Fehler gemacht, damit war er wieder auf normale menschliche Größe geschrumpft und ich konnte frei von der Leber reden. Also redete ich.

Mit dem Kuli, den er - unterschriftsbereit, wie branchenüblich - aus seinem Boss-Hemd genommen hatte, spielte er herum, als wollte er seinen Durchhänger in der phallischen Phase demonstrieren - so ein Kuli ist auch nicht viel länger als zehn Zentimeter...

Ich erzählte weiter. Von hinten nach vorne. Von der zugeschlagenen Türe über die tobende Küche durch das heulende Bad zum durchwühlten Schlafzimmer. Von Zeit zu Zeit nickte Arnold. Kenn ich, hieß diese nonverbale Botschaft. Warum kennt der nur alles! Warum versteht der so viel? Hat er Probleme mit Jutta? Kann ich ihm nicht mal was Neues bieten? Ist er mir immer um zehn Zentimeter voraus? Vielleicht auch im Bett? Obwohl, zehn Zentimeter sind dann vielleicht doch etwas viel. Zehn Millimeter vielleicht. Und auf die kommt es nicht an. Sondern die Energie, die dahinter steckt. Also, für Petra jedenfalls hat's gereicht.

Warum bin ich keine Frau?! Frauen haben immer eine gute Freundin, die sie wirklich versteht. Die gehen sogar zusammen aufs Klo und schminken sich. Und bei denen läuft nicht gleichzeitig der Verstand weiter, während das Gefühl heult. Bei mir liefen sogar zwei Verstände weiter. Der eine erzählte Arnold haarklein, was gewesen war (o, hätte ich mich nur an all diese Einzelheiten bei Petra erinnert! Sie wäre geschlagen gewesen. Aber die besten Argumente kommen bekanntlich immer später.), der andere Verstand beobachtete diese absurde Situation, in der mir zum Heulen und nicht zum Reden zumute war. Freundinnen nehmen sich immer in den Arm. Aber Arnolds Arm? Nee, der war mir zu väterlich. O, eine Frau, die mich trösten könnte.

Das wäre was. Und da könnte vielleicht dann auch...

Ich fürchte, ich erzählte zu viel. Nicht, dass ich was gesagt hätte, was ich jetzt bereute. Dass ich bei Petra nicht mehr so gut drauf war in der letzten Woche musste er ja nicht gleich erfahren. Aber ihm wurde es offenbar zu viel. Ich kenne das. Irgendwann ist deine Aufnahmekapazität erschöpft. Mein Input war auch phänomenal. Kein Wunder, dass er mich professionell abwürgte: "Frank, wie wär's, bei einem kühlen Bierchen heut Abend im Pendel? Ich sag Corinna, dass wir was unter Männern besprechen müssen und dann treffen wir uns um acht. Gebongt?"

Ich redete weiter, so dass er mir mit seinem liebenswürdigen Vertreternachdruck ins Wort fiel: "Junge, ich muss vor dem Wochenende noch ein bisschen Knete machen für die Alte und die Kleinen. Schwing dich aufs Rad und fahr rum, das baut seelische Überlast ab. Dann heut abend im Pendel." Er wühlte sich aus dem Polster, gab mir die Hand und zog mich hoch. Dann klappte er freundschaftlich (Boss zu Laufjungen) auf meine Schulter: "Kopf hoch..." und zog sich dezent zurück. Wieso Corinna? Hieß sie nicht Jutta? Bin ich denn total verblödet?

Das Radfahren tat wirklich gut. Befreite mich zu den Korrekturen der Kurzprobe.

Aber wenn du was zwischen den Beinen hast, kommen dir halt auch männliche Gedanken. Wo reißt du 'ne Frau auf? Ich könnte einfach in die Disko gehen: Da sitzen die Miezen. Und wo zwei zusammen sitzen, fehlen zwei Macker. Einer davon bin ich. Mit der Selbstsicherheit, die mir die Selbsterfahrungsgruppe und Petra vermittelt haben, kann ich jetzt ganz anders auftreten als vorher. Die Schüchternheit ist passé. Ich weiß, wer ich bin, was ich will und was Frauen glücklich macht. Nur, was für Frauen sitzen da? Die blonden Frisösen, die auf einen Mantafahrer warten? Das war in meiner Jugend so. Vielleicht sind sie jetzt anspruchsvoller geworden. Was kommt nach dem Manta? Als Kind reichte mir 'ne Fanta... Aber ich bin sowieso passionierter Radfahrer. Das schulde ich meinem ökologischen Gewissen.

Petra war auch früher anspruchsvoller. Deswegen fuhr sie ja so auf mich ab. "Du hast Tiefe, Mann, du hast..." und dann huschte ihre Hand zärtlich über meinen Nacken. Ich krieg jetzt noch eine Gänsehaut, wenn ich dran denke. Wenn nur nicht der ewige Streit wegen der Küche gewesen wäre: Wer spült, wer kocht, wer wischt auf... Wenn du schwach wirst, Junge, und von Petra träumst, dann denke nur "Küche" und du bist wieder auf dem Boden der Wirklichkeit. Wie viele Männer müssen sich denn um verdreckte Pfannen kümmern? Dieser Ölschmier, der kaum mehr abgeht! Die Pfannen schob Petra mir rüber. Und die Kalkflecken am Wasserfilter? "Das sieht doch Igitt aus, Frank! Du lässt alles verwahrlosen!"

Mir machen die paar Flecken nichts aus. Ist doch Kalk. Ist doch Natur. Petra kostete diese Szenen voll aus. Ich gebe zu: so einen richtigen Streit mit so einer richtigen Versöhnung, das kann nur der schätzen, der es erlebt hat. Da muss ich mit jemand drüber reden, der die Erfahrung hat. Deswegen rief ich Arnold an, deswegen hocke ich hier und süffle ein Bier nach dem anderen. Warum kommt der Freund in der Not nicht? Petra wartet schon...

Ne, sie wartet eben nicht mehr. Das ist ja die Scheiße. Ich wusste gleich, es ist ein historischer Tag. Mein Verstand sagte: Prima! Aber mein Bauch spielte nicht mit. Warum habe ich nur die Selbsterfahrung mitgemacht? Alles wäre besser: Petra hätte ich nie kennengelernt und meine Gefühle auch nicht. Milliarden von Männern sind ohne Selbsterfahrung glücklich. Und ich bin der Idiot! Ich bin nicht nur unglücklich, sondern auch noch Schuld daran! Dank der Selbsterfahrung habe ich zudem gelernt, nicht nur schlecht drauf zu sein, sondern es zu spüren, in jedem relevanten Körperteil.

Jawohl, jetzt sitze ich hier, hinter meinem Bier und warte auf Arnold, der mir was sagen will. Hat er Zoff mit seiner Alten? Hat er Jutta mit Corinna angeredet? Mensch, kann er nicht zum Pfarrer geh'n? Muss ich sein Beichtvater sein? Oder läuft was anderes? Will er mich in einen seiner schnuckeligen Seitensprünge einweihen? Mir, der ich danach lechze, dass ein Weib an meiner Wohnungstür klingelt, auf die Knie fällt und sagt: Frank, du bist der Mann meiner Träume! Erhöre mich und lass mich deine Putzfrau sein! - Halt nein! Das habe ich nicht gedacht. So was denke ich nicht! Obwohl es reizvoll wäre... Jedenfalls besser, als allein hinter einem Bier zu sitzen und den trüben Gedanken nach zu hängen.

4 Freunde in der Not

(1.Freitag abends)

"Freunde in der Not geh'n tausend auf ein Lot..." Was immer ein Lot ist, der Volksmund hat einfach recht. Um halb neun kam Alfred zu mir rüber, obwohl mein Bier noch halb voll war.

"Anruf! Ich glaube..."

Er brauchte nicht zu sagen, was er glaubte. Ich konnte es mir eh denken. Hinter der Theke, zwischen dreckigen Gläsern und Aschenbechern und unter irgendwelchen Schnapsflaschen wartete das Telefon.

"Frank?! Du, hier ist Arnold. Äh, also..."

Den Rest reimte ich mir auch ohne seine Hilfe zusammen. Ich beneidete ihn nicht um seine einfallsarme Phantasie. Sollte er hingegen die Wahrheit gesagt haben, so beneidete ich ihn nicht um seine Wirklichkeit.

"Corinna hat furchtbare Bauchschmerzen. Du weißt schon: Regel und so... Das kommt manchmal vor. Dass es gerade heute sein muss, ist übel. Aber ich kann jetzt einfach nicht weg. Du verstehst... Sonst jederzeit. Aber ich kann doch nicht gemütlich in einer Kneipe sitzen und fröhlich mit dir plaudern, während sie sich hier vor Schmerzen krümmt..."

Ich krümmte mich innerlich vor Schmerzen bei diesem gefühllosem Vergleich: Meine Probleme als fröhliche Plauderei zu bezeichnen! Sie interessierten ihn nicht die Bohne, er negierte sie wie die Einwände eines Kunden vor Abschluss einer Versicherung. Hauptsache, die Provision stimmt! Schöne Freunde, so was! Ich verstand ihn natürlich, ich verstand ihn ja so gut, ich verstand ihn besser als er selbst, mein Verständnis kam direkt aus der Kühltruhe von Langnese... Das spürte er sogar durchs Telefon. Ich wünschte ihm seelische Frostbeulen. Dann nahm ich mein Glas und hockte mich direkt an die Theke. Ab und zu kann man da ein Wort mit Alfred wechseln. Der nimmt sich immer wieder ein bisschen Zeit und hört verständnisvoll zu. Deswegen läuft auch die Kneipe so gut, wahrscheinlich besser als Arnolds Versicherung. Und das mit Recht!

Und jetzt stehe ich hier, immer noch aufrecht, denn ich möchte im Stehen sterben... und habe mein x-stes Bier vor mir. Allmählich muss ich mal gehen, oder wanken, oder was auch immer. Das Dumme ist nur: Ich will gar nicht heim. Was soll ich in einer leeren Wohnung mit leeren Bierflaschen vom Vorabend, der leeren Couch, dem leeren Bett. Das will nicht einmal ein Lehrer (Haha, der Kalauer ist von mir!). "Alfred! Zahlen!"

Mein Rad schob ich sicherheitshalber durch die nächtlichen Straßen nachhause. Aus lauter Faulheit verzichtete ich aufs Abschließen, zudem vermochte ich nicht mehr, mich exakt an die Nummernkombination des Schlosses zu erinnern. Vage Vorstellungen führen da nicht weiter, da bedarf es klarer Angaben. Auf dem ersten Treppenabsatz dachte ich wehmütig an Putzi: Hier hinterließ er seine erste Markierung. Genialerweise direkt vor Frau

Greinichs Tür. Das nahm ich ihm seinerzeit nur sehr begrenzt übel. Während ich mich am Geländer weiterhangelte, fiel mir zum ersten Mal auf, dass ich überhaupt kein Schnarchen höre, wenn ich zu später Stunde diese Wohnung passiere. Frau Greinich ohne Schnarchen sprengte meine Phantasie. Das Treppengeländer entpuppte sich auch auf den nächsten Stufen als zuverlässiger Freund. Das Türschloß zeigte sich entgegenkommend. So betrat ich kurz nach Mitternacht die leeren Räume. Mein müder Blick fiel auf die Pendeluhr: Sie stand. Aufrecht wie ein Mann! Auf sieben Uhr und ein paar zerquetschte Minuten. Seit Petras Flucht zog ich sie nicht mehr auf. Die Zeit steht still. Hier bin ich der Herr über Zeit und Raum. Doch der Raum ist leer.

5 Lonesome cowboy

(2. freitagabends)

Eigentlich ist es gar nicht so übel. Freiheit! Eine Woche koste ich jetzt schon meine Freiheit aus. Freiheit gleicht einer Blüte: Sie braucht ihre Zeit, um sich zu entfalten (meine dichterische Ader, durch Petras absorbierenden Materialismus total verstopft, scheint wieder befreit zu sein).

Der Durchhänger anfangs, schön und gut, der gehörte wohl dazu. Und ebenso die tiefe Enttäuschung, dass der Freund alter Tage sich halt doch nicht als der große Seelenkenner entpuppte, nach dem ich mich sehne, aber jetzt... "Freedom's just another word for nothing's left to loose...", das klingt durch die brachiale Stimmgewalt Janis Joplins hindurch. Der Song stammt zwar von Kris Kristofferson und den halte ich für einen selbstgefälligen, eitlen Arsch, aber das Lied bringt's auf den Punkt: "Freedom's just another word for nothing's left to loose..." Freiheit bedeutet, es gibt nichts Linkes mehr zu verlieren. Links ist nichts mehr los! Hey, ich sollte Kabarettist werden. Eine kreative Art, mit seinem Frust umzugehen. Das überlege ich mir. Andererseits: So kurz vor den Zwischenzeugnissen stecke ich voll in der Arbeit. Also verschiebe ich die Kabarettkarriere auf später.

Der letzten Woche gewann ich zunehmend Freiheitsgenüsse ab. Vor allem dem Samstagmorgen: Ich pennte bis fast in die Puppen, nachdem ich den Abgang bei Alfred einigermaßen souverän hingekriegt hatte. Eines freilich trübt unabänderlich meine Freiheit dieses Samstagmorgens. Meine Abhängigkeit von den Geschäftszeiten des Bäckers. Ich musste rechtzeitig aus den Federn, um noch Brötchen zu kriegen. "Bestelle sie doch vor!" rät mir so ein vorlauter Ratschläger - das sind die übelsten Schlägertypen! Aber erstens erinnere ich mich daran meistens erst am Freitagabend oder gar Samstagfrüh, zweitens kann ich mich dann nicht mehr im Vollgenuss meiner Freiheit aktuell entscheiden, was mich just anmacht (meistens sind es dann doch die Laugenwecken), und drittens muss ich trotzdem vor Ladenschluss dort sein. Möglichst vorher. Neulich hat mich eine von den Samstagstussies - am Wochenende tauchen immer irgendwelche unbekannten Aushilfen auf - angemacht: "Wenn Sie die Auswahl haben wollen, müssen Sie eben früher aufstehen."

Halt's Maul! Wenn ich eine dumme Bemerkung haben will, halte ich mir selbst eine Frau. Also früh aufstehen musste ich doch. Außerdem hat man (juhu, es geht immer noch ohne frau) mehr vom Tag. Erst gemütlich duschen, dann anziehen, was dir gerade in den Kram passt - vorausgesetzt, du hast wieder mal für Wäsche gesorgt... und vorausgesetzt, dir passt der Kram noch, nachdem du die Freiheit in allen Dimensionen genossen hast!

Wäsche! War das ein Kampf! Als Petra erklärte, sie wolle nicht länger meine Waschfrau sein und ich sollte gefälligst auch mal selber für die Wäsche sorgen, musste ich mir von einer detailverliebten Fachfrau erklären lassen, wie das mit den ominösen 30, 60 und 90 Grad ist. Als Lehrer hasse ich es, wenn ein anderer seinen Wissensvorsprung raushängen lässt. Also rief ich, um mir vor Petra keine Blöße zu geben, ausnahmsweise bei meiner Mutter an. Dabei verband ich Selbsthilfe mit einer guten Tat; meine Mutter meint ohnedies, ich könnte öfter mal anrufen. Welche Mutter meint das nicht bei ihrem Sohn...

Freilich hielt Petra es für nötig, Mutters Vorgaben zu ergänzen. Sie rieb mir beim Vorsortieren der Wäsche kaltschnäuzig unter die Nase, dass du aus ökologischen Gründen die 90° sowieso vergessen musst (Bündnis 90 war seinerzeit das einzige, was bei ihr noch durchging!), dann, dass 40° bedeutet: Wasche es mit 30°! Endlich bläute sie mir ein: Trau keiner Farbe über dreißig! Das wusste ich von Mutter. Ich tat es auch nicht. Aber mein rotkariertes Cowboyhemd war schneller! Damals lachte Petra noch über so was. Beim zweiten Mal giftete sie mich bereits an: "Muttersöhnchen! Nur weil du eine stinkfaule Kindheit verbracht hast, ist meine Bluse hinüber." Zugegeben: Ich wusch bei der 60° Wäsche ihre neue weiße Bluse mit; voll nach Vorschrift. Dazu mein neues blaues Hemd; nicht nach Vorschrift. Ihre vormals weiße

Bluse brachte sie voll auf die Palme. Aber warum wäscht sie dann nicht selber? Ich plädiere eh für getrennte Waschmaschinen. Außerdem steht ihr blassblau.

Ich verstehe es immer noch nicht: Wenn ich mal was färben will, klappt es bestimmt nicht. Aber wenn ich mal was Falsches rein tu, wirkt das sofort. Und dann die richtige Dosierung des Waschmittels (schon die Markenfrage war eine Generalmobilmachung). Die Hersteller laufen bei Petra unterschiedslos unter der Rubrik Umweltfeinde. Konsequenz: Nimm nur zwei Drittel der vorgeschlagenen Menge. O.K., den Rest erledigt die Maschine. Falsch: Dann musst du die Wäsche noch rausnehmen und aufhängen. Noch fälscher! Zwei Denkfehler des intellektuellen Pädagogen: Erstens darf man Strümpfe nicht schleudern, schon gar nicht die empfindlichen Nylons (noch ein Vorteil des Singles!). Und dann darfst du beim nächsten Mal (ungeschleudert! Ich bin lernfähig!) die Wäsche nicht so lange im Wasser liegen lassen und erst am nächsten Morgen abpumpen. Das mufft! Was Petra nie von mir lernte: Hemden kann man auch ungebügelt tragen. Aber frau kann es nicht! Jetzt kann ich es nach Herzenslust! Wie gesagt: Freiheit heißt, nichts mehr verlieren zu können; vor allem nicht Petras Geduld.

Freiheit! Und am Samstagmorgen zum Bäcker in die Schlange - mach den Mund nicht auf beim Grüßen, du hast dir noch nicht die Zähne geputzt... -, auf dem Rückweg die Zeitung aus dem Kasten holen - Aha, die Post war noch immer nicht da - und dann Geier, Geier... Der Kaffee duftet, denn ich ließ ihn inzwischen durchlaufen und mit dem ersten Schluck (zu heiß! Aber niemand schaut zu, also spucke ich ihn zurück) nehme die Schlagzeilen zur Kenntnis. Den Lokalteil studiere ich intensiver; man will ja wissen, was sich vor der Haustüre abspielt - früher war es besser, da stand der Unfall am Eck am nächsten Tag in der Zeitung. Heutzutage brauchst du dafür schon ein Todesopfer. Als ob ich mich nur für Blut interessieren würde, Blechschaden weckt auch meine Sensationsgier... Sport finde ich erst am Montag lesenswert. Ja, ich gebe zu, ich lese die Fußballberichte. Ist doch auch nichts dabei, oder? Das Fernsehprogramm ließ ich an diesem Samstag aus. Allein schau ich mir sowieso nur irgendeine lasche Serie irgendwann in der Nacht an - Magnum oder was so auf einem meiner 357 Kanäle kommt.

Was macht ein Mann, wenn seine lebensgefährtende Freundin nicht nur wutschnaubend das Haus verlässt, sondern entgegen aller Erfahrung doch zu ihrem Wort steht und nicht wieder zurück kehrt? Ich weiß, das schreibt man zusammen, aber bei „kehrt" gibt es so viele geile Assoziationen. Was macht ein Mann ohne Rückkehrfreundin? So ein Mann lacht trocken und heiser und ergreift die Krise als eine Chance, auf die er schon immer gewartet hat. Freiheit! Auf zu neuen Ufern! Lass die alten Gestade zurück und bricht in die Zukunft auf.

Etwas Neues braucht der Mensch! Die Kontaktanzeigen. Manchmal las mir Petra daraus vor, vor allem besonders gelungene Formulierungen; Waschlappen sucht Seife musste schon überboten werden. Am meisten amüsierten wir uns über unfreiwillige Komik. Gemein? Bestimmt nicht. Immerhin versuchten wir, Verständnis aufzubringen. Freilich las ich über manches hinweg, was mich heimlich doch ansprach. Wenn eine gezielt beschriebene Traumfrau annoncierte, packte mich mitunter die Lust, Lust mit lustvollem "L", selbst zu reagieren. Vor Petra hielt ich das geheim. Doch jetzt hemmt mich nichts mehr! Welche Chancen stecken da drin.

Das gab diesem Samstagmorgen den besonderen Reiz: Du kannst dir vorstellen, welche Frauen nur auf dich warten. Freiheit! Noch mal die volle Auswahl. Gut, ich bin ehrlich, die unter 25 machen mich nicht mehr an. Auf der Straße spüre ich vielleicht ein Kribbeln, aber ansonsten? Da hast du deine Jahre gebraucht, um innerlich zu reifen. Jetzt brauchst du ein ausgereiftes Gegenüber. Bei manchen hast du volle Phantasieauswahl. Aber auch null Anhaltspunkt zur Persönlichkeit. Weder äußerlich (Traumfrau, weibliche Formen, blond) noch innerlich (Akademikerin, Arbeiterin, naturverbundene Nichtraucherin - NR, ich hasse unerklärte Abkürzungen, anfangs hielt ich das für ein geografisches Kürzel). Meine Phantasie verlangt aber immer nach irgendeinen Ausgangspunkt. Das merke ich jetzt. "Suche interessanten Mann. Hübsche Akademikerin. Chiffre." Was soll man damit anfangen? Gut, das habe ich mir am Samstag reingezogen. Aber eines sah ich klar: Bei allen schönen Phantasien: Erst brauchst du einen Freund. Ich meine keinen neuen, sondern einen, sagen wir mal, reaktivierten - das kenne ich vom Fußball. Erfahrung, das zählt. Erfahrung miteinander, das ist das Fundament, die Basis, die nötige Grundlage. Wenn man erfolgreich sein will, dann muss man aufeinander eingespielt sein.

Nach der Pleite mit Arnold griff ich auf Wolfi zurück. Der hat was von früher, den alten Geist, da leben die 68er. Wir machten seinerzeit die Diskos miteinander. Das kennt die Jugend heute gar nicht mehr, diese verwöhnten

Gören. Gemeindesaal, Plattenspieler mit zwei Lautsprechern, und alle Platten, die irgendjemand auszuleihen bereit war. Diskjokey war ein Superjob. Da kommt zwar jeder Heini und beklagt sich über irgendwas - vor allem deinen miesen Geschmack -, aber du stehst im Mittelpunkt des Interesses und... Ja, und du hast einen hervorragenden Grund, dich nicht abblitzen zu lassen. Du musst ja Platten auflegen.

Ich fühle heute noch diese Demütigung: schon bei der zweiten Disco: Harmlos hoffnungsvoll gehe ich zu einer Klassenkameradin zwecks Aufforderung (Beat kann jeder), aber sie kichert nur blöde mit ihrer Freundin rum. Ich fasse neuen Mut und geh' auf eine zu, die allein da sitzt und die ich nicht kenne. Nur damenhaftes Bedauern, sie tanze nicht. Diese winzigen Grande Dames mit ihrem schnippischen "Nein, danke..." Dabei formulierte ich meine Aufforderungen immer so witzig wie Al Mundy. Wenn ich mir aus der heutigen Sicht überlege, wie doof die Puten eigentlich wirkten und wie unsicher sie in ihrem Innersten waren... O, hätte ich nur meine Selbsterfahrung schon vor meiner Pubertät gemacht. Alles wäre anders gewesen. Mein ganzes Selbstwertgefühl!

Und dann stolzierten diese Typen daher, die keine Selbsterfahrung brauchten, um Frauen aufzureißen. Neid! Neid mit drei Ausrufezeichen!!! Ich kenne allerdings noch welche. Ab und zu sehe ich mal jemand von früher: Jetzt sind sie total abgefuckt. Hocken mit ihrem Bierbauch vor der Glotze. Eben keine Substanz. Bloß damals hat mir das nichts genutzt. Ich könnte Stories erzählen. Lonesome Cowboy! Das war mein Feeling. Später dann Steppenwolf.

So sitze ich da: Lonesome Cowboy, hinter einem einsamen Bier. Bei Steppenwolf denke ich an die USA. Ein Prospekt für die Weltreise liegt auf dem Fernseher. Monument Valley, dort ritt John Wayne, dort herrscht der Lungenkrebs. Grand Canyon: Der Hall der Ewigkeit. Der Blick tief hinunter zum Colorado. San Francisco: Put some flowers in your hair... Meine Jugend wiedergewinnen, born to be wild. Die Bilder faszinieren mich. Aber noch bin ich da. Zurück zum Hier und Jetzt.

Ich lasse die Woche Revue passieren. Es ist nichts passiert. Oder zu wenig. Ich glaube, jetzt brauche ich eine Dosis Magnum. Doch der kommt nur Donnerstag. Das war gestern. In der Mediathek hüpft er auch nicht mehr herum. Dann zieh ich mir eben ein Video rein. Ich verfüge über die gesammelten "Die Zwei". Das strengt nicht an.... hübsche Frauen sind sicher dabei und von Roger Moore lerne ich gerne, wie man sie anmacht. An Tony Curtis kann ich mich nicht orientieren, der hat schon als Zehnjähriger Herzen reihenweise gebrochen, bei "Manche mögen's heiß" sogar das der Monroe. Einfach ein Superfilm.

Ich identifizierte mich natürlich mit Jack Lemmon. Lonesome Looser. Apropos Marilyn Monroe: Die neue Kollegin erinnert mich ein wenig an Jane Russell. Ach ja, das war ein guter Teil der letzten Woche. Sie ist unheimlich nett. Der Name Carola gefällt mir auch. Eine positive Erscheinung im Kollegium. Ich mag es, wenn Frauen auf ihr Äußeres achten, obwohl ich ehrlich gesagt selbst ein wenig nachlässig bin; ich fürchte, Petras Weggang verschärft die Lage eher noch. Carola hat eine phantastisch offene Art, den Schülerinnen gegenüber und auch den Kollegen gegenüber. Sie ist zu allen gleichermaßen nett. Unfreundlich habe ich sie noch nie erlebt. Leider kann ich deswegen auch ihre Freundlichkeit nicht persönlich nehmen. Einmal hat sie mich so angeblickt, dass ich es mir fast zu Herzen nahm. Aber meine Abwehrkräfte sind stark: Erstens: Nie im Kollegium; denn wenn's vorbei ist, wird's extrem übel. Zweitens: Wenn jemand so nett ist, fällst du rein, wenn du es zu persönlich nimmst. Eine nette Frau hat bestimmt einen Besseren gefunden! Diese Barriere konnte selbst mein Analytiker nicht knacken. Auf alle Fälle: Eine Augenweide und eine nette Gesprächspartnerin ist auch viel wert, wenn man gestresst aus dem Unterricht kommt. Na, denn Prost.

6 Mein Werbetext

(2. Samstag)

Soll ich es wirklich tun? Mit meinem Computer lässt sich so viel machen. Ich kann schreiben und löschen, schreiben und speichern, speichern und ausmachen, wieder aufrufen, korrigieren, ergänzen, kürzen, strecken, er ist wirklich super und hat 486 Wasweißich. Wenn ich da an meine Hick-Hack-Schreibmaschine aus der Oberstufe denke, in die ich meine Gedichte hineinhämmerte! Götterhämmerung, dachte ich mir einmal. Tja, dieses Museumsstück atmete Geist. Trotzdem: Kein Vergleich. Bruder PC schenkt einem das Lebensgefühl eines Utopianers. Er war immerhin mal der Beste seiner Preisklasse. Bis zum nächsten Prospekt.

In meiner Jugend (Schluchz!) gab es sowas ohnedies nur in Science-Fiction. Ich bin heute schon besser ausgerüstet als Commander McLean in seinem Raumkreuzer Orion mit dem berühmten Bügeleisen im Equipment. Den smarten Commander stellte immerhin Dietmar Schönherr dar. Mein Computer bietet mir leider keine Tamara Jagelovsk (Schreibt die sich so? Ich habe den Namen immer nur gehört.). Doch das ist egal. Es geht immerhin um meine Zukunft. Zugegeben, vorerst nur um die nächste Zeit, aber dafür einen zentralen Bereich meiner Existenz. Ich habe nämlich beschlossen...

Eigentlich finde ich Partneranzeigen blöd. Es muss doch ganz natürliche Wege geben. Nun sitze ich da wie ein Depp und versuche, eine Frau über eine Zeitung kennenzulernen. Wie sang schon die Spider Murphy Gang? „Woho bist duhu?" Zwei Zeilen - eine Person. Soll ich nun breitgestreut allen antworten, bei denen ich den Hauch eines positiven Gefühls verspüre? Oder wage ich jede Woche einen neuen Versuch? Es kribbelt übel in mir.

Auf der Pädagogischen Hochschule war alles leichter. Da tummelten sich Tussies en masse und jede wollte an den Mann kommen. Aber jetzt? Jetzt sind sie an den Mann gekommen und mir ist die Petra weggelaufen. Es muss doch noch Frauen geben, die mit mir etwas anfangen können! Aber wie lerne ich sie kennen? Ich kann doch nicht durch die Straßen laufen mit einem Schild: "Suche Frau, die mit mir etwas anfangen kann." Im Kollegium komme ich auch nicht weiter; Carola habe ich aus Selbstschutz vor seelischen Verletzungen abgeschrieben. Bei den anderen ist alles schon gelaufen. Entweder alles oder nichts. Und bei denen nichts gelaufen ist, bei denen will nicht ich der erste sein. Das wäre auch blöd. Von wegen Kolumbus!

Also suche ich die, die sich suchen lassen. Geist oder Körper? Geistloser Körper wäre das letzte, was ich will. Aber nur diskutieren ist auch schlaff. "Ich suche dich, Frank, und kann ohne dich nicht leben. Ich bin Olympiasiegerin und Nobelpreisträgerin und finde, dass du der Größte bist." Diese Anzeige fehlte eindeutig am letzten Samstag. Aber sie kann a nicht jedes Wochenende drin stehen. Nun sitze ich vor meinem Computer und versuche einen Brief zu tippen, der passt. Ich will mich nicht anpreisen. Aber unter Wert verkaufen? Nee, das habe ich auch nicht nötig...

Welche Frau muss ich also vor Augen haben, wenn ich mein eigenes Angebot formuliere? Vor meinem geistigen Auge erscheint wie eine Märchenfee Carola. Ein Typ wie sie, bloß nicht im gleichen Kollegium. Nicht täglich sich auch noch in der Arbeit beggegnen. Aber eine sanfte Stimme, ein spürbares Selbstbewusstsein, eine angenehme Erscheinung, leicht sexy, immer eine Spur verführerisch, dezent und effektiv geschminkt, mit anspruchsvollen Themen und viel Gefühl. Gleiche Größe und gleicher Intellekt. Ach ja, und gleiche Weltanschauung. Nicht rechts und nicht fanatisch. Realistisch und idealistisch zugleich. Carola vermittelt mir das Gefühl, dass sie diesen Idealen entspricht. Sie checkt, was im Unterricht läuft, lässt sich nichts vormachen und ist bei den Sanktionen konsequent; aber sie baut nicht ihren Frust dadurch ab, sondern versucht, ihren SchülerInnen gerecht zu werden, das entsprechende Alter in Rechnung zu stellen, die häusliche Situation, die familiären Spannungen. So eine Partnerin bräuchte ich! Wie formuliere ich etwas, bei dem Carola Samstag morgens hochspringt und jubelt: "Das ist er! Das ist der Mann, den ich ein Leben lang gesucht habe!" Da hilft nur ein Schluck Bier...

7 Am Briefkasten

(2. Samstag Nacht)

Ich habe es wirklich getan. Fast meinen ganzen Samstagnachmittag hängte ich daran, eine Beziehung zu mir als das Erstrebendste der Welt erscheinen zu lassen, selbst in den Augen von Carola bestehen zu können - oder zumindest in ihrer Phantasie, wenn sie die Zeilen liest. Sei ganz natürlich! Dränge dich nicht auf! Mach sie neugierig! Dabei bin doch ich neugierig. Mich kenne ich ja - obwohl ich ein Persönlichkeitsprofil von mir entworfen habe, dass gar nicht uninteressant war, fast wie eine Analysestunde - , aber ich wüsste nur zu gerne, wer dieser Typ (gibt es davon eine weibliche Form?) war, der, genauer die die Anzeige aufgegeben hat. Ich schrieb und schrieb - und immer wieder träumte und träumte ich... Und schließlich: Jetzt tust du es! Du druckst den Brief aus, setzt dich ins Auto und bringst ihn höchstpersönlich zur Anzeigenannahme. Hoffentlich baust du keinen Unfall, so aufgeregt, wie du bist. Warum kann sie nicht sofort antworten?

Mein Bauch lief auf Hochtouren. Fast wie zu Diskozeiten, nur mit mehr Selbstbewusstsein (das hatte ich mir beim Briefeschreiben noch einmal so richtig aufbauen können; da merkte ich, was alles in mir steckt). Aus Gründen der Diskretion parkte ich nicht beim Zeitungsgebäude. Zwei Ecken weiter reicht's auch noch. Bewegung tut mir gut. Innerlich schlug ich den Kragen hoch wie bei einer geheimen Mission. Ich fühlte mich wie ein Geheimagent. Immer wieder warf ich einen vorsichtigen Blick nach rechts und links, unter meinen zusammengezogenen Augenbrauen hindurch und schlich durch die feindlichen Straßen. Alle Fenster haben Augen, hat Hundertwasser einmal gesagt und ein Bild dazu gemalt. Meine Augen erspähen auch alles. Schon beim Autofahren hatte ich die Fahrerinnen genau gemustert: Könnte es die sein? Ist es vielleicht jene? Es begegnen dir so viele reizvolle Frauen. Der Reiz liegt nicht immer bei dem, was bei Miss-Wahlen honoriert wird, sondern manchmal fasziniert dich einfach die Fantasie, was wohl für eine eigenwillig geprägte Persönlichkeit dahinter steckt. Mit welchen Interessen, mit welchem Lachen, mit welcher Zärtlichkeit, mit welcher Widerborstigkeit, ach, es war einfach aufregend, auf Menschensuche zu gehen. Ich müsste mir von Diogenes seine Lampe borgen.

Die letzten hundert Meter intensivierte sich das. Ich bin irritiert: Stehe ich nun auf braun, schwarz oder blond - Petra war dunkelgelockt (vermutlich ist sie das noch immer), Carola trägt rotes Haar; todsicher färbt sie, aber es macht mich trotzdem an.

Ich verstehe die Kulturen, in denen Männer sich einen Harem halten, obwohl ich es aus ideologischen Gründen zutiefst ablehne. Wirklich ablehne! Denn dann stimmt die gleichberechtigte Beziehung nicht mehr. Eine Partnerin, die mir selbstbewusst gegenübertritt ist mir wichtiger als ein Pin-up-girl. Aber wenn du dich für eine entschieden hast, hast du viele und vieles ausgeschlossen.

Andererseits unterhielt ich mich neulich mit einem Nachbarn, der seinen Gartenzaun reparierte. Er räsonierte über die heutigen Zeiten - letzte Woche feierte er seinen 75sten Geburtstag - und über die vielen Scheidungen. Durch seine Tochter war er selbst betroffen. Natürlich ging ihr Mann fremd. Mitte fünfzig, das ist bereits jenseits der Midlifekrisis. Kommentar des alten Mannes: "Was kann denn an einer anderen Frau besser sein? Die ist doch auch nur ein Mensch. Fehler hat jede. Schauen Sie, ich bin jetzt über 50 Jahre verheiratet, immer mit der gleichen Frau." Ein Scherz, über den er herzhaft unschuldig lachte. "...und bei uns läuft auch nicht immer alles toll. Aber wenn ich zu einer anderen gegangen wäre, glauben Sie im Ernst, dadurch wäre was besser geworden? Mindestens meine eigenen Fehler hätte ich mitgenommen. Und die neuen einer Neuen dazu bekommen. Nein, man kann sich auch streiten und miteinander weiterkommen." Ich nahm es ihm ab. Andererseits, Petra ist weg und ich habe keine Wahl. Ich muss wählen. Warum soll ich dabei nicht träumen?

Danach sehnen sich doch viele: alle Träume träumen zu können und noch die Freiheit der Entscheidung vor sich zu haben. Dank Petra! Vergiss Petra! Unauffällig wie Sean Connery schlenderte ich am Offertenkasten vorbei und ließ den Brief hineingleiten.

Seitdem warte ich, seit Stunden! Ich habe gerufen, jetzt muss das Echo kommen. Zu dumm, dass am Wochenende nicht gearbeitet wird. Die Nacht kommt mit Macht. Der Brief liegt noch immer im Kasten. Bis Montag.

Wolfi hat versprochen, um neun im "Pendel" zu sein. Das ist realistisch. Acht hätte ich ihm nicht abgenommen. Aber an neun glaube ich. Mein nervöser Blick auf die zifferlose Armbanduhr erkennt die enttäuschende Realität: kurz vor acht. Ich sitze bei meinem Bier und träume der Frau nach, von der ich nichts weiß, außer dass sie eine hübsche Akademikerin ist, einen interessanten Mann sucht und bald einen Brief bekommt. Von mir. Denn wenn sie einen interessanten Mann sucht, dann sucht sie mich!

8 Verrauchte Weltpolitik

(2. Sonntagsabend)

Sonntagnachmittag war noch nie meine Zeit. Heute früh der Gottesdienstbesuch erforderte schon erhebliche Selbstdisziplin. Im „Pendel" wurde es ziemlich spät. Aber gerade in Zeiten wie diesen muss ich was für meine Seele tun. Irgendwoher muss die Power ja kommen. Als Petra noch da war, war es eindeutig besser. Denn das gemeinsame Mittagessen... Esskultur, die ist was wert. Es ödet mich an, mir alleine was zu kochen, es laschst mich an, alleine vor dem Teller zu sitzen, da hilft auch Vivaldi nicht, aber selbst die Kneipe bietet nur Trostlosigkeit. Vier Jahreszeiten von CD oder auf Pizzateig: Öde, öder, am ödesten. Gibt es wirklich eine Steigerung von öde? Und dann der obligate Mittagsschlaf zu gezielt gewählter Musik, die ich zum Teil dann doch verpenne... Krimilesen? Ein echter Genuss, aber diese innere Unruhe macht mir permanent zu schaffen. Dabei lese ich doch absichtlich anspruchsvollere Krimis.

Wieder sitze ich da. Diesmal beim Wein. Frankenwein, das muss es sein! Kann ich Wolfi noch anrufen? Ich will ihm nicht auf die Pelle rücken. Distanzlosigkeit konnte ich noch nie ausstehen, und das will ich Freunden auch nicht zumuten. Es gehört zu den schwersten Belastungsproben einer Freundschaft, wenn du dich zu oft rührst... Andererseits, gestern Abend, das war gar nicht schlecht. Wolfi kam glatt fünf vor neun. Bestellte sich ein Weißbier, wie immer, simulierte das Zigarettedrehen („wie früher") wie immer und schon waren wir drin in der Weltpolitik; wie immer. Endlich wieder mal

Substanz nach all den Jahren. Ich blühte förmlich auf. Die Außen- und Verteidigungspolitik lag mir schon immer. Ich fiel sogar in meine Jugendsünde zurück: Schnorren. Aber Wolfi kennt mich von Jugend auf, noch aus den Zeiten des knappen Taschengeldes. Kneipenpolitik ohne Zigarette ist stillos. Wortlos schob er mir die zerknitterte Packung "Schwarze Krause" zu. Das Papier steckte drin. Dann kam die Bewährungsprobe. Ich bestand sie nicht. Oder nur miserabel. Ich wusste es eigentlich immer: Zigarettendrehen ist die wahre Kunst. Daran zeigt sich der Intellektuelle. Meine Intellektualität hatte offenbar Schaden genommen. Vorsichtig zupfte ich den Tabak zurecht, versuchte, ihn als gleichmäßige Wurst auf das Papier zu legen, behutsam begann ich zu rollen und so festzuhalten, dass ich mit der Zungenspitze noch die Gummierung erwischte. Zu mindestens klebte das Kunstwerk. Schließlich stopfte ich die Enden zurecht. Fertig! Doch was ich rauchte, sah dann eher wie eine Spindel aus. Naja, dafür kann ich jetzt anderes besser. Wie wird das Leben, wenn sich die Rauchergegner durchsetzen. Kneipen ohne Rauch? Das ist wie ein Berggipfel ohne Sauerstoff... Okay, in Restaurants, das sehe ich ein. Ich mag auch mein Essen nicht nur schmecken, sondern auch riechen. Aber hier im Pendel? Wo gedacht, gelacht und vor allem Weltpolitik gemacht wird?

Wolfi ist der alte geblieben. Zugegeben, der lockere Bart, vom Ansatz her ein Vollbart, aber eben nur vom Ansatz her, schimmert jetzt meliert. Er trägt immer noch diese karierten Hemden aus seiner CCR-Fan-Zeit. Behäbig lachte er: "Proud Mary und Bad moon rising, Junge, das war halt noch Musik." Die konnten wir sogar selber machen; vier Griffe auf der Gitarre und du bist live dabei, mitsamt deinem hochdeutschen Ti-Eitsch. Seine Jeans mit der Hintertaschenausbeulung, wo er den Tabak transportiert, wirken noch ganz original. Er könnte glatt in einem Museum für Gegenwartskunde auftreten, als Feindbild des alten Kanzlers. Wie gesagt, ganz der alte, überhaupt nicht gealtert. Natürlich haben sich die politischen Probleme in den letzten Jahren gewaltig geändert. Niemand will uns mehr "nach drüben" schicken, weil wir gegen Atomkraftwerke sind. Nach drüben gehen jetzt die Versicherungsvertreter und geldgeilen Investoren mitsamt den abgehalfterten Westpolitikern. Wir brauchen auch keiner Diktatur mehr Friedensbereitschaft zu unterstellen, nur weil unsere konservativen Politiker von ihrer Militärdoktrin nicht runter zu kriegen sind. Leider blickt man inzwischen überhaupt nicht mehr durch, wo welche Fronten verlaufen und muss auf allgemeine Bewertungen der Weltinnenpolitik ausweichen. Wer weiß schon noch wer gut oder böse ist. Böse auf alle Fälle, dass formulierte Wolfi knallhart, sind die ökonomischen Ursachen der Kriege. Und das demonstriert er gekonnt am Balkankrieg. Es geht noch hervorragend, da wacht der klassenkämpferische Geist wieder auf und die Sehnsucht nach der tabufreien WG, in der allerdings keiner von uns je wohnte. Umso besser klappt die Politik: Die Konzepte der sozialen Verteidigung, geschärft bei der Invasion der Sowjets in die CSSR, könnten doch gerade heute wieder ziehen. Gerade weil der Ost-West-Konflikt nicht mehr brodelt. Dafür stolperte der Rühe in der Wüste. Haben wir gelacht! Wolfi war immer noch der alte, er wurde immer älter oder immer wie früherer... Ein typischer 68er Spätberufener.

Das Typischste begann kurz nach zehn. Die Außenpolitik verlor schlagartig einen ihrer engagiertesten Kritiker. Wolfi tippte mir bedeutsam auf die Hand, ließ den Blick zeitlupenartig nach links gleiten und deutete - direkt nachdem er den amerikanischen Außenminister vehement angegriffen hatte - mit einer Kopfbewegung zu einem Tisch an der Garderobe: "Schau mal, die beiden Miezen! Kommen die nicht wie gerufen?" Ich bearbeitete noch immer intensiv die großen Konflikten dieser Welt, aber Wolfi meinte, bilaterale Kontaktaufnahme müssen man von der Pike auf lernen und nachdem sowieso alles ökonomisch bedingt sei, also wirtschaftliche Gründe habe, sei die Wirtschaft der geeignetste Platz, Annäherungen zu lernen, zu perfektionieren und in Übung zu bleiben. Den Witz hab ich auch schon in anderer Form gehört...

Kurz gesagt: Er wollte eine Frau aufreißen. "Ich hab das nicht nötig", sagte ich, "ich hab ja Petra." Er blickte mich an, als sei ich nicht ganz dicht. Und er hatte Recht. Andererseits, ich hatte mich gerade auf eine neue Beziehung eingelassen. Sie wusste zwar noch nichts von mir, weil der Brief in diesem vermaledeiten Kasten lagerte und ich wusste noch nichts von ihr außer den beiden knappen Zeitungszeilen. Aber meine Gefühle waren derart in jene imaginäre Frau hinübergeflossen, dass ich mich völlig verausgabt hatte. Man kann doch nicht wahllos durch die Gegend fühlen. Wolfi dachte wohl, mir sei nicht mehr zu helfen. Aber es ist ihm hoch anzurechnen, dass er auch bei diesem aussichtslosen Fall nicht aufgab: "Alter Knacker," brabbelte er verschwörerisch, "Petra ist megaout, wie die Kids heute sagen. Neue Freiheit ist angesagt. Besinne dich auf deine alten Qualitäten und dein neues Selbstbewusstsein. Wäre doch gelacht, wenn wir bei den beiden nicht landen könnten. Überhaupt: Kann denen etwas Besseres passieren, als uns zwei zu begegnen? - Na also." Neue Freiheit? Neue Frechheit!

Echt, ich bin völlig aus der Übung. Wo hätte ich denn üben sollen? Petra ist an meinem Unglück schuld! Aber Wolfi ließ nichts gelten: "Jetzt muss du ran, Junge. Stell dich nicht so an. Du sollst ihr ja keinen Heiratsantrag machen." Also, das fand ich schon ein bisschen doof. Über so einen Witz hab ich damals gelacht. Aber jetzt doch nicht mehr, das ist doch würdelos. Ist Wolfi denn überhaupt nicht gereift? Ich meine, innerlich und so. Man kann doch nicht einfach auf einer Entwicklungsstufe stehen bleiben. "Schwätz keinen Scheiß!" sagte er nur, "du bist feige und sonst nichts. Aber das gilt jetzt nicht. Es wäre gemein mir und den beiden gegenüber, wenn wir sie so alleine ließen. Ich geh' auf alle Fälle rüber und biete meine Hilfe an. Du kannst ja nachkommen."

Vielleicht hatte er ja Recht. Ich steckte noch voll in einer internen kontroversen Diskussion über die Dialektik von Mann, Frau und reifer Beziehung, als er schon hinüber schritt, sein Weißbier in der Hand. Ein paar launige Worte und er saß dort. Echt, das bringt dieser Grufti. Ohne schlechtes Gewissen wegen dieser billigen Anmache. Und den beiden schien es wirklich zu gefallen. Na, wenn da so ist, dann kann ich mich ja zu dem Trio gesellen. "Mein Freund Frank", stellte Wolfi mich vor, als ich unsicher grinsend neben ihm auftauchte: "Conny und Daggi." "Sehr erfreut", murmelte ich, wohl wissend, dass das in einer Kneipe nicht der richtige Umgangston ist. "Sei nicht so förmlich", knurrte Wolfi mich freundschaftlich an und zog mich auf den freien Platz runter. Und zu den beiden gewandt: "Sonst ist er nicht so schüchtern..." Schüchtern? Ich? Jetzt schon dreimal nicht! Also rein in die Kontaktaufnahme. Das war bei mir jetzt wohl fällig. Sozusagen mein Tag- und Nachtprogramm. Und welche Kriterien wendest du an? Aussehen oder Namen. Daggi gefällt dir vom Out-fit her, aber Conny ist so ein fitter Name. Ich überließ die Entscheidung Wolfi. Mir waren beide recht, mehr oder weniger.

Wolfi, mit der Zigarette lässig zwischen Daumen und Zeigefinger, führte auch das große Wort. Er macht nämlich in Computer. Nein, er macht nicht hinein - das ist schon der dritte alte Witz heute Abend. Er kennt sich eben mit Computern aus und führt Beratungen durch. Zum Beispiel an der VHS.

Und mit Computern kannst du Frauen imponieren. Genau das Richtige für exzessive maskuline Allmachtsphantasien. Wolfi erging sich in bei Hobbyinformatikern unvermeidlich auftauchenden waghalsigen übersicheren Erklärungen, was alles technisch möglich sei und was noch möglich würde. Ob die Computer wirklich funktionieren, wie versprochen, weiß man nicht. Aber Wolfi bewies experimentell, dass man unheimlich viel darüber reden kann, was inzwischen alles geht. Das sprengt sogar meine männliche Phantasie. Immerhin habe ich inzwischen meinen zweiten PC und bin auch nicht mehr so bar jeden Wissens. Außerdem habe ich schon meine zweite Spielsucht überwunden, wie ich beiläufig einfließen ließ.

Ich war Conny richtig dankbar, dass sie hier sofort nachhakte. Allmählich kam ich mir nämlich wie ein Lochkartensystem vor; das ist zwar der Urcomputer, weil es auch nur bis zwei zählen konnte, aber es ist nicht nur veraltet, sondern gehört praktisch schon gar nicht mehr zu dieser Welt - höchstens noch in alten Waschmaschinen, wie der Kenner (und Wolfi ist ein Kenner) weiß. Spielsucht, das fand sie echt interessant; typisch Frau, denn dabei geht es um Beziehungen. Wie sich die Spielsucht denn geäußert habe... Ich plauderte aus meinem Erfahrungsschatzkästchen, während Wolfi ihrer Freundin die Finessen zeitgemäßen Programmierens zumindest im Prinzip erklärte.

"Warum", so wollte Conny wissen und bewegte ihre Hand in angenehm beunruhigende Nähe zu der meinigen, "hast du denn zweimal die Sucht überwinden müssen? Gibt es da eine Rückfallquote?" Naja, die gibt es sicher. Bei mir war es so, dass ich sie Sucht einmal mit dem alten und einmal mit dem neuen erlebte. Beim alten Computer konnte ich nur mit Gewalt, sprich Ausschalten aus dem Spiel aussteigen, das ich andererseits mit einem Tastendruck immer wieder neu starten konnte - die von mir bevorzugte Möglichkeit der dualen Entscheidungssituation; und beim zweiten waren die Spiele schon auf der Festplatte installiert, beim Einschalten sofort sichtbar und noch dazu in Farbe. "Und wie hat sich die Sucht geäußert?"

Conny zeigte sich fasziniert, und sie blickte mich mit Augen an, die mich wiederum ich faszinierten; wundervoll tiefbraune Äuglein, warm und gefühlvoll. Aber ich sollte ja von der Sucht reden. Die fand ich abstoßend; es widerte mich an, mich nicht im Griff zu haben. "Naja, ich machte das Ding an und eine magische Kraft ließ mich sofort die Spieledatei öffnen. Einfach mit der Maus klicken und schon biste drin. Immer wieder nahm ich mir vor:

Drei Spiele machst du und dann ist Schluss: Du hast doch eine starke Persönlichkeit. Aber die war dann nicht stark genug, sich nicht immer wieder noch eine und nur noch eine Chance zu geben. Petra lachte mich schon aus, manchmal warf sie mir sogar vor, mehr Zeit für den Computer als für sie zu haben." "Petra?" fragte Conny. Ich Idiot überhörte ihren typisch weiblichen Unterton! "Das ist meine Freundin", erklärte ich unbefangen. "Ach so", sagte Conny und ihre Hand ging ein Stück weit auf Distanz. Mist, da hatte ich wohl irgendeinen Fehler gemacht; nicht irgendeinen, sondern den entscheidenden... "Meine Ex-Freundin", versuchte ich eilig die Situation in den Griff zu bekommen, "wir haben uns getrennt." Aber irgendwie war der Faden gerissen. Scheiße! Muss ich denn schon beim ersten Mal versagen. Macht mir auch hier Petra wieder einen Strich durch die Rechnung? Und der Computer? Der entpuppt sich als ein echter Feind der Beziehung.

Es half gar nicht, zu schildern, wie und dass ich die Sucht überwunden hatte, nun problemlos Kollegen C einschalten konnte und sofort ins Textprogramm reingehe. In Connys Programm kam ich nicht mehr rein. Dabei gefällt mir ihr frischer Name. Außerdem sah sie hübsch aus. Die schlanken Finger, die ich gerne auf meiner Haut gespürt hätte; die kurzen, frechen Haare, der lustige, kleine Mund, die braunen Augen mit ihrer unergründlichen Tiefe. Ich versuchte sogar, ein paar Mal tief hinein zu schauen. Aber es klappte nicht. Sie fand sofort ein anderes Ziel.

Neues Thema? Kultur? Film! Film, das ist es. Da kann man gut drüber reden. Obwohl ich schon lange nicht mehr im Kino war. Was war das nur? Ach ja, "der bewegte Mann", weil ich "Männer" damals so spitze fand. Ich hab viel gelacht (mit Petra, aber das unterschlug ich diesmal gezielt). Den Titel verstand ich allerdings nie; außer meinem Zwerchfell erkannte ich nichts Bewegtes. Und dann noch "Keiner liebt mich", weil ich "Männer" damals so spitze fand. Ich hab viel gelacht. O, da hab ich mich wohl wiederholt. Naja, "keiner liebt mich" hab ich eigentlich überhaupt nicht verstanden; aber den Nachspann von Doris Dörrie fand ich so gut wie bei ihren "Männer"n. "Keiner liebt mich" fand Conny auch gut. Es sei ihr damals ähnlich gegangen. Sie arbeitet als Sekretärin bei einem großen Konzern und lebt nicht so flippig wie die Frau aus dem Film, aber von doofen Erfahrungen mit Männern kann sie viel erzählen. "Hast du "Beim nächsten Mann wird alles anders" gesehen?" Ja, sogar gelesen. Fand ich fast noch besser als den Film (Petra hat mich drauf gebracht, aber das sage ich jetzt lieber nicht...). Conny entdeckte sich in den Frauen, denen die Männer auf die Nerven gingen, ohne dass sie was gegen Männer habe: "Ich bin nicht lesbisch, verstehst du." Aber irgendwie suchte sie eine tragende Beziehung. Jetzt war sie bei mir richtig. Ich bin ein exzellenter Zuhörer. Es lief auch hervorragend. Aber mehr lief nicht. Ich spürte schon: Wieder mal Beichtvater! Einmal Beichtvater, immer Beichtvater...

Dann bedankte sie sich auch noch für das tolle Gespräch. Ihre Hand behielt sie allerdings für sich. So sitze ich am Sonntagabend zu Hause und trink meinen Sonntagswein allein. Es ist öde. Nein, Wolfi ruf ich nicht mehr an, obwohl es noch nicht so spät ist. Ich leg mir noch mal die Kassette mit "Is was, Doc" rein. Da kann ich am besten abschalten. Hab ich als Schüler in Berlin gesehen. Waren mit der Klasse dort. War damals echt fit bei Filmen, kannte sogar den Namen der Cutterin! Ach ja. Da fällt mir ein, demnächst ist wieder eine Klassenfahrt. Aber echt, als Lehrer bist du da im Stress. Wenn wenigstens eine Kollegin dabei wäre, mit der was läuft - weshalb stelle ich mir sofort Carola vor? Alle anderen wären ein Alptraum. Ja, wenn sie mir nur einen ermutigenden Blick zuwerfen würde und vielleicht völlig unauffällig mich um Unterstützung beim Korrigieren bitten würde... Sie könnte sich ja einfach mal von hinten über mich beugen und die Klassenarbeiten betrachten. Dann wäre ihr Duft zu schnuppern und vielleicht gäbe es einen angenehmen Körperkontakt! Aber da ist nichts drin. Die Schüler haben es besser; die haben volle Auswahl und Freiheit. Zwar nicht bei den Lehrerinnen, aber immerhin. Und gerade bei einer Klassenfahrt muss ich auch noch wie der letzte Lustfeindling dagegen sein! Wenn das nicht pervers ist.

Frau Greinich, auf ihren Besen gestützt, fing mich heute im Treppenhaus ab und erkundigte sich penetrant nach Petra. Sie hätte sie aber *lange* nicht mehr gesehen. Man würde auch *gar* nichts mehr hören. Ob sie krank sei oder verreist... Neugierige Pute! Ich erklärte, sie sei bei ihrer Mutter. Das hat Frau Greinich überzeugt. Eine gute Mutterbeziehung spricht für Petra. Dass sie ohne mich hingefahren ist, spricht natürlich gegen mich.

Andererseits: Hat sie mir überhaupt geglaubt? Sie blickte so misstrauisch, als wollte sie hinter meine Stirne schauen. Dann hatte sie es auf einmal eilig, ihren verbeulten Briefkasten im Gang zu inspizieren, irgendeine Werbesendung zu entnehmen und mit einem gemurmelten Gruß hinter ihrer Wohnungstür zu verschwinden Hält sie mich für Jack den Ripper? Als ich die knarrende Treppe in den ersten Stock hochging, bekam ich fast vor mir selbst

Angst. Junge, das ist die beginnende Paranoia! Im Kühlschrank lag keine Leiche, aber ich stieß auf eine noch relativ frische Flasche Milch. Gesünder leben ist angesagt.

9 Blumen im Hirn

(2.Dienstag)

Der „Kommissar Maigret" am Sonntagabend war Klasse. Gut, dass ich ihn noch in der Programmzeitschrift entdeckte. So klang mein Abend etwas versöhnlicher aus. Simenon bringt eben mehr intellektuelles Gewicht auf die Waage als Wallace im Verschnitt von Alfred Vohrer, Fuchsberger her, Drache hin, allenfalls bringt Otto noch was. Überhaupt Simenon. Bei dem habe ich gelesen, dass das Entscheidende im Leben die Krisen sind. Mit einer Krise fange alles an, meint er. Seine ganzen Krimis sprächen den Leser als Krisenexperten an. Es geht immer drum, zur Vergangenheit Stellung zu beziehen und neue Möglichkeiten auszuloten. Ich bin in einer Krise. Jetzt müsste alles anfangen. Aber er hat auch geschrieben, dass man neu anfangen kann. Was soll ich denn noch neu anfangen? Eine Beziehung? Aber wenn ich der alte bleibe, bringt das auch nichts. Was sagt denn mein Analytiker dazu?

Mein Beruf lässt mich regelmäßig alt aussehen. Gestern ging's ja noch, montags profitiere ich vom Erholungseffekt des Wochenendes bei den Schülern. Aber heute früh änderte es sich schon wieder. Ich kam wie immer knapp zur Schule, ließ mein Rad wie immer unverschlossen - bisher klappt es problemlos und das Gefährt erwarb ich äußerst günstig, weil gebraucht. Meine stete Rede: So ein Rad ist billiger als jede Autoreparatur. Man kann sich also von Zeit zu Zeit eines leisten.

Schon in der ersten Stunde setzte mein Alterungsprozess rapide ein. Die kleine Ortrun in der Neunten hat einfach die Masche drauf, wie sie mich verunsichern kann. Ich will bestimmt nichts von ihr, mit Kindern hab ich nichts, aber wenn sie die Bluse so offenherzig trägt, dass man fast alles sehen kann, habe ich meine Hormone auch nicht im Griff. Das kommt ganz automatisch. Das allein wäre nicht so schlimm. Dazu stehe ich auch. Ich bin ja ein Mann. Aber es kostet erhebliche Selbstbeherrschung, unberührt zu wirken. Das fehlt noch, dass ich mich von einer Schülerin anmachen lasse! Aber es verunsichert mich total - in der jetzigen Situation dreimal. Und die spielt das voll aus, wenn sie Lust hat - manchmal fragt sich mein innerer Psychologe, was bei ihr wohl Zuhause läuft; ich bin da misstrauisch. Aber heute früh hat sie mich wieder einmal total aus dem Konzept gebracht.

Es ist einfach übel. Und zurzeit natürlich besonders, weil ich eine offene Phase habe. Ich komme eben nicht mittags zu Petra heim und kann mich mit ihr austoben, sondern dann muss ich lustlos irgendetwas für einen alleinstehenden Mann (Single! Dass ich nicht lache. Das ist so beschönigend wie Seniorenwohnheim für Altersheim. Euphemismus hieß das in der Uni), ich muss für einen Junggesellen kochen und in mir kocht es. Also, ich war wieder einmal unkonzentriert. Wenn das die Schüler checken, ist Flandern in Not. Da hilft die beste Pädagogik nichts. Arbeitsblätter hin, offene Diskussion her, die hauen dich in die Pfanne, selbst wenn es ihnen hinterher leid tut. Die meisten mögen mich ja. Da spüre ich immer wieder. Aber ihre Hemmschwelle tritt leider erst in Kraft, wenn sie ihren Schülersadismus ausgeübt haben, sprich: immer zu spät.

Beim Thema "Napoleon kommt wieder" funkte Sven dazwischen: "Konnte der überhaupt kommen? Der hatte doch nur so einen kleinen..." Alle prusteten los. Auch ich musste grinsen; aber schon wieder das Thema Sex! Ich dreh noch mal durch. Da hilft die überzeugungslos aufgebrummte Strafarbeit überhaupt nichts. Man darf sie sowieso nicht geben. Ich gebe sie trotzdem immer wieder, mit phantasievollen Bezeichnungen. Hier war es: "Expertise über Waterloo - gestern und heute". Und dann höre ich genau, wie Petra - die dumme Pute neben Ortrun heißt wirklich so - halblaut sagt: "Ob seiner wohl größer ist?" Ihre Nachbarin explodiert schier vor unterdrücktem Lachen. Da darf ich doch gar nicht drauf eingehen. Außerdem hab ich nicht gesehen, dass sie es wirklich war. Es ist zum Haare ausreißen. Von denen habe ich wenigstens noch genug. Am Kopf. Die andere Frage könnte ich mir von Petra gut vorstellen... Ich meine die Schülerin. Hoffentlich wurde mein Schädel nicht rot!

In den restlichen Stunden war ich ziemlich mies drauf. Nur die Pausen boten mir Entlastung: Im Lehrerzimmer traf ich Renate, mit der ich meinen konkreten Ärger über "immer die gleichen" Schüler austauschte. Gleiches Leid lässt verstehen. Mein eigentliches Leid kennt sie allerdings nicht. Sie wäre auch nicht die Person meines Vertrauens und leider nicht einmal meiner geheimen Begierde. Sie überschritt ihren Höhepunkt, ohne erkannt zu werden. Es lag nicht nahe, allzu viel zu erkennen, sie gibt sich zu herb und versteckt ihre begehrenswerte Seite. Sie tut mir ein wenig leid; aber was soll's. Zwischen Mitleid und - tja, was denn? Von Liebe will ich nicht reden, von Beziehung vielleicht - also, dazwischen muss man klar trennen. Sonst führt es direktemang in eine Katastrophe. Immerhin baute ihr Verständnis meinen Frust ein Stück weit ab. Den Rest besorgte die Vorfreude auf den "Nachtisch". Die erregende Erwartung ließ mich durchhalten. Unterrichtsende hieß: Ich fahre zur Zeitung und frage nach der Offerte. Am liebsten hätte ich den Schülern früher frei gegeben, zur beiderseitigen Freude. Aber es läutet auch so ein letztes Mal.

Scheißverkehr. Alle sind um die Mittagszeit unterwegs. Warum auch nicht?! Ich bin ja selbst unterwegs. Das Rad habe ich gegen meinen wohlanständigen Mittelklassewagen eingetauscht. Je näher ich dem Ziel kam, desto mehr verschwand die Schule aus meinen Gedanken. Meine Augen öffneten sich wieder für die Fahrerinnen und Passantinnen und meinen lustvollen Phantasien konnte ich ungestört nachhängen; gar nicht sexistisch, sondern mit Freude über die vielen verschiedenartigen Persönlichkeiten, die ich mir vorstellen kann. Ein Genuss! Es gibt so viele interessante Frauen. Und eine davon werde ich kennen lernen.

Ich weiß bloß noch nicht, wann. Denn eine Antwort war bei der Zeitung noch nicht eingegangen. Ich kam mir auch ein bisschen blöd vor, nach dem Brief zu fragen. Und ich kam mir blöd vor, mir blöd vorzukommen. Ich mache doch nichts Verbotenes. Außerdem: Woher sollte der an der Ausgabe denn wissen, warum ich da bin? Ich konnte doch einen gebrauchten Computer suchen, eine Waschmaschine, eine Zugehfrau oder eine Stelle. Aber nein, ich wusste: Der Kerl da blickt durch. Der weiß genau, was du gemacht hast. Der denkt jetzt, das hast du nötig. Hast du das wirklich nötig?

Als ich wieder draußen war, war mir seine Meinung so scheißegal wie vorher. Ein bisschen enttäuscht war ich schon: Keine Reaktion bis jetzt. Meine Aufgeregtheit - wie vorm Rendezvous - war mit aller ihrer Energie rückstandslos verpufft. Aber ich bin Realist. Ich selber hatte mir auch Zeit gelassen. Zum Kochen hatte ich nun absolut keine Lust. Die Menüs beim Chinesen erschienen mir oft eine brauchbare Alternative. Auch heute. Früher war es zwar billiger, aber inzwischen verdiene ich auch viel mehr. Und beim Essen kann ich noch ein bisschen meinen Träumen nachhängen. Ich brauche nicht immer Alkohol dazu, also bestellte ich Ginger Ale. Ich muss Carola mal unauffällig einladen, irgendeinen Anlass aufbauschen. Da fällt mir ein: Ich weiß gar nicht, ob sie allein lebt oder nicht. Das sollte ich erst abklären. Jetzt verlangt aber der Magen oder der Gaumen das seinige.

Frühlingsrolle oder Suppe? Am liebsten beides. Ich kann mich nicht entscheiden. Ja, sag mal, was ist denn los! Beim Essen willst du alles, bei den Frauen willst du alle. Brauchst du eine kleine Therapie?

Scherz beiseite. Ich bestelle Frühlingsrolle. Ich habe schließlich Frühlingsgefühle, und die wollen gepflegt und genährt werden. Das Argument reicht völlig. Außerdem reicht mir die Suppe, die mir Petra eingebrockt hat. Bin ich nicht wieder großartig? Metaphern waren schon immer meine Stärke! Schluss! Aus! Jetzt reicht's! Petra, was hast du jetzt noch in meinen Gedanken verloren? Schließlich will ich mich in eine neue Beziehung stürzen. Etwa so ein Typ sein wie die Frau mit den blonden Engelskrausen hinten beim Aquarium? Von so einer habe ich schon als Kind geträumt. Ein Engel, ganz allein für mich. Mit einem Schmollmund, der leicht geöffnet ist. Marilyn Monroe beherrschte das perfekt. Obwohl: Die war nicht so mein Typ. Ich fand sie schon scharf, aber andererseits... Nee, nichts für mich. Wenn die Frau mit ihrem Engelsgesicht jetzt auch noch ein tiefblaues Kleid anhätte, das wäre auch toll. Wir schlendern händchenhaltend durch die Straßen, ich spürte ihre Fingerspitzen, die sich ab und zu in meine Handinnenfläche verirren. Ein irres Gefühl! Ich frage mich, was sie beruflich macht. Da kann ich mir alles und nichts vorstellen. Schade. Ich hätte nichts gegen eine Sekretärin, die es gelernt hat, auf ihr Aussehen und auf Formen zu achten, und die meine Intellektualität zu schätzen wüsste. Das könnte zutreffen. Eine Kollegin vielleicht? Naja, da wären auch die Themen interessant. Aber andererseits: Beziehungen in der eigenen Berufsgruppe sind riskant. Da fehlen die Anregungen aus dem fremden Gebiet. Meine ich zumindest. Doch ich verfügte über nur minimale Erfahrungen. Eine Verkäuferin? In einem Geschäft mit viel Kundenkontakt und Beratung. Sie kann auf Menschen eingehen. Toll. Der Kunde ist König. Und das in der eigenen Wohnung.

Mein Blick schweift ab. Es gibt noch andere Frauen hier. Neben dem Aquarium? Nein, total farblos, das spricht mich nicht an. Dahinten die beiden jungen Frauen an der Garderobe? Zu jung. Was fang ich mit jemand an, für den ein Teil meiner Vergangenheit reine Geschichte ist (Opa erzählt wieder mal vom Krieg...)? Und die Frau dort drüben mit den neckisch kurzen schwarzen Haaren und der popig gestylten Brille? Ihr Begleiter stört meine

Phantasie nicht. Mich interessiert nur der Typ. Die wäre nicht falsch, allerdings nicht so leicht einzuschätzen. Sie widersetzt sich meinen Folien. Das spricht für sie. Eine Beziehung muss Überraschungen bieten. Und die Frau, die jetzt rein kommt? Sie gefällt mir sofort. Sie erinnert mich an Petra. Muss das sein? He!!! Muss das sein? Das ist Petra!

Ich werd verrückt. Aber wer quetscht sich da hinter ihr noch rein? Ein Freund? Ein Liebhaber? Mein Nebenbuhler? Hat sie mir Hörner aufgesetzt und ich habe es nicht gemerkt? Warum verdirbt sie mir mein scharfes Essen und meine streunenden Phantasien? Meine Augen folgen ihr unruhig, während er einen Tisch wählt, galantesk einen Stuhl vorrückt und sie sich dann mit gespielter Eleganz darauf niederlässt, ohne mich zu sehen. Er nimmt ihr den Mantel ab, ein Kavalier der alten Schule; ja ja, dass lässt sie sich natürlich gefallen! Sonst geriert sie immer so emanzipiert! Wenn ich nur die geringsten Anstalten machte, ihr mal aus der Jacke zu helfen, sah sie mich an, als würde ich CSU wählen! Sie wendet mir den Rücken zu. Dann kann ich mir ja den Typen genau anschauen. Mal sehen, mit welchem Versager sie jetzt rumzieht. Pummelig wirkt er, ein pubertärer Fettsack. Ein Milchgesicht! Ein Bubi... Petra, das ist nicht ok. Du kannst dir keine Kinder an Land ziehen. Du bist alt genug. Ölig wirkt er, von seinen Pickeln mal abgesehen. Er könnte Vertreter sein. Für Schmierseife. Auf wen hat Petra sich da eingelassen, in welcher Schmierenkomödie spielt sie mit? Am liebsten ginge ich rüber und geigte ihm die Meinung. Aber ich habe keine Rechte mehr an Petra, kein Copy-Right, Keine Vollmacht, keine Konzession, keine Lizenz. Oh James Bond: Lizenz zum Töten, das spiegelt meine Gefühle. So aber sitze ich vor dem Menü der Chinesenmafia, schieb mir hastig den Reis mit den Stäbchen in den Mund und kaue mit Zähnen und meinen Gefühlen.... Hey, Frank! Was soll denn das?! Ich bin auf der glücklichen Suche nach der Frau, die total anders ist und dann kommt Petra rein und ohne dass sie Kontakt mit mir aufnimmt, steh ich wieder mal im Abseits.

Ich schaue zu den beiden hinüber. Wann tut sich endlich was? Wann endlich steht sie auf, knallt ihm den Reis an den geschniegelten Kopf und keift: "Du alter, geiler Bock!" Wann wirft sie den Kopf hoch und schwebt hinaus wie Claudia Schiffer auf Marilyn Monroes Spuren. Doch nichts dergleichen tut sich, keine Spur von Aggression. Ich warte drauf, dass sie ihm ihr Cola ins Gesicht schüttet, er ihr eine schmiert und mit den markanten Worten: "Du alte Schlampe, ich hätte auf meine Mutter hören sollen!", die Tür hinter sich zuknallt, eine nasse und in sich zusammengesunkene Petra zurück lassend. Ich würde zuschauen und lachen. Oder ihm den Weg verstellen und von Mann zu Mann zusammenschlagen? Oder mich fürsorglich über die unglückliche Petra beugen, ihren dankbaren Blick in mich aufsaugend. Nass und frierend läge sie in meinen Armen.

Dabei hatte doch sie ihn nass gemacht. O, meine schwirrenden Phantasien werden unlogisch. Es tut sich einfach nichts dort drüben. Bloß mir fallen dauernd die Reiskörner runter. Curryhuhn. Haben die Salami? Oder wie heißt das? Salmonellen, das war's. Klingt wie Dardanellen, bloß salomonischer. Aber ich merke schon: Trotz Ginger Ale bin ich nicht mehr nüchtern. Es wird Zeit, dass ich mein „Menü" runterschlabber und die Fliege mache. Gut, dass es in dieser Pinte noch einen Espresso zum Abschluss gibt und nicht diesen unsäglichen Fruchtsalat. Der Kaffeeduft möbelt mich ein Stück weit auf. Die Lebensgeister kommen wieder.

Soll ich wirklich gehen? Der Tag ist einfach versaut. Und jetzt lacht sie auch noch, wirft den Kopf aufreizend zurück, weil er irgend so einen Chauvi-Witz gemacht hat. Wahrscheinlich fährt er Manta und sie lässt sich zur Frisöse umschulen. Ach ne, sie ist ja nicht blond. Obwohl ich manchmal durchaus den Eindruck hatte, dass sie Stroh im Hirn hat.

Frank, jetzt wirst du polemisch und ungerecht. Im Grunde hast du sie wirklich geliebt. Ihr seid bloß nicht für einander geschaffen. Als gute Freunde wäret ihr prima miteinander ausgekommen!

Nur war ich manchmal wirklich scharf auf sie. Das ist man nicht auf eine "gute Freundin". Jetzt muss ich zahlen, sonst dreh ich noch durch. "Nehmen Sie Eurocard?" "Jawohl, der Herr...." Gut, wenn man einen internationalen Stil pflegt.

Die Rückfahrt kostete mich wieder zahlreiche Nerven. Außer mir lauter Idioten auf der Straße. Wenn ich bedenke, welche Leistungen manche Schüler bringen, mit wie wenig Durchblick sie die Schule verlassen und dass sie dann doch den Führerschein machen dürfen, dann packt mich ein heiliger Zorn. Am liebsten führe ich mit ratternden Maschinengewehren durch die Gegend und ballerte alle Verkehrsrowdies ab. Was sie mit sich selbst machen, schert mich nicht. Aber dass sie mich gefährden dürfen mit ihrer Bedenkenlosigkeit am Steuer und mit ihrem Leichtsinn, das bringt mich auf die Palme. Ganz abgesehen von der Umweltverschmutzung ohne schlechtes Gewissen. Unser einer fühlt sich ja wenigstens wie ein halber Verbrecher, wenn er aufs Gaspedal drückt. Aber die kaufen sich mit achtzehn einen gebrauchten BMW, jagen die fossilen Brennstoffe in die Atmosphäre, belästigen mich durch unverschämtes Überholen, anschließend ihre stinkigen Abgase ebenso wie durch Lärm und... Schluss! Stopp! Ende! Wenn ich diesen Gedanken erstmal habe, dann hat er mich und ich komme ohne außerordentliche Kraftanstrengung kaum los davon. Es nützt nicht das Geringste. Wie soll unser Innenminister mit den Asylproblemen fertig werden, wenn er nicht einmal den Straßenverkehr in den Griff kriegt?! Das möchte ich meinem semifaschistoiden (dieses Wort verstehen hoffentlich die Juristen sowenig, dass sie mir daraus keine Strick drehen können, an denen man mich trotz Abschaffung der Todesstrafe dann aufhängen könnte...) Volksvertreter einmal Auge um Auge ins Gesicht sagen. Doch was soll's! Meine aggressiven Gedanken vertreiben nur die Zeit. Und nicht auf angenehme Weise. Also an etwas Positives denken. Genau, positiv denken, das sagen doch alle die, die es besser wissen. Positiv.

Wie war das damals mit dem positiven Denken bei Putzi? Wir hatten ihn gerade... Was heißt "wir"? Petra hatte ihn, und ich war bei den Konsequenzen mitbetroffen. Schon am zweiten Tag. Der süße Kleine entdeckte, dass die Wohnungstür nur angelehnt war. Ein Tipp mit der frechen Schnauze und der Weg ins Freie steht ihm offen. Er hoppelt die Treppe hinunter. Dann macht ihm die große Freiheit wohl Schiss. Im wahrsten Sinn des Wortes. Auf unseren Schulausflügen sangen wir endlose Verse von "Scheiße auf...", etwa dem "Tisch im Zimmer macht die Mutter nur noch schlimmer..." oder auf der "Friedhofsmauer macht die Toten auch nicht schlauer...". Was haben wir gelacht! Putzi sorgte für eine neue Version: Vor Frau Greinichs Tür. Was reimt sich darauf? "Macht Frau Nachbarin zum wilden Stier..."

Erbost erschien sie in unserem Türrahmen. Petra stand gerade im Bad vor dem Spiegel und schminkte sich. Also bekam ich die Gardinenpredigt ab. Schrubber, Wasser, Spülmittel, Desinfektionsmittel und meine reinigende Präsenz klagte Frau Greinich ein. Ihrem sozialen Druck hielt ich nicht stand und während meine holde Schönheit sich pflegte, putzte ich das Treppenhaus. "Ihre Frau ist wohl nicht da..." Kommentar von Frau Greinich. In solchen Situationen war Petra immer "meine Frau". Frau Nachbarin hat ja so recht: Putzen ist Frauensache. Das erkennt man schon daran, dass "meine Frau" ihr Lieblingstier "Putzi" taufte. Immerhin brachte mich das Malheur auf die Dünnschissstrategie. Putzi glotzte triumphierend. Aber wer zuletzt lacht...

Frau Greinich braucht keinen Hundedreck, um zu nerven. Ihr flaches, freundliches Gesicht tarnt die Augen eines Inquisitors. Sie brachte gerade, mit ihrer dezent geblümten Haushaltsschürze angemessen gekleidet, die Mülltonnen zum Straßenrand, als ich heute heimkam. Ich fragte mich im Stillen, ob sie dieser Tätigkeit bereits seit Stunden nachging, um mich auch wirklich zu erwischen. Das Fräulein Petra sei nun aber schon lange fort. Ob die Frau Mutter ernsthaft krank sei. Ob der Herr Lehrer denn mit dem Essen klar käme. Männer würden das doch sehr schnell auf die leichte Schulter nehmen, damit hätte sie ihre Erfahrung (das klang drohend), dann bekämen sie einen Schwächeanfall und würden krank. Mich macht diese Frau noch krank. Dabei gibt es sogar einen Herrn Greinich, eben den Mann ihrer Erfahrung. Aber vergiss ihn! Nie ist er zu sehen oder zu hören. Er wird wissen, warum er sich rar macht. Ich erklärte seiner Frau ganz ruhig, dass ich als Student ja auch alleine gelebt hätte, und da hätte ich mich auch versorgen können und wäre nie krank gewesen. "Ja, da waren Sie noch jung!" lautete ihr Kommentar. Mir blieb schier die Luft weg. So unverschämt wie das war, konnte sie es gar nicht gemeint haben. Aber am verletzendsten sind manchmal gerade die Menschen, die es gar nicht böse meinen, sich aber nicht die geringsten Gedanken darüber machen, was ihr Geplapper bei anderen anrichtet. Mit einem Hinweis auf den Nachmittagsunterricht, den ich noch zu geben hätte (eine glatte Lüge) zog ich mich doch noch einigermaßen aus der Affäre. Diese Frau spricht eindeutig gegen eine feste Partnerschaft. Ich muss mal mit Herrn Greinich drüber reden. Vielleicht tue ich da ja ein gutes Werk. Jetzt denke ich also doch positiv. Ich fürchtete schon, es würde gar nicht mehr klappen.

10 Janine und der Verkehr

(2. Mittwoch)

Und das muss mir passieren! Es ist unglaublich... Das Telefonsignal ertönte, dieser nervtötende Computerklang, ohne den heute nichts mehr läuft. Meine erste aberwitzige Phantasie: Jemand reagiert auf meine Anzeige. Meine zweite, etwas realistische, aber unwahrscheinliche Hoffnung: Petra meldet sich. Ich hob ab. Eine angenehme Stimme begrüßte mich. Corinna. Welche Corinna? Ach so, Arnolds Frau. Ein wichtiger Abendtermin verhindert unser morgiges Treffen. Er melde sich noch persönlich wieder, wegen eines Nachholtermines. Nachholtermin! Wie das klingt. So richtig geschäftsmäßig. Er will mich also doch versichern. Aber die Stimme seiner Frau klingt unheimlich nett. Das Wesen, an das ich mich erinnerte, machte einen viel herberen Eindruck. Arnold musste ihr meine Geschichte mit bewegenden Worten geschildert haben, denn sie zeigte sich richtig einfühlsam und lud mich sogar zum Kaffeetrinken ein. Lehrer können sich solche Termine mitten am Tage leisten und ich leistete ihn mir. Frauen von Freunden sind für mich tabu. An diese Grenze halte ich mich; selbst in meiner momentanen Verfassung bin ich mir sicher, dass ich nicht zu weit gehe.

Ich nahm also an und erschien ziemlich pünktlich, ein Zeichen dafür, dass mir die Einladung etwas bedeutete. Als ich klingelte, merkte ich plötzlich, dass ich gar keine Blumen dabei hatte. Ich kam mir vor wie der letzte Stoffel. Für diese Höflichkeiten sorgte immer Petra. Ich werde mich umstellen müssen. Corinna öffnete und schien mit keiner Galanterie zu rechnen. Das erleichterte mich. Freundlich bat sie mich hinein und offenbarte mir dann ihre weitblickende Seite: Sie veranstaltete kein Tete-a-tete; auf ihrem Sofa saß eine junge Frau, eine Freundin, wie Corinna sofort erklärte. Sie stellte sie als Janine vor. Janine. Ich merke plötzlich, wieviele Frauennamen es gibt. Andere Männer kriegen Kinder. Oder genauer gesagt, ihre Frauen kriegen Kinder und dann geht die Namenssuche los. Ich bin auf Frauensuche und finde Namen...

Janine entpuppte sich als genau mein Typ. Ich meine, so rein menschlich. Es funkte sofort. Egal, worum es ging, wir fanden zusammen... Das begann schon damit, dass ich nicht wusste, wie kniggemäßig ich mich zu verhalten sollte. Corinna kicherte auffordernd: "Nun zier dich nicht so. Benimm dich einfach ganz natürlich." Janine wischte sich spielerisch eine Locke aus der Stirn und lachte. Es klang, als würden die Sterne des Himmels Harfe spielen. Ja, die Sterne spiegelten sich in ihren Augen. Ich wollte wie ein Raumfahrer in ihr dunkles Blau tauchen, durch diese Unendlichkeit schweben, in ihrem samtenen Glanz baden. Ihre Augen rahmten wunderschön lange Wimpern, tief schwarz und zugleich wie die Strahlen der Sonne. Das intensive Rot ihrer zierlich gespitzten Lippen zog mich magisch an. Black magic woman! Ihr dichtgelocktes, schwarzes Haar entführte mich in die wilde Freiheit spanischer Nächte. Ein Traum! Ein Traum von Frau! Ich begann, poetisch zu denken, wenngleich sehr stümperhaft. Die schwarzen Strahlen der Sonne! Was steckt denn in dieser Metapher?

Zu der weißen Bluse, durch die ein schwarzer BH schimmerte, trug sie einen roten Bolero. Du meine Güte, was macht diese Frau hier? Die bringt dich doch um den Verstand! Und das vielleicht noch willentlich. Ich fühlte mich so souverän wie Stan Laurel und blickte vermutlich auch so bescheuert. Corinna auf alle Fälle bewies Nervenstärke in dieser Krisensituation und drückte mich in einen Sessel: "Magst du Schwarzwälder Kirsch oder gedeckten Apfelkuchen?" "Schwarzwälder Kirsch! Da ist Alkohol drin und ich brauche jetzt eine kleine Stärkung." Janine lachte engelhaft. Ob sie gecheckt hat, wie weg ich war? Wahrscheinlich ja. Das wird ihr öfters passieren. Jetzt bin ich in ihren Augen also auch so ein kleiner Spießer, der durch Äußerlichkeiten umzuwerfen ist. Wo blieb nur die Souveränität, die ich erwerben wollte; selbstsicher wie ein richtiger Mann, überlegen in allen Lebenslagen.

Corinna bekam auch diese Kurve: Sie schnitt einfach das Thema Schule und Disziplin an. Ein Sujet, über das ich stundenlang frei referieren kann, ohne auf Wiederholungen zurückgreifen zu müssen. Natürlich kehrte ich zunächst den liberalen Macker heraus. Der kommt immer am besten an. Aber schon nach wenigen Sätzen bekundete mir Janine echtes Verständnis für meine Aggressionen. Sie bewies wunderbares Einfühlungsvermögen, als sie die hinterhältigen Tricks der Mädchen entlarvte, die mich in Rage bringen wollten (von Ortruns Wirkungsspektrum erzähle ich nichts; ich fürchtete, mich lächerlich zu machen). "Leider", bekannte sie mit einem halb um Verzeihung heischenden Lächeln, "kenne ich das aus meiner eigenen Schülerzeit. Wir wussten schon, wie wir welchen Lehrer auf die Palme bringen konnten. - Jede von uns hatte einen Dreh raus, wie sie einen Lehrer verlegen machen konnte. Die Waffen der Frauen - sie waren uns wohl vertraut. Und bei einem Lehrer hat man ja nichts zu befürchten." Sie lächelte unbefangen; mit meiner Unbefangenheit war es längst nicht mehr so weit her. Andererseits sagte mir mein glasklarer analytischer Verstand, für den ich berühmt bin: "Vielleicht signalisiert sie dir damit, dass sie was von dir will..." Das wäre toll.

Peinlicherweise schmeckte mir die Schwarzwälder Kirsch so gut, dass ich mich fast völlig auf sie konzentrierte. Das ging zu Lasten von Janine. Liebe geht durch den Magen! Diesen platten Spruch brachte Corinna ein. Wir lachten natürlich.

Soll ich noch was sagen? Wir lagen uns mit unseren Augen in den Armen. Das ist deine Zukunft, sagte ich mir. Vergiss die Annonce. Das ist die Frau, die auf dich gewartet hat. Vielleicht sollte ich sie ins Kino einladen? Irgendetwas galt es zu vereinbaren. Das Ende des Kaffeekränzchens rückte bedrohlich näher. Phantasie, Junge! Andere haben schon ganz andere Barrieren überwunden. Also schlug ich mit mühsam aufgebrachter Lockerheit vor, wir könnten doch was für unsere Bildung tun und ins Kino gehen - falls Arnold Zeit hätte, ginge es bei mir morgen Abend. Wow, die Einladung auf Arnold auszudehnen erschien mir als ein genialer Schachzug. Völlig unauffällig. Die Richtung meines Interesses blieb weiterhin im Dunkeln. Corinna wartete anständigerweise, bis Janine zugesagt hatte; sie zeichnete sich nicht durch Hastigkeit aus, sondern wahrte ihr Gesicht, indem sie erst überlegte und dann ihre Termine im Kopf durchblätterte. "Ja, du, das könnte klappen. Heute Abend bin ich belegt, Freitag ist auch nichts drin, aber Donnerstag müsste klappen. Also morgen. Wann?" Über einen konkreten Film hatten wir noch gar nicht geredet. Ich erklärte mich bereit, nachzuforschen und eine Entscheidung zu fällen. Dann würde ich alle verständigen. Janine notiert mir ihre Telefonnummer. Ein Schatz! Corinna mimte die Bedauernde: "Mensch, tut mir echt leid, aber diese Woche ist total ausverkauft bei uns. Ich würde rasend gerne mitgehen, aber die Abende sind alle belegt. Vielleicht in vierzehn Tagen; wir können ja noch mal drüber reden. Auf alle Fälle könnt ihr schon mal den kineastischen Vorkoster spielen und uns sagen, wie's war. Wenn's sich lohnt, schleppe ich Arnold mit rein. Von sich aus bringt er's nicht. Ehemännische Faulheit..." Sie lachte, aber nicht besonders heiter: "Naja, so sind die Männer..." Mit dieser resignierenden Bemerkung überließ sie die Zukunft Janine und mir. Wir bemühten uns um unbeteiligte Gesichter. Immerhin waren wir uns zu gut dafür, nun doch einen Termin vorzutäuschen. In unserem Alter darf man zu seiner Lust stehen. Und zum Frust?

Der kam, als wir uns verabschiedeten. Janine und ich gingen gemeinsam. Ganz Gentleman half ich ihr in den Mantel und genoss noch einmal, was für eine schicke Frau sie ist. Ein flüchtiger Bruderkuss für Corinna, dann gingen wir zu unseren Autos. Autos?

Mir blieb schier die Luft weg. Da begegne ich einer Superfrau, und was macht sie? Wie die letzte machtsymbolgeile Arztfrau besteigt sie einen Geländewagen. Mir bleibt schier die Luft weg. Naja, scharf sieht sie schon aus, wie sie hochsteigt. Wie eine kühle Aufforderung zum Kampf der Geschlechter. Aber dieses Statussymbol dreht mir den Magen um. Geländewagen! Wenn das Petra wüsste. Die Frau, die du flachlegen willst, düst mit diesem

Umweltvernichtungsmittel durch die geschundene Landschaft. Mit dem dicken Reserverad hinten dran, schwarzlackiert, Scheinwerfer auf dem Dach. Ich bin ganz fertig. Janine merkt natürlich nichts. Ich verfüge über die totale Selbstbeherrschung. Sie winkt zum Abschied. Mühsam hebe ich meine Hand. Zitternd schaue ich ihr nach, als sie sich - natürlich ohne zu blinken - in den Verkehr einordnet. Oder soll ich sagen, sie ordnet ihn sich unter? Wenigstens respektiert sie die rote Ampel! Aber vielleicht auch nur wegen ihrer gesetzestreuen Vorderfrau. Und dann halte ich mir die Hand vor die Augen. Das kann ich nicht mit ansehen. Die Frau, die bei mir Herz und Hose in Bewegung bringt, greift neben sich und hält sich ein mobiles Telefon ans Ohr. Das darf doch nicht wahr sein! Alles, was ich hasse, brachte sie in wenigen Sekunden zueinander. Mobiltelefon, benutzt während der Fahrt in der Stadt durch die Fahrerin eines Geländewagens, gibt es etwas Abstoßenderes? Ein Morbidtelefon... Dass sie im Weiterfahren von links nach rechts die Spur wechselt, um zu überholen, brauche ich nicht meinem Gedächtnis einzuprägen. O Gott! Mit diesem Weib bist du verabredet.

Ich schleppe mich zu meinem bürgerlichen Gefährt, starte gedankenverloren und fahre wie ein zwanghafter Pedant ganz vorschriftsmäßig heim: Blinker, links überholen. Und zwischendurch so viele Gedanken, dass ich gar nicht Auto fahren dürfte. Weiß das überhaupt jemand? Dass schwere Sorgen bei einem Unfall als Teilschuld gewertet werden? Die volle Fahrtüchtigkeit ist bei Liebeskummer nicht mehr gewährleistet. Ich halte mich zwar nicht dran, aber die haben einfach Recht, die Juristen. Dass der Mazda (Platz da!) so knapp vor mir einschert, dass ich schleunigst abbremsen muss, registriere ich erst viel später, als Ärger über diese Unverschämtheit in mir hochsteigt. Dass ich es überhaupt merke und sofort in den gesellschaftlichen Kontext einordne, belegt meine hervorragende Reflexionsfähigkeit. Wenn ich da an meine Schüler denke! Die erleben die gleichen Situationen, ohne sich die geringsten Gedanken zu machen. Gedankenlosigkeit als Lebenseinstellung! Und dann wundert man sich noch über die hohen Unfallziffern. Ich könnte das alles erklären. Als Pädagoge erlebt man die Ursachen täglich. Aber mich fragt ja keiner. Leute, hier bin ich. Bereit zur Talk-Show über Verkehr im Allgemeinen und unfähige Verkehrsteilnehmer im Besonderen.

Nicht, dass ich Vorurteile hätte. Ich bin ein ausgesprochen vorurteilsfreier Mensch. Aber es ist unglaublich, was ich tagtäglich erlebe. Und die jungen Leute, mit denen ich zu tun habe, entpuppen sich einerseits eindeutig als die Kinder ihrer Eltern: Von nichts kommt nichts... Und andererseits sind sie in wenigen Jahren erwachsen; man erklärt sie qua Alter dazu. Eine Lebensreifeprüfung muss niemand ablegen. Dabei wäre das gar nicht so übel. Wie war das grade heute früh kurz vor dem Unterricht? Sven und Björn - schon die Namen deuten auf ähnlich strukturierte Eltern hin... -, Sven und Björn jagen durch den Raum. Offenbar verfolgt einer den anderen, beide lachen, aber ich weiß, wenn sie aufeinander treffen, müssen sie irgendetwas Aggressives tun; sonst hat ja die ganze Jägerei nichts gebracht. Ich ermahne die beiden!

"Jaja", keuchen sie, und während Sven unter einer Bank durchkriecht, springt Björn über eine andere. Er versucht es zumindest. Doch als er gerade oben drauf ist, kippt dieses als Turngerät missbrauchte Möbelstück um. Björn fuchtelt mit den Armen, als wäre er ein Killer, den gerade ein Konkurrent vom Hochhausdach stürzt. Dann sausen beide zu Boden: Björn und die Bank. Dummerweise versucht Björn sich auch noch festzuhalten. Und zwar am Overheadprojektor, den der Medienwart vorsorglich als Rettungsarm für schwankende Schüler aufstellte. Damit erhöht sich die Zahl auf drei, die stürzen. Alle, inklusive Sven, blicken blöd auf Björn. Der blickt blöd zurück, verdutzt, lacht unsicher. Doch der Krach hallt ihm wohl noch im Ohr; der Krach, mit dem der Overheadprojektor erst zu Boden und dann zu Bruch ging. Da liegt es, das gute Stück, in zwei Teile zerbrochen und mit ein paar Splittern... Jetzt schaust du dumm, gell! Aber vorher? Dass es verboten ist, auf Bänke zu steigen, entspringt nur einem schikanösen Lehrerhirn. Das sehen die aufgeklärten, liberalen Eltern so. Wahrscheinlich findet ihr ganzes Familienleben auf irgendwelchen Bänken statt, die das selbstverständlich aushalten. Vermutlich entspringt Björn einem Zeugungsakt auf einer wackelnden Schulbank und muss jetzt bis zum erfolgreichen AbSchluss einer Psychotherapie immer wieder in diese Situation zurückkehren... O, ich gehe zu weit. Gut, dass die Gedankenlesemaschine nur ein Phantasieprodukt ist.

Aber der Ärger bleibt. Björn passierte zum Glück nichts. Das erleichtert mich, weil ich ein paar Sekunden echte Angst um ihn hatte. Und zum anderen erleichtert es mich auch, weil das zu Versicherungskomplikationen geführt hätte, ganz abgesehen von den verdammten Diskussionen mit den Ärschen von Eltern, die sich gerade in diesem Augenblick auf die Pflichten des Lehrers besinnen und die freie Entfaltung der Persönlichkeit, die sie sonst so nachdrücklich einklagen, mitsamt ihrem "wir waren doch auch so, seien wir ehrlich" sorglos beiseiteschieben. Es macht mich jetzt noch aggressiv, wenn ich mir diese Szene ausmale. Dass sie ihren Sohn schlecht erzogen haben und keineswegs alle Schüler so gedankenlos sind wie ihr Super-Björn, dringt als Argument natürlich nicht durch ihr selbstgerechtes Geschwafel durch. Bloß der Lehrer, der zuviel Ferien hat, seit Jahren auf jede Unterrichtsvorbereitung verzichtet ("und dafür zahlen wir auch noch Steuern...") und von Pädagogik ohnedies noch nie auch nur den Hauch einer Ahnung hatte, der trägt alle Schuld (Wie heißt es im Passionslied? "Ein Lämmlein geht und trägt die Schuld..."). Das erzählen sie dann mit dem Brustton der zu Unrecht belangten Märtyrer überall herum ("Der Lehrer ist ja völlig unfähig! Das sagen nicht nur wir, da kannst du alle Eltern fragen. Aber die Schulleitung wagt ja nicht, etwas zu tun. In der freien Wirtschaft könnte der sich so was nicht leisten!"). Wären sie doch selbst Lehrer geworden! Nur waren sie dazu meistens einfach zu faul. Oder zu geldgeil. Nicht, dass ich jammern will, aber auch ich führe kein Luxusleben. Und die Ferien brauche ich dringend zur Erholung von diesen Schülern und ihren Erziehungsberechtigten. Da kannst du alle Lehrer fragen! Schließlich haben wir fünf Tage in der Woche die gesammelten pädagogischen Fehlleistungen einer ganzen Klasse von Eltern wegzustecken. Weshalb gibt es keine Elternprüfung? Vor einem empfängnisermöglichenden Beischlaf? "Geh'n wir zu mir oder geh'n wir zu dir?" "Du, ich hab keinen Bock auf 'ne Prüfung! Laß uns safen Sex machen." Dann gäbe es Björn jetzt nicht.

Genau, eine Prüfung zwänge sie, mehr auf ihre Erziehungsziele und Methoden achten; vor allem, wenn sie die Folgen der Fehlleistungen ihrer Sprösslinge zu verantworten hätten... Wie das jetzt läuft, weiß ich. Vielleicht kriegen wir sie finanziell gerade noch dran, weil ich das Bänkespringen ja untersagt hatte und nicht mit körperlicher Gewalt unterbinden durfte (obwohl mir die Unterstützung einer breiten Mehrheit der Bevölkerung sicher gewesen wäre. Das wäre ein Thema für ein Volksbegehren! "Körperliche Züchtigung! Mehr Zucht bei Zuchtfehlern! Strafe für alle außer für mich!"). Also, vielleicht würden wir Björns Eltern dran kriegen. Ergebnis? Ihre Haftpflicht zahlt. Pädagogisch wertvoller Nebeneffekt unserer überversicherten Gesellschaft (Arnold, das kriegst du von mir zu hören!): Wenn's nichts kostet, bedeutet es nichts. Weiter so! Und trotzdem hasse ich die AfD!

Trotz dieser aufwendigen Gedanken kam ich heil durch den Verkehr. Trotz meiner selbstverpönten Unaufmerksamkeit. Mein Unterbewusstsein

53

fährt offenbar hervorragend. Und wer trägt die Schuld an allem? Janine! Ich bin immer noch ganz fertig. Wieder einmal sitze ich hinter meinem Bier und lasse meine Gedanken schweifen. Soll ich vor dem Kino noch einmal zur Anzeigenverwaltung? Sicher ist sicher. Keine Chance auslassen. Vielleicht meldet sich eine Janine ohne Geländewagen und Autotelefon. Wie steht es mit Carola? Die fährt doch so einen Mini.

Doch der Typ in der Anzeigenverwaltung schüttelte nur den Kopf; es sei nichts eingegangen. Bin ich so uninteressant?

11 Mäxchen und drei Frauen

(2. Donnerstag)

Den Frust über Janine musste ich abbauen. Auf zum Therapeuten! Auf zu Alfred. Ein Bier hatte ich schon intus, also schwang ich mich aufs Rad. Das beruhigte zugleich mein ökologisches Gewissen. Alfred schenkte selbstverständlich auch Öko-Bier aus. "Man will sich ja gesund besaufen", kommentierte er lachend und sein kleiner Schnurrbart zitterte fröhlich mit. "Prosit heißt Wohlsein" parierte ich loriotesk und hob mein Glas auf sein Wohl; seinen Wohlstand mehrte ich natürlich auch...

In der Kneipe tummelten sich um diese Zeit schon die Massen, genau das Proletariat, das wir in den 60ern nicht erreichten - zugegeben, ich war damals eh noch ein Kind. Aber eben ein Kind der Zeit. Der Spätrevoluzzer in Alfreds Kneipe führte bereits große Reden; als er mich entdeckte, überschlug er sich vor Solidarität und bot mir den Ehrenplatz neben sich. Sein Opfer stellte mir Wolfi als Herrn Stockberg zu. Er fällt nicht unter die Kategorie der "Duz-Generation", denn er hat die 50 schon überschritten. Was sucht er dann überhaupt in dieser Kneipe? Wahrscheinlich weltanschauliche Aufklärung, erteilt vom Meister selber. Die heutige Jugend interessiert sich sowieso nicht mehr für Revolutionen und Gerechtigkeit. "Genau!" kommentierte der alte Herr. Bei Jugend dachte er wohl weniger an seine Zeit als Elvisfan, sondern vielmehr an seinen "Jungen". Immerhin, Karl-Friedrich - ein untypischer Name für jene Generation - erreichte kürzlich die 18, wie sein Erzeuger einwarf. Da erwartet sich die Jugend von heute den Führerschein und einen Porsche. Resigniert zuckte der geprüfte Vater die Schultern: "Führerschein muss sein, er soll ja kein Außenseiter werden. Aber daneben reicht es nur zu meinem Auto. Jetzt fahre ich Rad und öffentliche Verkehrsmittel..."

Dieses kommunalpolitische Thema packte meinen Freund Wolfi und er packte es auch kompetent an. Selbstverständlich wartete er mit einer umfassenden Lösung der diversen Aspekte öffentlichen Personennahverkehrs auf. Als es ermüdend wurde, ergriff ich die Chance einer Zigarettenanzündepause und lenkte nachdrücklich zu Herrn Stockbergs Erziehungsprobleme zurück. Da fühle ich mich zuständig.

Zu seinen Gunsten gab ich eine Anekdote von Mark Twain zum Besten: "Wissen Sie, Mark Twain erzählte eine tröstliche Geschichte: Den Schriftsteller sprach ein Jugendlicher an: ‚Ich verstehe mich mit meinen Eltern nicht mehr. Jeden Tag Streit. Sie sind so rückständig. Sie haben keinen Sinn für Modernes. Was soll ich machen? Ich laufe aus dem Haus!' Darauf nickte Mark Twain mitfühlend und erwiderte: ‚Junger Freund, ich kann dich gut verstehen. Als ich so alt war wie du, waren meine Eltern genauso ungebildet. Es war nicht auszuhalten. Aber du musst Geduld mit den alten Leuten haben. Sie entwickeln sich langsamer. Nach zehn Jahren hatten sie schon so viel dazugelernt, dass man sich ganz vernünftig mit ihnen unterhalten konnte. Was soll ich dir sagen? Heute, nach zwanzig Jahren - ob du es glaubst oder nicht - wenn ich keinen Rat weiß, dann frage ich meine alten Eltern. So können die sich ändern!'"

Herr Stockberg lachte: "Na, dann brauche ich ja die Hoffnung nicht aufzugeben. Das tröstet mich, Balsam für meine wunde Seele." Und er bestellte sich noch ein Bier. Sein Ton näherte sich der Bereitschaft, mir auch eines auszugeben. Nicht, dass ich finanziell auf diese Mildtätigkeit angewiesen wäre, aber es wäre Balsam für meine wunde Seele gewesen.

Wolfi fand die Twain-Story reaktionär. Immerhin nicht revanchistisch, das wäre sein vernichtendstes Urteil. Er spürte, jetzt sei nicht die Zeit für Revolutionen und leitete den gruppendynamischen Teil ein: "Jungs, wie steht's mit einer Runde Mäxchen?"

Die Jungs blickten verstört auf - außer uns saßen fünf weitere gealterte Jugendliche am Tisch. Sein Impuls schien optimal getimt. Einer holte von Alfred den Würfelbecher und eine Schachtel Streichhölzer. Dann zeigte jeder, wie genial er schummeln kann. Jungs, wir sind heute gut drauf. Die Stimmung stieg. Alfreds Umsatz auch. Das Niveau der Witze sank umgekehrt proportional und pegelte sich erst unter der Gürtellinie auf einer konstanten Tiefe ein. Obwohl naturgemäß viel vom Bett die Rede war, sprang ich unverantwortlich spät ins meines. Aber was soll's! Ein Abend unter Männer bringt verbrauchte Energie zurück.

Als ich erwachte, standen wieder die Frauen auf dem Programm. Für die wollte ich ja meine Energien regenerieren. Vor dem Altersheim muss noch was laufen. Aber hallo! So ging ich in der Schule in die Offensive. Während der letzten 15 Minuten vor acht im Lehrerzimmer, begann mein libidinöser Feldzug. Carola schien noch Arbeiten zu korrigieren. Ich blickte ihr neugierig - kollegial über die Schulter und erkundigte mich rein fachlich nach der Leistung von Daniel. Einfach so, ohne konkreten Anlass. Es gibt keinen Schülers, über den man nicht ein paar Worte verlieren könnte. Sie schaute kurz hoch, blätterte in den Probearbeiten und deutete auf einen Satz: "Da, lies das mal!" Dazu musste ich mich natürlich über sie beugen. Hoffentlich hatte ich meinen Atem im Griff, damit sie meine Aufregung nicht mitbekam. Oder sollte sie es vielleicht doch? Ihre Schulter berührte meinen Bauch. Aber das sind nun mal keine guten Treffpunkte für anregende Gefühle... Erstens fühle ich mich ein bisschen dicklich und zweitens befindet sich in der Nähe mein empfindlicher Solarplexus: Da schlagen sich Boxer K.O.

Doch nun zur objektiven Ebene, zum Vorwand. "Was korrigiert die eifrige Beamtin schon so früh am Morgen?"

Carola lachte: "Die Steuergelder verschwendet sie über einer Geschichtsprobe..."

"Geschichte?"

"Ja, Reformation. Martin Luthers 95 Thesen gegen den Ablasshandel. Lies mal die fünfte Frage: Wie reagierte der Papst in Rom darauf? Und dann schau dir die Antwort an? Völlig unbefangen kritzelt der Knilch: ‚Nicht gerade gut denn er ferlor dadurch viel Geld weil die Thesen sich auch gegen die Ablaßbriefe richtetten. Und gegen den Verkauf von Heiligen Knochen.' Man beachte die Interpunktion und Orthographie."

Ich schüttelte grinsend den Kopf: "Heilige Knochen. Eine historische Spitzenformulierung. Erstens trifft sie zu und zweitens gelang ihm die haarsträubendste Übertragung von ‚Reliquien', die ich kenne."

Carola nickte amüsiert: "Wenn ich das Hochwürden zeige..." H ochwürden lacht darüber bestimmt auch. Als Papst könnte er mit seiner aufgeschlossenen Art die katholische Kirche wieder auf Vordermann bringen. Aber das spricht bei der nächsten Papstwahl vermutlich gegen ihn. Gut, dass ich evangelisch bin. Trotzdem, als ich "Heilige Knochen" genussvoll wiederholte, brachte mich das unwillkürlich zum Lachen. Das erleichtert mich. Lachen setzt unverdächtig Energie frei. Und die staute sich gerade in großen Mengen in meinem Bauch, also in Zwerchfellnähe.

Es kribbelte unter dem Nabel: Wie reagiere ich auf ihr Signal.

"Was, das stammt vom Daniel?", ich schüttelte den Kopf: "Mit dem hab ich auch manches erlebt. Schon in der fünften Klasse brachte er goldige Frechheiten. Aber wir wissen, wie das weiter geht. Und was machst du jetzt mit ihm?"

Damit zog ich mir einen Stuhl herbei und setzte mich neben sie. Sie spielte noch ein bisschen mit dem Tintenstift in ihrer Hand (so zierlich; und mit reißerischem Rot lackiert. - Die Fingernägel, nicht der Tintenstift!), dann legte sie ihn beiseite, dachte laut über ihre Möglichkeiten nach und wir gerieten in eine lebhafte Diskussion.

Carola gehört zu den nervenstarken Menschen, die einem direkt in die Augen schauen können. Ich praktiziere das auch und hasse es, an jemandem vorbeizuschauen, während wir miteinander reden. Aber gerade wenn die Gefühle auf Hochtouren laufen, wähle ich lieber einen unverdächtigen Blickfang. Ich will meine Verletzlichkeit preisgeben. Dabei ist es eine Wonne, Carola anzuschauen: Ihre Augen strahlen eine weiche Wärme aus. Farbe? Undefinierbar. Anders formuliert: Vielfarbig. Changierend. Beim Sprechen umspielt die Lippen ein Lächeln, das aus der Tiefe kommt.

Ich schaute sie also doch beim Reden an. Die kleinen Falten neben Mund und Augen verschwanden nicht immer wieder. Jaja, dachte ich mir, du hast auch deine Geschichten erlebt... Wie kann ich zu einem Freizeitthema überleiten? Kino? Nee, das deckt heute schon Janine ab. Da musste ich vorsichtig sein. Dann läutete es zur ersten Stunde. Wenn die Schüler wüssten, wie sehr ich gerade dieses Läuten hasse! Sie würden sich verstanden fühlen. Carola lachte noch mal: "Auf in den Kampf, Torero! Erhebe deine heiligen Knochen!" Na denn, auf in den Kampf...

Jetzt komme ich mit den Schülerinnen wieder besser klar. Die erste Irritation hat sich gelegt, obwohl Ortrun mich immer noch aus dem Konzept bringen kann. Aber ich habe mir als guter Pädagoge mit Selbsterfahrung klar gemacht: Du bist ein Mann, und wenn es dich kaltlassen würde, dann wäre was mit dir nicht ok. Entscheidend ist, wie du damit umgehst. Wie Chuck Berry bei der Einleitung von „Ding-a-ling" seinen Vater zitiert: „It's just the way you handle it."

Bei aller Abgeklärtheit packte mich in der letzten Stunde wieder die Nervosität, freilich nicht wegen einer Schülerin: Carola her, Janine hin, die halbe

Woche ist rum, jetzt muss doch ein Echo auf meinen öffentlichen Aufruf kommen. Jetzt will ich ins Auto! Und zur Zeitung düsen! Ich teile die Ungeduld meiner Schüler.

Endlich schrillt die Glocke. Auf den dichten Mittagsverkehr habe ich mich schon eingestellt. Über spezielle Verkehrsteilnehmer (Partner!) ärgere ich mich trotzdem immer wieder. Besonders über den schwarzer Wagen, der an einer roten Ampel neben mir liegt. Ja, er liegt. Eben ein typischer Anmacherwagen. Der Bass ballert in mein Auto. Mein Wagen vibriert mit, mein Magen ebenfalls: Akustikterror. Vermutlich ersetzt die Stereoanlage die Potenz. Die Intelligenz ersetzt sie schon lange. Das dürfte meist ohne erheblichen Aufwand möglich sein. Eigentlich möchte ich die Typen einfach negieren. Aber sie drängen sich so penetrant in meine Ohren, dass ich keine Chance habe. Andererseits braust er zwar laut, aber schnell davon und damit außer Hör- und Vibrationsweite.

Zum Glück habe ich ein Ziel, das meine volle Aufmerksamkeit auf sich zieht. Inzwischen parke ich unbefangen in Sichtweite der Anzeigenverwaltung. Souverän durchschreite ich das Eingangsportal. Selbstsicher lege ich meine Quittung vor und lasse mir die Brief aushändigen.

Was?! Der Mann reicht mir tatsächlich Post! Aufregung steigt in mir hoch. Für deinen Kram findet sich echt eine Interessentin! Sogar drei. Du hast eine Auswahl, du bist begehrt, die Frauen dieser Welt warten auf dich. Äußerlich wirke ich hoffentlich cool. Ich stecke die Briefe lässig in die Innentasche meiner dunkelgrünen Cordjacke und stolziere zum Auto zurück. Am liebsten risse ich die Post sofort auf, aber das erschiene mir wie ein Koitus mitten auf der Straße (Beatles: "Why don't we do it on the road?"). Ich beherrsche mich schweren Herzens und klemme mich hinters Steuer. Das Essen verschiebe ich und gondle zügig bis forsch und ruppig nachhause. Mein Herz klopft, mein Blut braucht einen hohen Oktangehalt. Ich kann an nichts anderes denken als an die drei Briefe in meiner Jackentasche.

Die Schriften hinterließen ganz unterschiedliche Eindrücke bei mir. Ohne die Briefe geöffnet zu haben, bewegen mich bereits Phantasien: Drei verschiedene Schrifttypen stehen für drei verschiedene Charaktere. Als Deutschlehrer gewinnt man reichaltige Erfahrungen mit weiblichen Schriften. Auch ohne graphologische Vorbildung erkennt der geübte Korrektor bei verschiedenen Typen wiederkehrende Zusammenhänge zwischen Schriftbild und Charakter. Manche Unterschiede zeigen sich auf den ersten Blick.

So wirkt die Adressierung des einen Briefes unbeholfen; dass dieses Schriftstück von einer Frau stammt, die zu mir passen könnte, scheint mir mehr als fraglich. Dieser Typ sehnt sich nicht nach einem Germanisten! Ich fürchte, das Öffnen bestätigt meine böse Ahnung. Die beiden anderen Schriften ähneln auf den ersten Blick einander: ordentliche und geübte, typische Mädchenschriften. Die eine wies enge und spitze Züge auf, die andere wirkte rund und flüssig. Aber hinter beiden vermute ich ausgeglichene Persönlichkeiten. Ich gebe zu: Auch Petra schrieb so akkurat. Und meine kleine Kratzbürste pflegte regelmäßig unausgeglichen wie ein Feuerwerkskörper loszugehen. Carolas Schrift kenne ich nur von Randbemerkungen: keine Kalligraphin. Wenn ich endlich zuhause wäre! Ich sammle ja keine Schriften, ich suche ein Weib! Was schreiben mir die Weiber?

Diese schweifenden Gedanken beeinträchtigten meine Fahrtüchtigkeit in keiner Weise. Sicher erreichte ich mein trautes Heim. Jetzt naht der große Augenblick! Das feierliche Erbrechen des Siegels! Wie soll ich diesen historischen Moment angemessen surrounden? Ich hole die etwas stumpf silberne Thermoskanne mit Kaffee vom Frühstück sowie meine grüngemusterte Leib- und Magentasse aus der Küche, lege eine CD von Alvin Lee ein, die Beine auf den Tisch, und beginne mit dem Enttäuschung signalisierenden Brief. So mache ich es immer: Was mich am meisten interessiert, spare ich mir bis zum Schluss auf. Früher schob ich sogar beim Essen die besten Bissen bis zum Schluss an den Rand, aber kalt schmeckt es dann doch nicht mehr so gut. Also änderte ich diese Taktik. Essen hin, Essen her, jetzt ist ein anderer Speiseplan dran. Was finde ich in Brief Nr.1?

Kariertes Papier? Sehr ernüchternd. Die Schrift ungelenk. Dafür enthält das Blatt keinen Roman, sondern ein kurzes und klares Statement: "Sehr geehrter Herr. Mein Name ist Elisabetta, ich möchte Sie kennenlernen, weil Sie so scharmant sind. Bitte antworten Sie. Das gehört sich so. Meine Anschrift ist...."

Ein Schauder schleicht über meinen Rücken: Das geht unter die Haut. So viel Naivität tut weh. Armes Mädchen, denke ich mir, ein Typ, der wirklich nicht zu mir passt. Wie kommt sie nur auf die Idee? Zwar schrieb ich nicht, dass ich Deutschlehrer bin. Aber völlig einfältig war meine Annonce auch nicht formuliert. Ich lege den Brief behutsam beiseite, denke mitfühlende an die arme Frau, die sich zwecklosen Hoffnungen hingibt, der ich aber trotz ihrer Naivität nicht schreiben will und werde. Jetzt zu Brief Nr.2. Da gibt es keine Präferenzen, ich greife einfach zum nächsten. Blaues Papier? Romantisch, aber nicht kitschig. Das spricht mich an.

Die Schrift, wie auf dem Umschlag, gefällt mir: säuberlich gereihte gleichmäßige Buchstaben, gut leserlich, doch ebenfalls knapp bis knappest: "Klingt interessant. Wüsste gerne mehr von dir. 9928433. Erst ab 19Uhr. Ramona."

Ramona? Klingt *ramon*tisch... Wüsste gerne mehr von ihr. Wie alt sie wohl ist? Zwischen zwanzig und vierzig. Irgendwo drinnen in dieser Phase oder am Rand. Vielleicht eine Kollegin? Weiß nicht, wie ich auf diesen Gedanken komme. Die Uhrzeit spricht dagegen. Die Telefonnummer gehört zu einem westlichen Stadtteil. Sie wohnt ziemlich am anderen Ende. Manchmal phantasierte ich schon, was passiert, wenn sich plötzlich herausstellt, dass sich eine ehemalige Schülerin meldet. Nicht völlig ausgeschlossen! Fände ich irgendwie peinlich. An eine Ramona erinnere ich mich nicht. Dass ich die Schrift nicht wieder erkenne, bedeutet gar nichts. Das gelingt mir höchstens beim laufenden Jahrgang. Ich strebe ja nicht an, als Schriftenrater bei "Wetten, dass..." auftreten. Also, die Nummer ist gebongt! Einen Versuch ist es mir wert.

Natürlich erst nach Janine. Die Höflichkeit gebietet ein Randezvous, auch wenn das zum zwangsläufigen Benutzen des Rovers führt. Und jetzt zu Brief Nr.3.

Eine runde Schrift, sie schreibt mit grüner Tinte. Manche Frauen lieben diese Extravaganz. Petra probierte immer die Regenbogenfarben durch. Grüne Tinte auf hellblauem Papier. Frauen bevorzugen offensichtlich blau für Erstkontakte; damit habe ich nun Erfahrung. Blau. Warum nur? Ach, klar, die Hoffnungsfarbe... Quatsch. Grün ist die Hoffnung. Blau? Die Treue. Schon bei der ersten brieflichen Beziehungsaufnahme? Das klingt nach Klammern. Es weckt Ängste in mir. Aber ruhig bleiben, Junge, bewerte es nicht über. Vielleicht greifen die Damen einfach in ihr Reservoir, das sie noch von der Konfirmation haben. Die Blätter überlebten die pubertären Liebesbriefe und frau braucht sie jetzt auf. Dieser blaue Brief bietet viel. Endlich Stoff zum Träumen. Ich nehme einen Schluck Kaffee; aus Nervosität, er ist schon lau... und lehne mich zurück:

"Lieber Kontakteur, ich sitze hier über der Zeitung und überlege mir, wer diese Anzeige formuliert hat. Aus irgendeinem Grund, den ich noch nicht erkenne, interessiert sie mich. Die anderen ließen mich kalt. Du wirkst kühl überlegend. Doch Du scheinst Gefühl zu haben. Du hast sicherlich schon Partnererfahrung, und auch daraus gelernt. Wer sich mit dir einlässt, kann sich auf klare Vereinbarungen verlassen. Du hasst hysterische Weiber und schätzt es, wenn eine Frau selbständig ist. Du bist weder hübsch noch hässlich, sondern ein Mensch, dem man gerne, lange und tief in die Augen blicken will. Du hast Zeit für deine Partnerin, wenn sie was zu erzählen hat, und Du fragst nicht nach, wenn sie abends mal weg geht. Du hast einen anspruchsvollen Beruf, in dem Du auch zufrieden bist. In deinen Armen findet eine Frau Geborgenheit und Zärtlichkeit. Du liebst Kultur und anspruchsvolle Gespräche. So stelle ich Dich mir vor. Und Du willst wissen, wer ich bin.

Ich bin aus deiner Generation. Meine Freundinnen behaupten, ich sähe gut aus und würde was aus meinem Typ machen. Ich merke, dass mich Männer aufmerksam mustern. Ich bin mittelgroß und habe eine große Enttäuschung mit einem langjährigen Partner hinter mir. Ich höre gern Musik, laufe gerne einfach so durch die Stadt, kaufe gerne ein, ohne zuviel Geld zu verplempern, male gerne, gehe gerne mit Freunden in eine Kneipe und bin wahnsinnig gerne auf Tour. Mit mir kannst du Pferde stehlen, aber nicht Schlitten fahren. Und ich liebe romantische Stunden.

Vielleicht erleben wir ja welche zusammen. Leider kannst du mich zur Zeit noch nicht telefonisch erreichen. Und mit der Post ist das so eine Sache. Ich will ein bisschen ein Geheimnis aus mir machen, ein Geheimnis, das dich vielleicht lockt. Ich finde das Märchen vom Dornröschen toll. Nenne mich einfach Dornröschen. Du darfst der Prinz sein, vor dem sich die Dornen öffnen und der mit seinem Kuss den Traumschlaf für eine Traumbeziehung beendet. Du kannst mich treffen: Heute ist Mittwoch. Du holst sicher den Brief morgen oder am Freitag ab. Am nächsten Montag triffst du mich um 19 Uhr Bistro ‚Paris'. Ich werde eine dunkelblaue Bluse tragen. Außerdem liegt auf meinem Tisch ein Band Grimms Märchen, während ich den zweiten gerade lese. Rate mal, welches Märchen?! Ich trinke ein Mineralwasser und ein Glas Rotwein. Was du anhast, ist mir gleich. Es muss nur zu dir passen. Und du brauchst noch eine langstielige rote Rose. Soviel Romantik muss sein. Ich bin auf Montag gespannt! Dornröschen..."

"Ich bin auf Montag gespannt..." Ich auch. Puh, der Brief hat es in sich. Was sie schreibt, spricht mich voll an, sie könnte zu mir passen, in sie würde ich noch mehr als nur eine Rose investieren.

Nun sitze ich da, bei einer Tasse lauwarmen Kaffee, zwischen drei Briefen, höre Alvin Lee und träume. Träume von Ramona und Dornröschen.

Frau Greinich - ich weiß gar nicht, wie sie mit Vornamen heißt, aber Elisabetta könnte passen - hat ihre mütterliche Seite entdeckt. Heute klingelte es und da stand sie doch tatsächlich vor der Tür mit einem selbstgebackenen Kuchen - "ist übriggeblieben..." - kombiniert mit den Worten: "Wo Sie doch Strohwitwer sind muss mal jemand nach Ihnen schauen."

Natürlich stellt Frau Greinich keine Gefährdung für meine Moral dar. Diese Sorge braucht Herrn Greinich nicht zu plagen. Vermutlich macht er sich ohnedies ganz andere Sorgen. Denkt er etwa an Mord? Bei mir stieße er zumindest nicht auf völliges Unverständnis. Trotz des Kuchens. Müttern eignen bekanntlich neben ihren 4711-Düften auch ihre 007-Seiten. Mutter Greinich erkundigte sich angelegentlich nach Mutter Petra. Ob es ihr schon besser gehe? Dabei hatte ich nichts davon gesagt, dass sie krank sei. Wie zieht man sich in so einer Lage aus der Affäre? Ich betone die tiefe Verbundenheit zwischen Mutter und Tochter und bedaure nachdrücklich, dass ich momentan leider unabkömmlich sei, weil ich ja an die Schulferien gebunden sei. Gestern sei mir das Tiefkühlgemüse angebrannt... Vow, das war genial!

"Ja, ja, die Männer..." seufzte Mama Greinich mit ostentativ mütterlicher Geduld und stürzte sich arglos in dieses unverfängliche Thema, bei dem sie sich Meisterin wähnte...

Ich ließ sie in diesem Glauben und bestärkte sie in ihrem kleinbürgerlichen Vorurteil, dass ich als Mann haushaltsmäßig naturgemäß inkompetent sei. Aber ich hätte noch einige Klassenarbeiten zu korrigieren (der Mann muss hinaus ins feindliche Leben!).

Dieser Hinweis entlockte ihr ein verständnisvolles Lächeln: "Arbeiten Sie nur! Aber wie Sie sich bei dieser grässlichen Musik konzentrieren können, weiß ich nicht. Aber so ist die Jugend..." Gestern hatte ich Steppenwolf voll aufgedreht: "Magic carpet ride". Der Flug mit dem Zauberteppich trifft nicht Mama Greinichs Geschmack. Immerhin zog sie sich zurück. Und was mache ich?

Ich weiß schon, nachher lege ich mir eine CD von Bob Dylan ein, und zwar die mit "To Ramona". Da Dornröschen mir Zeit gelassen, lasse ich Ramona den Vortritt. Aber zuerst koche ich mir einen frischen Kaffee. Abgestandenes passt nicht zu meiner Aufbruchsstimmung.

12 Kino und Feindesland

(2. Do/3. Fr)

Mitternacht. Mann, was für ein Tag! Jetzt muss ich meine fünf Sinne sammeln. Oder sind es sechs? Sieben? Alles verwirrt mich. Nach zwei Wochen Einsamkeit. Begreife deine Krise als Chance! Welche Chrise?

Um fünf meldete sich Janine: "Du, Frank, super, es hat geklappt! Ich habe zwei Karten reserviert. Acht Uhr. Soll ich dich abholen?"

Sie klang begeistert. Die Reserviertheit, mit der ich am anderen Ende der Leitung stand, beruhte hörbar nicht auf Gegenseitigkeit. Aber vielleicht überraschte sie mich positiv. Steckte in dem blöden Rover eine aufgeschlossene Frau? Und überhaupt! Sollte ich mir aus ideologischer Borniertheit eine Traumfrau durch die Lappen gehen lassen? Andere kümmern sich ein Leben lang nicht um ihre globalen Verantwortungen und genießen die Freuden des egoistischen Daseins, da kann ich mir auch mal was gönnen, ohne mich durch die Auswirkungen auf die Klimaveränderung unseres Planeten und die Ausbeutung unserer Energieresourcen hemmen zu lassen. Meine Lebensgeister erwachten wieder: Janine, du kannst kommen!

Den nächsten Kaffee verdünnte ich aus lauter Lust an der Unvernunft mit Whisky. „Lass die Sau raus, Junge!" rief ich mir zu. Und schon ging mir die Korrekturarbeit am Schreibtisch flott von der Hand. Eine großzügige Bewertung jagte die andere. Wenn ich zum Untergang dieses Erdballs beitrage, sollen es wenigstens meine Schutzbefohlenen gut haben. Die Unterrichtsvorbereitung für morgen stand auch bald mit kreativen Details, obwohl der Freitag stets die höchsten Anforderungen stellte. Schließlich genehmigte ich mir zur Stärkung ein Wurstbrot und hatte es kaum reingewürgt, als es an der Wohnungstür klingelte. Den letzten Bissen schluckte ich eilig runter. Dann öffnete ich. ---

Ein Traum stand vor mir! Aus ihrem blauen Hosenkostüm heraus lächelte mir Janine aufreizend zu: "Na, bist Du fertig?"

Und ob! Wie fertig ich war, zeigte ich ihr aber nicht. Schnell ein Griff zum Humphrey - Bogart - Hut, dann an die Seite dieses Illustriertengirls - wenn mich so meine Schüler sähen: Die Jungen platzen vor Neid, die Mädchen erstarren in eifersüchtiger Ehrfurcht oder in ehrfürchtiger Eifersucht. Jetzt sollten die Tagesschau ihre Kameras auf mich richten.

Das Hochgefühl hielt nur bis zur Straße. Den widerlichen Rover erklomm ich mit Selbstverleugnung, aber innen fühlte ich mich elend als Beifahrer eines Weibes, das dauernd links fuhr, fast auf Tuch- beziehungsweise Blechfühlung ging, die Lichthupe mit einem Spielzeug verwechselte und ohne zu blinken dann rechts überholte. Scheiße!, dachte ich, wenn mich jetzt nur niemand sieht! Janine lachte arglos und plauderte unbefangen. Ihr ging es gut. So sind diese Typen ohne Gewissen. Unsereins denkt bei jedem Papiertaschentuch an die Bäume, die dafür gefällt werden müssen, sie bedauert beim Gasgeben nicht einmal die fossilen Brennstoffe, die sie verfeuert. Womit habe ich diese Höllenqualen verdient? Oder bin ich etwa selbst Schuld mit meinem überzüchteten Problembewusstsein?

Das Kino erreichten wir entsprechend viel zu früh. Sie hatte ihre eigene Geschwindigkeit offenbar unterschätzt. Selbstverständlich parkte Janine im Parkverbot. Warum auch nicht? Regeln sind doch nur für die anderen da. Platz da, ich fahr Mazda. Als Kavalier zahlte ich den Eintritt und sie belohnte mich mit einem betörenden Lächeln. Dann besorgte der kniggekundige Begleiter noch was zum Trinken und Knabbern. Wahrscheinlich wirft sie drinnen die Hälfte auf den Boden und trampelt vor lauter Vergnügen drauf rum. Wie auf meinen Werten. Gefangen im Feindesland, so kam ich mir vor, als ich in die Polster sank.

Die Werbung zeigte sich von der unterhaltsamen Seite. Das kann ich inzwischen zulassen. Früher schloss ich aus Protest die Augen, wollte mich nicht fernsteuern lassen. Heute weiß ich, dass Zigaretten, Rum und Big Mäc bei mir mit und ohne Werbung keine Chance haben. Warum nicht die Werbung genießen, vor allem die Kreativität, mit ein bisschen Neid auf die, die so kreativ sein dürfen und noch Unmengen dabei verdienen. Nur dauerte die Phase ermüdend lange.

Den Film legte ich schon während des Anschauens ad acta. Vergiss es. Dumme Sprüche und dumme Witze. Den Namen verschweige ich aus Höflichkeit, aber als Initialen eine Dessous-Abkürzung zu tragen, spricht für sich. Janine fand es stark, lachte unbändig und bohrte mir ihren Ellenbogen immer wieder in die Seite. Rover ade! O Petra, jetzt merke ich, was ich an dir hatte. Ich verzeihe dir, komme zu mir zurück, bitte sofort, direkt ins Kino. Nimm mich an der Hand und führ mich heim, sonst gehe ich ein. Ich besorge dir gleich morgen früh den größten Rosenstrauß, den dir je ein Kavalier verehrt hat.

Petra kam nicht. In dieser Krise ließ sie mich einfach im Stich, selbst die Rosen bestachen sie nicht - hat dieser Satz nicht eine geniale semantische

Tiefe? Janine merkte nichts. "Superfilm!" kommentierte sie beim Abspann, als wir uns rauswühlten und schloss mich stillschweigend in diese Meinung ein. Was soll's! Manchmal schweigt man besser, während man über knirschendes Popcorn stapft und diverse Cola-Dosen durch die Reihen kickt. Reinigung im Eintritt inbegriffen.

Beim Absacker in ihrer In-Kneipe genoss ich es, in aller Öffentlichkeit an der Seite einer so bezaubernden Frau zu sitzen. Damit hatte es sich allerdings schon. Ich dachte nie, so unempfänglich für weibliche Reize durch stilmäßige Unterschiede werden zu können. Da ich ihr jedoch mit erschütternden Beispielen schilderte, was für ein Gruseltag der Freitag in der Schule für einen Lehrer ist, bot sie mir nicht einmal an, mich vorher emotional zu stärken, sondern chauffierte mich noch vor Tageswechsel heim. Vielleicht empfand sie so etwas wie Wiedergutmachungsgefühle für ihr eigenes Schülerdasein.

Ins Bett kann ich noch nicht. Dieses Gefühlsbad will verarbeitet sein. Ich wäre gerne mit ihr ins Bett gegangen, aber der Preis war mir zu hoch. Und so bin ich schon beim zweiten Bier, aber immer noch beim ersten Gedanken: So nicht. Andererseits: Ich habe Janine vorhin nicht belogen. Morgen ist wirklich ein anstrengender Tag. Ich sollte absolut ins Bett.

13 Frauen tanzen durch den Kopf

(3. Freitag 16 Uhr)

Schock! Ich kaufte gerade für das Wochenende ein und ärgerte mich über die Unübersichtlichkeit der Regale, als mein Blick durch das Schaufenster nach draußen fiel. Carola! Natürlich war Carola kein Schock. Aber der Mann neben ihr. Verdammt! Ein Mann. Ein Freund? Ein Liebhaber? Eifersucht, rasende! Wer ist das?! Was hat er, das ich nicht habe? Nichts, im Gegenteil. Ein fader, langweiliger Typ. Farblos wie ein Verwaltungsangestellter einer Bank. Grau. Schon vom Gang her: so etwas von gestört. Total verklemmt. Und an den schmeißt sich Carola ran. Das hätte ich nicht gedacht.

Was ist bloß mit mir los! Was mit mir los ist? Eifersucht, Komma, rasende! Da! Ich ahnte es: Jetzt grabscht er. Fingert nach ihrer Hand. Händchenhaltend turteln sie durch die Gegend! Bist du dir nicht zu schade für so ein pennälerhaftes Verhalten? Carola, du enttäuscht mich.

Mit meiner geschulten Selbstwahrnehmung merke ich, dass mich die Eifersucht nicht ruhig lässt. Es geht mir sofort in den Bauch, direkt an die Nieren. Ich spüre einen Schmerz, fast schon körperlich, nein, wirklich körperlich. Carola, du kannst nicht einfach wildfremden Männern nachlaufen. Doch, sie kann.

Jetzt pfiff ich auf mein Essen. Null Appetit. Ist doch egal, womit ich den Magen fülle. Der will sowieso nichts. So geht es mir immer, wenn meine Gefühle zu heftig werden. Zack, verschwindet die Esslust. Leider nehme ich dabei nicht automatisch ab. Sekundärer Unlustgewinn. Andererseits kam es in den letzten Jahren ohnedies selten vor, dass mich ein Gefühl so sehr packte. Da geht sie also dahin, Carola, der Traum. Freilich, die Falten, die gehen mit ihr mit. Wie heißt es so schön: Es hat Jahre gekostet, sie zu kriegen... Und jetzt hat sie sie. Wenn er mit einer faltigen Tussi was will, meinetwegen soll er. Ich bin doch nicht gerontophil.

"Frank, du bist ein Arsch. Eben noch hast du für Carola geschwärmt und aus lauter gekränkter Eitelkeit machst du sie jetzt schlecht."

"Ja, o.k., stimmt ja. Aber darf man nicht mal für sich selbst sauer sein? Krieg doch keiner mit!"

"Das vergiftet deine Seele, mein Lieber. Was du so böse denkst, belastet deine Beziehung zu ihr!"

"Schon in Ordnung. Lassen wir's. Sie ist nett und hätte was Besseres verdient."

"Dich zum Beispiel, eitler Affe."

"Mich zum Beispiel. Und ich bin nicht eitel, nur weil mir eine Frau gefällt."

In diesen inneren Dialog zwischen Heiligem und Arschloch mischte sich meine Vernunft: "Du wolltest einkaufen. Und irgendwann willst du wieder zuhause sein. Nimm was! Denk dran: Du solltest nicht morgen deinen Einkauf von heute bereuen, nur weil du enttäuscht warst."

"Ich? Enttäuscht? Haha, dass ich nicht lache!"

"Doch, enttäuscht und traurig. So ist das mit der Eifersucht. Das weißt du ganz genau."

"Pah, als ob Carola mein einziges Eisen im Feuer wäre!"

"Sie ist überhaupt kein Eisen im Feuer. Sie existiert nur in deiner Phantasie als eine Frau, mit der was laufen könnte."

"Schon gut. Und jetzt kauf ich ein!"

"Lass dich nicht stören."

Pizza zum Auftauen, das brächte Abwechslung auf den Speiseplan. Obwohl: Früher schmeckten sie mir besser. Hat die Qualität nachgelassen oder sind meine Ansprüche gestiegen.
"Vielleicht nimmst du einfach zu billige Produkte."
"Ruhe! Ich hasse Selbstgespräche!"
"Klar, da fühlst du dich durchschaut. Und noch dazu weißt du, dass du wirklich durchschaut bist."
"Womit habe ich meinen Verstand verdient?!"
Also konzentriere ich mich auf den Verkehr und steuere meinen Einkaufswagen durch die Reihen. Typisch: Ich soll hier einkaufen und die Mitarbeiter dieses Warentempels bauen babylonische Türmchen aus Konserven mitten in den Weg. Die gesammelten Erbsen im Sonderangebot geraten in höchste Gefahr, weil ich in meinem Zorn das Tempolimit überschreite. Jetzt muss ich noch bei den Nudeln vorbei. Freilich ist die Passage verstopft, weil sich dort die unausgepackten Kartons stapeln. Das tun die immer. Dauernd sieht man jemand auspacken, aber nie sind die Einkaufsgassen frei. Also parke ich meinen Wagen irgendwo in der Gegend, zur Freude meiner Mitkunden, zwänge mich an den Kisten vorbei, bis ich die volle Nudelauswahl habe. Ich liebe unsere Überflussgesellschaft! Wie reizvoll, aus drei verschiedene Marken mit zwölf verschiedenen Sorten auswählen zu können. Dann darfst du dir erstens überlegen, was du mit den Nudeln anfangen willst und welche du willst, dann schaust du, wo die gerade eingeordnet - ungeordnet träfe besser zu - sind und machst diese Prozedur nochmal bei den beiden Konkurrenzsorten. Schließlich willst du das beste Angebot für dein sauer verdientes Geld.

Manchmal bringt mich das ins Nachdenken: Gibt es unsichtbare Qualitätsunterschiede? Ist die Preisdifferenz durch etwas gerechtfertigt, in das ich nicht eingeweiht bin. Kaufe ich günstig und damit minderwertig? Kaufe ich teuer und damit neppig? Und rechnet sich mein Rechnen im Verhältnis von Zeitaufwand beim Denken und Suchen zu den ersparten Pfennigen? Ich ahne schon, ich greife wieder zu den üblichen Spaghetti, als ob es nichts anderes gäbe als vor fünfzehn Jahren bei Norma. Dann kehre ich zurück zum Wagen, an dem die anderen doch vorbei kamen. Die Einkaufstasche liegt auch noch drin. Wenn das die Polizei wüsste, diese Unvorsichtigkeit. Aber wer kann im Supermarkt schon vorsichtig einkaufen. So, jetzt noch Butter und Joghurt.

Ich studierte versonnen die Milchwaren - Calzium muss sein -, als die seelische Talfahrt ihren Fortgang nahm.

"Hallo, Frank!" zirpte eine zuckersüße Stimme. Ich erkannte sie sofort. O nein, muss das sein? Flugs zauberte ich ein harmloses Lächeln auf mein Gesicht und drehte ich mich um.

"Hallo Carola! Welche Überraschung. Du kaufst auch fürs Wochenende ein?"

"Irgendwann muss ich das auch mal tun. O, Pizza gibt es bei dir. Kannst du die empfehlen?"

"Ja, mit zwei Esslöffeln Strychnin..." dachte ich und sagte: "Naja, früher schmeckten sie besser."

Mein Blick wanderte irritiert zu ihrem Begleiter. Das entging ihrer wachen Aufmerksamkeit nicht; so stellte sie uns vor:

"Das ist Frank. Das ist Reinhard."

Reinhard? Was für ein grässlicher Name.

"Sehr angenehm. Auch Pädagoge?"

"O nein," Carola zog es vor, für ihren göttlichen Freund zu antworten, "Reinhard ist in der Lebensmittelbranche."

"So?"

Ich muss wohl etwas belämmert geschaut haben. Andererseits, was soll man sich unter Lebensmittelbranche vorstellen. Hat er eine Pommesbude? Oder verkauft er Süßwaren? Ein Süßholzraspler! Schade, dass ich diese geniale Gemeinheit für mich behalten muss. Ich blickte also in meinen Einkaufwagen, als ob er für dessen Inhalt verantwortlich wäre. Lebensmittelbranche!

Reinhard klärte mich auf: "Wir vertreiben Gemüsekonserven." "

„Saure Gurken und so?" Die Frage war echt und kam aus spontanem Interesse, beziehungsweise Neugierde.

"Richtig, saure Gurken und so..." Er lachte, als müsse er einen geläufigen Scherz goutieren und fügte routiniert hinzu: "Bei uns bedienen sich die Journalisten im August..."

O, Witz hat er also auch noch. Ich fühlte mich bemüßigt, meinen Erfahrungsreichtum anzudeuten: "In meiner Jugend habe ich auch mal in einer Konservenfabrik gejobbt... Da ging es eben vor allem um Gewürzgurken."

Tja, mein Lieber, der Fachausdruck ist mir geläufig. Gewürzgurken! So schnell hängst du den guten Frank nicht ab!

Carola wollte mich wohl abhängen. Sie hängte sich Reinhard in den Arm:

"Genug geplaudert. Wir haben noch etwas vor. Wir müssen unsere Einkäufe zu Ende bringen. Also, tschüss, dann Frank, bis Montag im Gespensterschloss."

Gespensterschloss? Was soll diese Witzelei? Braucht sie dieses Niveau, um jünger zu wirken? Witze gegen Falten? Ein mieser Tausch. Reinhard streckte mir seine Hand entgegen. Darf ich die Hand dieses Mannes ergreifen, ohne den Dolch zu zücken? Ich durfte und tat es. Wie Männer schieden wir voneinander. Schließlich sind wir erwachsen! Au, irgendwo tut was weh...

Eindeutig beeinträchtigten diese seelischen Schmerzen meine Fahrtüchtigkeit. Drei Häuserzeilen weiter, genauer gesagt an der Ecke von Sauerkraut, Toastbrot und Schrubbern missachtete ich blindlings die Vorfahrt einer eifrigen Hausfrau. Crash! Blinker, Kotflügel und Stoßstange demoliert! Nein, es kollidierten nur zwei Einkaufswagen. Allerdings bohrte sich die Lenkstange in meinen Magen. Mir blieb schier die Luft weg. Auch die andere Verkehrsteilnehmerin hätte einen Sicherheitsgurt brauchen können. Zum Glück keine Seniorin. Wenn sie zu Boden gegangen wäre und sich etwas gebrochen hätte, wäre ich unglücklich geworden. Noch unglücklicher, als ich eh schon war. Aber die Frau war um die Fünfzig, sah jünger aus - wie die meisten Frauen um die Fünfzig - und schaute mich nur entgeistert an, auf der Suche nach einer angriffslustigen Formulierung - Motto: Wohl keine Augen im Kopf, junger Mann -, als ich auch schon eine Entschuldigungskaskade über sie ergoss.

Jetzt schaute sie noch verdutzter. Aber mein Wortschwall ließ sie ruhig werden - sie hatte auch keine große Chance, dazwischen zu kommen. Als ich schließlich am Ende war, schien der Ärger verpufft: "Na, junger Mann, auf der Straße dürfte Ihnen das aber nicht passieren." Dann zog sie kopfschüttelnd weiter.

Junger Mann? Wahrscheinlich wartet zuhause ihr Alter auf sie, Pantoffeln an den Füßen, die Bierflasche neben sich, während sie einkauft. So eine Frau bräuchte ich jetzt auch. Moderne Beziehungskiste, im Supermarkt kommst du auf andere Gedanken. Die Frau an den Herd und den Einkaufswagen, der Mann... also noch zum Tiefkühlgemüse. Die Tiefkühltruhe hasse ich. Aber sie ist praktisch. Mich stört diese unökologische Komponente. Da wird einerseits der Supermarkt im Winter geheizt und andererseits steht die Tiefkühltruhe einfach offen. Außerdem: Werden die obersten Produkte nicht doch zu warm aufbewahrt? So ziehe ich eine Schachtel weiter unten heraus. Werden die nun immer rechtzeitig erneuert? Sind da nicht nur die alten Dinger drin? Doch es ist so praktisch, wenn du ein bisschen Salzwasser in den Topf tust, das Tiefkühlzeug reinkippst und aufkochst. Immerhin erspart dir dies eine Ehefrau. Und die ökonomische Komponente darf nicht unterschätzt werden.

An der Kasse - natürlich waren von den sieben nur zwei Kassen besetzt und beide Schlangen wunderbar lang -, also an der Kasse merkte ich, dass die Tiefkühltruhe meine innere Aufwallung nicht heruntertransformiert hatte. Immer noch fluteten Hitzewellen durch meinen Bauch. Warum Carola? Warum ich? Warum dieser Mann? Mein Verstand brüllte dazwischen: Du Idiot, sammle deine sämtlichen weiblichen Kontakte in deinem Gefühlsleben ein; da spielt doch Carola eine zu vernachlässigende Rolle! Mein Verstand hatte wie immer Recht. Aber es stimmte einfach nicht mit der Wirklichkeit überein. So ist das Leben.

Verdammt, die Schlange bewegt sich einfach nicht. Ist die Kassiererin da vorne ein Kaninchen? Nein, dann wären die Rollen falsch verteilt. Wahrscheinlich hat eine Kundin gerade ihren Euroscheck verlegt, muss ihn erst ausfüllen, sucht den Kuli, die versteckte Karte und dann... Selbstverständlich geht es in der anderen Schlange schneller. Natürlich. Das ist immer so. Jeder erlebt das täglich: Die andere Schlange ist schneller. Nur den Leuten aus der anderen Schlange begegnet man nie. Immerhin, jetzt ist der Scheck ausgestellt. Es geht zwei Trippelschritte weiter.

Jeder kennt diese zermürbenden Szenen und die lauernden Blicke, die von Schlange zu Schlange geworfen werden. Natürlich erwerben Besitzer, Geschäftsführer und Personal ihre Waren auf eine unkompliziertere Weise, so dass sie sich keine Gedanken machen müssen, wie man menschlicher mit dem Phänomen "Kassenschlange" umgeht. Hier müsste die Bundesregierung mal eine Reform ausarbeiten. Nicht nur bei den Krankenkassen!

Ein Freund von mir nimmt hier eine meditative Grundhaltung ein. So nennt er das bedürfnislose Warten an der Kasse. Er wuchs in der DDR auf. Hat man so dort Meditation gelernt? War dies die Religiosität des real existierenden Sozialismus? Also, dann meditiere ich eben im Kapitalismus. Und schon geht es ein Stückchen weiter. Aufpassen, nicht trödeln, nicht träumen, denn jetzt kommt der Engpass. Da sind viele schon in die Falle gelaufen: Du schiebst erwartungslos deinen Wagen vor dir her, immer auf die Rücklichter des Vordermanns achtend und plötzlich bist du eingekeilt zwischen den Förderband links und Metallstangen rechts. Niemand kommt mehr an dir und deinem Wagen vorbei. Du kommst allerdings auch nicht mehr an deinem Wagen vorbei. Und jetzt ist der Akrobat in dir gefordert: Befördere deine Waren aus dem Wagen auf das Band. Ja, Artisten aller Welt, schaut her! Wie schafft das denn ein altes Mütterchen mit 1.60m? Die kommt doch gar nicht mehr an ihre Sachen ran! Und auch für mich ist es sehr unbequem. Wenn ich aufgepasst habe, habe ich kurz vorher meinen eigenen Wagen überholt und ziehe ihn hinter mir her. Da schauen zwar viele immer doof, aber ich komme an das Zeug ran. Tja, Männer! Wir kaufen eben strategisch ein. So haben wir früher die Kriege gewonnen! Die Helden von heute zeigen sich an der Kasse im Supermarkt. Carola, hast du das gesehen? Schafft das der Knacker bei dir auch? Na, siehst du.

Jetzt nach Hause. Allein. Dabei ist der Freitag doch traditionell der Tag der Kontakte. Auf dem Heimweg rettet mir nur meine unwahrscheinliche Reaktionsfreudigkeit Gesundheit und Leben. Ein Kastenwagen trödelt durch den Verkehr. Ein weißer Kastenwagen. Vorne sitzen drei Männer im besten Alter und mit dem schlechtesten Intellekt. Einen schmückt ein grüner Tirolerhut. Diese visuelle Kombination signalisiert mir: Vorsicht! Vor der Zeugung eines männlichen Nachkommen solltest du dein Geschlecht nicht durch die Doofheit deiner Mitmenschen ausrotten lassen. Ja, so langsam, wie diese Troiken zum sich stauenden Ärger ihrer Hinterleute fahren, so langsam biegen sie um die Kurve. Bei Rot natürlich. Zum Abbremsen reichte es eben nicht mehr. Und dass ich bereits den Zebrastreifen betreten habe, stellt kein Hindernis dar. Ein Sprung zurück... Die drei bemerken es nicht einmal. Sollte Dummheit strafbar werden? Ein Gedanke, der sich mir immer wieder ganz reaktionär aufdrängt.

Allen Gefahren zum Trotz erreicht der Held unbeschadet seine Burg. Ein erwartungsvoller Blick gehört dem Briefkasten. Wieder nur Werbung. Nicht die Prospekte. Die dürfen die Nebenverdiener dank meiner überlegten Markierung "Keine Werbung" nicht einwerfen. Aber die Post darf zustellen. Naja, immerhin legt es Zeugnis davon ab, dass der Postbote vorbeikam und gegebenenfalls etwas in den Kasten geworfen hätte. Gegebenenfalls..., hätte...

So, jetzt schnell die Tiefkühlsachen ins Tiefkühlfach. Kaffee aufsetzen, Hörnchen auspacken, Essen.

Dann lege ich mir Rod Steward "Unplugged" ein, die Füße auf den Stuhl, einen Schal über die Augen und träume weg. Einfach irgendwohin. Bei Rod Steward bietet sich Schottland an. Die sanften Hügel der Lowlands mit den gälischen Weisen. Stammt von dort nicht "Green sleeves"? Das beherrsche ich sogar auf der Gitarre. Lagerfeuer, Träume, Jugendliebe... Und die Highlands? Sie haben nichts mit dem Heiland zu tun - der Scherz gefiel mir schon immer. Er kam mir angesichts von Loch Ness. Dort könnte ich Jugenderinnerungen auffrischen und meine Kondition am Ben Nevis unter Beweis stellen oder stärken. Freilich "der alte Schwung ist hin" hieß es in "Nicht fummeln, Liebling". Heute trampte ich nicht, sondern steuerte mein eigenes Vierrad auf der linken Seite durch die Landschaft... Blöckende Schafe, die über die rote Fahrbahn trotten. Der blaue Himmel über einer geheimnisumwitterten Schloßruine. Eine zarte Fee, gehüllt in schimmernde zartblaue Schleier, winkt mir zu und entschwindet vor meinen Augen, als aus dem kleinen Dorf hinter der Wegbiegung der "Wild Rover" ertönt. Was haben die Dubliners mit Schottland zu tun und was mit Janine?

Mitten in meine Träumereien summte das Telefon. "Dass der schnöde Laffe meine heiligen Träume stören darf..." brummte Dr. Faust. Dabei hatte der nur einen Assistenten, kein Telefon. Und ich kann einfach nicht widerstehen. Wenn es läutet, muss ich abnehmen. So komme ich nicht mehr zur Ruhe. Ich will einfach wissen, wer anruft. Und ehrlich, ich hoffte sogar, Ramona oder Rotkäppchen meldete sich. Aber die beiden haben meine Nummer noch nicht. O, eigentlich heißt sie Dornröschen. Wie komme ich nur auf Rotkäppchen? Möchte ich statt Prinz der böse Wolf sein? Also der erste...?

„Hey, Frank, ich bin's, Janine!" Diese euphorische Stimmte ernüchterte mich. Wie ich gestern für sie schwärmte, so eiskalt war ich heute. Obwohl mir ihre Stimme gefällt. Ich taute wirklich ein bisschen auf. Wie es mir gehe, wollte sie mitfühlend wissen. Ich hätte gestern einen echt geschafften Eindruck gemacht. Sie hätte sich richtig schlecht gefühlt, dass sie mich so gar nicht aufbauen könnte. Mir tat ihre Stimme gut. Das hätte ich nie gedacht. Ich spürte ihre Zuneigung. Musste es wirklich gerade diese Frau sein? Sie gefiel mir; eine starke Frau, auf die jeder Mann nur scharf sein kann. Aber andererseits brüskierte mich ihr Lebensstil. Das war nicht nur nicht meine Welt, sondern sogar zum Teil eine Welt, die ich befehdete, und das schon seit meiner Jugend. Und zu dem andererseits kam jetzt noch ein drittes: Ihre

Zuneigung drang tief in mich ein. Ich fühlte mich verstanden, geliebt, angenommen... Wie sollte ich damit nur umgehen? Am liebsten hätte ich meinen Kopf in ihren Schoß gelegt und mich bemuttern lassen. Aber das geht doch nicht. Vor allem: In ihrer konkreten Lebensgestaltung kriege ich Bauchweh.

Mich verwunderte ihre Sensibilität, als sie bemerkte, ich klänge jetzt auch nicht besonders entspannt. Ob es vielleicht an ihr läge. Hätte sie etwas Falsches getan oder gesagt? Ich konnte schlecht sagen, dass sie einfach falsch lebte. Die Infragestellung ihrer eigenen Person mit dem ängstlichen Unterton irritierte mich. Das hätte ich ihr nicht zugetraut. Junge, wie gehst du mit so einem komplexen Phänomen um? Vorsichtig, als könnte sie damit etwas kaputt machen, fragte sie, ob sie zum Five-o'clock-tea kommen dürfe? Five-o'clock! Diese Bildung hat sie auch... Ich konnte kaum nein sagen. Also, Janine, komme... Zu deinem Namen passt übrigens besser ein Rotwein mit Weißbrot als Tea-time.

Jetzt bleibt mir noch eine Stunde Zeit. Mein Mineralwasser kann nicht kalt werden. Obwohl ich mit ganz gemischten Gefühlen an Janine denke, reicht meine innere Stärke, mich meiner gezielten Annoncen-Partnersuche zu widmen. Ich krame die drei Briefe noch einmal heraus. Elisabettas Brief! Der gehört eigentlich in den Papierkorb. Aber das ist gemein! Immerhin macht sich hier eine Frau Hoffnungen. Also hebe ich ihn aus Pietät auf. Ramona? Es kribbelt ein bisschen in der Bauchgegend: Verdeckte Gefühle sind aufgewacht. Befehl aus dem Magenzentrum: Antwort, sonst Schmerzen! Blöder Umgangston. Aber die innere Botschaft ist klar: Ich werde antworten. Am besten gleich. Sie hat mich neugierig gemacht. Ja, spinn' ich denn? Da gibt es doch gar nichts zu beantworten... Keine vorsichtigen Brieflein sind angesagt: Sie erwartet meinen Anruf. Ach du meine Güte... Hoffentlich macht mir Janine keinen Strich durch die Rechnung! Ab sieben beginnt meine Zukunft. Oder zumindest eine spannende Phase. Und wie ist es mit Dornröschen? Hoffentlich kein Neuröschen. Sie interessiert mich am meisten. Aber auch sie bietet mir keine Möglichkeit, zu schreiben. Ein geheimnisvolles Treffen. Mein Interesse ist wach, aber die Gefühle, die Ramona geweckt haben, werden bei ihr von Rosen, von Dornen bewacht. Schluss! Aktion statt Faseln. Diesen Schmarrn ließe ich bei einem Aufsatz keinem Schüler durchgehen.

Apropos Schüler: Jetzt sitze ich blöd da. Meine Unterrichtsvorbereitung wartet. Doch dafür habe ich nicht den Nerv. Null Nerv, aber Zeit... Ein Wink des Himmels? Soll ich doch über meinen Schatten springen und Elisabetta antworten? Ja, das mache ich wirklich. Ich bin anständig. Der armen Seele täte es gut.

Was schreibe ich? Liebe Elisabetta? Oder sehr geehrte? Beides passt nicht. Gibt es nicht irgendeine Formel, die hier stimmt. Als Deutschlehrer müsste ich kompetent sein. Diesen Anspruch stelle ich an mich. Da hat mein mathematischer Kollege einen Riesenvorteil: Bei dem gibt's Formelsammlungen. Ich muss grübeln. Ach was, ich schreibe: Liebe Elisabetta! Das stimmt: Ich empfinde zwar keine Liebe, aber eine Menge Mitgefühl. Irgendetwas an ihr rührt mich. Vielleicht bewegt mich gerade die Unbeholfenheit ihrer Partnersuche. Meine Antwort formuliere ich einfach ganz unbefangen: "Vielen Dank für Ihren netten Brief. Ich habe gespürt, dass Sie eine Frau mit viel Gefühl und einer großen Sehnsucht sind. Ich wünsche Ihnen, dass sich diese Sehnsucht erfüllt und Sie einen Mann finden, der sich Ihres Gefühles würdig erweist..."

Junge, das klingt ziemlich geschwollen. Andererseits zeigt ihr das vielleicht, dass wir nicht zueinander passen. Das Beste wäre, wenn sie das Gleiche wie ich empfände. Ein kurze Begründung könnte ich noch einfügen: "Ich habe den Eindruck, dass ich nicht der Mann bin, der Ihnen entspricht. Ich bin manchmal etwas kompliziert..." Genau, das ist es. Sie ist zu einfach. Eine einfache Frau, die zu einem so vielschichtigen und widersprüchlichen Mann wie mir nicht gehört. Die bestimmt an mir verzweifeln würde, zumindest viel erleiden müsste. Vielleicht sollte ich dies durch meine Erfahrung belegen? "Ich habe schon einige Beziehungen erlebt. Sie kamen alle zu einem Ende, weil im Alltag die Zuneigung allein nicht ausreichte. Ich glaube, das würde bei uns auch so sein."

Geschafft. Das ist die Antwort. Ehrlich und schonend. Die Schuld liegt bei mir. Das belastet mich hier gar nicht. So kröne ich dieses Meisterwerk an Verständnis und Transparenz durch einen versöhnlichen Schluss: "Ich wünsche Ihnen, dass Sie einem Partner begegnen, mit dem sie unbeschwert glücklich werden können." Name? Warum nicht. Es gibt Dutzende meines Namens. Nur mit der Chiffre zu signieren, fände ich schofel. "Frank" setze ich also schwungvoll darunter. Jetzt habe ich es.

Diese Zeit habe ich gut genutzt, obwohl ich die Schwierigkeit unterschätzt habe. Offen und nicht verletzend zu sein bedarf sorgfältigen Abwiegens. Das ließe sich mal im Unterricht thematisieren. Vielleicht mache ich es auch noch. Ich nehme eine Seite mit Partneranzeigen und beauftrage die Schüler, einfühlsam zu reagieren. Das wird ein heißer Unterricht; schon das Thema provoziert prickelnde Spannung. Ich freue mich schon drauf. Das mögen sie bestimmt.

14 Cherchez la femme

(3.Fr Teatime)

Schon drei Wochen ist es her, seit die Tür zuschlug. Unglaublich, wie sich seitdem mein Leben veränderte. Ich bin ein anderer Mensch geworden. Nein, ich habe einfach viel mehr in mir erlebt... Diese Möglichkeiten, diese Fülle an Zukunft. Das total Phantastische: Tagträume und Wirklichkeit rücken unglaublich nahe aneinander. Allerdings habe ich auch weniger Ausreden. Wer hindert dich an was? Diese Frage provoziert den Offenbarungseid, denn letztlich hindere ich mich höchstens selbst. Im Haushalt könnte ich mehr bringen. Ich schockiere mich selbst, wenn ich in die unaufgeräumte Küche komme. Ist das noch hygienisch? Vier Tage nicht gespült und ich entdecke das Schwein in mir; auf den Tellern türmen sich zwar nicht die Essenreste - ich hasse es, wenn jemand seinen Teller nicht leer isst - aber ungespült bleibt ungespült, ganz speziell die Fettschlieren... Ob andere ohne äußere Aufforderung ordentlicher sind? Braucht ein Mann eine Frau im Hintergrund? Hat das meine Mutter verbockt? Habe ich als Kind zu wenig im Haushalt helfen müssen? Solche Fragen kann sich nur ein höchstreflektierender Mann stellen. Ich stelle sie mit aller Schonungslosigkeit. Fragen und Antworten kosten so viel Zeit, dass ich einfach nicht zum Spülen komme.

Ich höre fast meine Tante Elsbeth: "Dann denke doch beim Abspülen drüber nach."

Onkel Hans, der Zyniker, drehte die Sache um: "Spüle doch beim Nachdenken ab."

Stimmt schon. Aber dass es stimmt, motiviert mich noch nicht. Mich! Dabei bin ich als Pädagoge doch der gelernte Motivator. Bloß fehlt mir die Animierdame. Bei meinen Biergläsern raffe ich mich auf. Es ekelt mich, den abgestandenen Bierdunst zu schnüffeln, wenn ich mir ein frisches Bier einschenken will. Und ich will es erstaunlich oft. Das schadet der Figur! Auf die bin ich doch zunehmend (was für ein grässliches Wort in diesem Zusammenhang) bei meiner Partnersuche angewiesen. Haste eine, dann kannste zunehmen. Verheiratete Frauen lassen sich doch auch gehen. Siehe italienische

Mamas. Sagen meine Onkels - die mit den Stammtischen und Bierbäuchen, also meine gesammelten Feindbilder.

Morgen spüle ich ganz bestimmt. Gerade der Samstag eignet sich hervorragend für den Hausputz. Vorausgesetzt, mir kommt kein Rendezvous dazwischen. Das genösse Vorrang. Und ich genösse es auch. Zurzeit suhle ich mich in einer Genießerphase. Heute genoss ich einen ganz besonders schönen Tag.

Nachdem ich den Brief an Elisabetta geschrieben hatte, adressierte ich ihn und brachte ihn augenblicklich zum Briefkasten. Bewegung tut gut. Apropos gut: Wie edel kam ich mir vor! Der Held, der der armen, unglücklichen Verehrerin die Ehre seiner Aufmerksamkeit und seines Mitgefühls widmete. Zugegeben, den umgekehrten Fall hätte ich scheußlich und erniedrigend gefunden. Aber den Stolz des Mildtäters gönne ich mir. Nicht jeder Mann wäre so. Nach dieser guten Tat hatte ich mir auch etwas Gutes verdient.

Das Gute erschien in Gestalt von Janine. Sie sah ganz anders aus. Erstens trug sie eine unauffällige Kleidung. Schlichte Hosen und einen einfachen Pulli. Freilich: Janine steht alles! Das habe ich schon oft bemerkt: Die Mode ist letztlich egal. Manche Frauen verstehen jede Mode zu tragen, bei anderen wirkt jede noch so schicke Kleidung deplatziert. Es ist einfach gemein, aber es ist nun einmal so. Ich gebe zu: Trotzdem ist mir eine bewusst gekleidete Frau immer noch lieber als eine, die auf jeden Schick verzichtet, bloß weil sie nicht wie ein Mannequin aussieht. Ein bisschen Feeling für den eigenen Typ gehört natürlich auch dazu.

Bin ich so ein Chauvi? Ja. Ich gebe es zwar nicht bei jedem zu, aber bei Frauen lege ich Wert aufs Aussehen und bei mir selbst bin ich nachlässig. Ich sehe mich eben zu selten.

Die Zeit reichte noch, vor Janines Eintreffen meine Haare zu waschen und ein wenig auf das Out-fit zu achten. Total uneitel scheine ich nicht zu sein. Selbst wenn ich jetzt nichts mehr von ihr will, so schmeichelt es meiner Eitelkeit, wenn ich einen wohlgefälligen Blick auf mir ruhen sehe.

Janine, das roverfahrende Schicki-Micki-Weibchen brachte Kuchen mit. Das haute mich einfach um. Ich habe es ihr nicht zugetraut. Sie schuf damit eine angenehme, unaufdringliche Vertraulichkeit. Den Tee kochte sie mit einer königlichen Selbstverständlichkeit, während ich den Tisch deckte. Sie bringt Stil ins Heim. Durch sie wird das Home zum Castle. Liegt das an meinen Entzugserscheinungen? Janine und ich, nach zehn Ehejahren immer noch frischverliebt. Ist das die Frau, die mich gestern so enttäuschte? Ist das wirklich die gleiche Frau? Die gleiche ist es nicht, aber dieselbe. Heute kam sie mit dem Rad. Deswegen die Hosen. Mit dem Rad. Hätte sie das nicht gleich machen können und mir die Enttäuschung ersparen? Oder tut sie es nur mir zuliebe? Das wäre schön. Aber das Rad ist nicht vom Himmel gefallen. Die Kleider sind nicht heute gekauft. Sie hat auch diese Seite, die zu mir passt. Können wir doch zueinander finden?

Ach, es tat gut, wie sie mich von der Schule erzählen ließ. Ich konnte rauslassen, was mich belastet. Ganz unaufdringlich ließ sie mich zum Thema kommen. Ich schilderte ihr sogar meine Probleme mit Ortrun. Das habe ich bei noch niemandem getan. Am liebsten hätte ich mich von ihr in die Arme nehmen lassen. Wecke ich ihre mütterlichen Gefühle? Als ich aufstand, um die Platte zu wechseln, stand sie auch auf und stellte sich mir in den Weg. So hemmungslos bin ich bei noch keiner Frau schwach geworden. Ich ließ mich von ihr halten und hielt sie. War das der Himmel und das Paradies zugleich? Es war mir gleich, wie sie aussah. Ich spürte ihre Nähe, ihre innere Nähe und ein glückliches Gefühl durchströmte mich. Ich spürte ihren Körper ohne Distanz. Ein unhörbarer Klick schaltete meinen Kopf aus. Nur noch Gefühl.

Ich sah sie überhaupt nicht mehr. Wir standen einfach nur da. Der Augenblick ging in der Ewigkeit auf. Nichts zählte mehr. Ich spüre es noch. Unendlich spüre ich es. Die Erinnerung gleicht einer Meditation. Als hätte ich noch nie die Nähe eines Menschen erlebt.

Wie lange es dauerte, spielte keine Rolle. Wir konnten uns dann wieder hinsetzen, Musik hören, Tee trinken und plaudern. Alles war anders. Vor allem: Alles war ohne Stress. Es lag nichts mehr vor uns. Es war geschehen. Etwas Besseres konnte nicht geschehen.

Dann musste sie gehen. Ich konnte es zulassen. Sie ging ohne schalen Beigeschmack. Ihre Zeit war begrenzt. Der Abschied trug die Züge eines sich Entgleitens. Wir flossen auseinander. Ohne Absprache. Es stimmte einfach. Und weiter?

Meine verschiedenen Sinne - ich höre auf, sie zu zählen - habe ich immer noch nicht wieder beisammen. Es ist halb sieben: "Junge, du musst dir überlegen, was du jetzt machst! Ramona wartet. Entscheide dich!"

So kurz nach Janine? Darf ich sie jetzt anrufen? Ist es nicht beiden gegenüber gemein? Ich halte es vielleicht nicht aus. Wer bin ich denn? Ich habe doch auch nur Gefühle. Am liebsten würde ich jetzt ein Bier holen, Deep Purple einlegen und ein bisschen sinnieren, die letzte Stunde Revue passieren lassen. Doch das geht nicht. Ich habe Verpflichtungen.

Wenn das jemand ahnte! Doch kein Freund weit und breit, mit dem ich mich echt austauschen könnte. So viele Frauen geistern auf einmal durch mein Leben und nirgends meldet sich der Mann, mit dem ich das durchgehen kann. Ich weiß, was ich jetzt anfange: "Ich trinke noch eine Tasse Tee, nehme mir ein Blatt Papier und notiere mir wenigstens die Namen der weiblichen Wesen, mit denen ich zu tun habe. Sonst verliere ich den Überblick." Also, auf zum Schreibtisch, Schmierpapier raus, Füller - Stil muss sein -, und dann zum Diktat, Herr Sekretär!

Seit gestern Abend weiß ich: Petra gehört noch dazu. Irgendwie hat meine Seele sie noch nicht abgeschrieben. Das habe ich gemerkt. Also schreibe ich sie mit auf: Petra, dann überraschenderweise doch Janine, nicht vergessen: ganz klammheimlich Carola, bald genauer: Ramona, reizvoll chiffriert: Dornröschen, Caroline (ich notiere auch die Frauen, die tabu sind; einfach, um vollständig zu sein), Marga (dito), Corinna (weshalb Jutta?) (dito), Conny und Daggi (vergiß es), Renate (let it be), Elisabetta (no comment), Ramona, Dornröschen (Neugier)... Ich glaube, jetzt habe ich mich wiederholt. Mein Analytiker würde noch meine Mutter hinzufügen und mir den Spitznamen Ödipus geben. Aber mein Analytiker ist nicht da. Er sprach von den abwesenden Vätern. Ein Problem beim Heranwachsen der jungen Männer: Wo bleiben die alten Männer? Was ist mit den abwesenden Analytikern?

Vergiss es, Junge, so jung bist du auch nicht mehr. In deinem Alter war dein Vater bereits dein Vater. Und zwar schon ein paar Jahre. Du liegst also zurück. Egal, was du von ihm hältst: Da hat er mehr gebracht.

Soll ich jetzt noch eine Liste der Männer machen? Einfach so, um die Freunde abzuchecken oder die Beichtväter? Alfred an der Theke nimmt einen Stammplatz ein, aber er ist nicht mein Vertrauter. Andere Wellenlänge, bei allem Thekengeplauder. Wolfi, Arnold und Rolf... da muss doch noch jemand sein. So kontaktarm bin ich auch wieder nicht. Wenn eine Zweierkiste zu lange dauert, schadet dies eindeutig den Beziehungen! Ich bin der lebende Beweis. - Obwohl es heißt, die Frauen trügen die Beziehungen.

Aber... Wann ist endlich sieben Uhr?!

15 Ramona an der Schnur

(3. Freitag Abend)

"Hallo?" So melden sich die Frauen heutzutage. Ich werde mich nie in sie hineinversetzen können. Schon am Telefon müssen sie inkognito bleiben. Ich weiß schon, diese obszönen Anrufe, von denen man immer wieder hört. Ich verstehe die Taktik. Aber wie reagierst du auf "Hallo"? "Könnte ich bitte Ramona sprechen?" Wie geht es jetzt wohl weiter? Wohnt sie in einer WG und wird gerufen? Ist Mutter oder Schwester am Apparat? Hat sie selber abgehoben? "Ja, bitte?" Das klingt so, als sei sie selbst am Apparat. Dann eben etwas direkter: "Ich habe einen Brief bekommen. Ich sollte erst nach 19Uhr anrufen..."

Habe ich das Code-Wort erwischt? Ich habe!

"Ach, ja..." kommt es undeutlich durch den Hörer. Verdammt, ich muss aber ganz schön initiativ sein, die Dame lässt sich hofieren!

"Störe ich?" Eine gute Frage, finde ich. Darauf muss sie ein bisschen konkreter reagieren. Ich möchte etwas mehr aus der Stimme hören können. Haarfarbe und Größe bestimmt nicht, aber Temperament und Typ. Sie klingt jugendlich, für unser Alter zumindest. Sie klingt aufgeschlossen, also nicht verklemmt, das weiß man bei denen, die keinen abgekriegt haben, nicht immer so genau. Bin ich ein Arsch! Diese Denke gehört verboten. Ich verbiete sie mir! Das ist gemein. Und sagt viel über das in mir aus, das ich selbst ablehne. Aber gut, dass es kein Gedankentelefon gibt.

"Ich wollte mit dir ein bisschen reden. Einfach klarer sehn. Können wir uns mal treffen?"

Das ging ihr zu schnell. Ich wusste es, aber was sollte ich denn noch rumschwätzen. Sie kam zur Sache. Erst einmal wollte sie ein bisschen mehr über mich wissen. Nicht wer ich bin, sondern was ich mir von einer Partnerin erwarten würde. Wie ich mir das ganze vorstellte? Welche Erfahrungen ich hätte? Da konnte ich eine Menge erzählen. Klar, dass ich in der vergangenen Partnerschaft relativ gut abschnitt und wir uns auf freundschaftlicher Basis getrennt hatten, weil wir merkten, dass unsere Interessen auseinander gingen. Nach so einer langen Zeit wurde das offensichtlich. Andererseits hätte ich gemerkt, dass ich auch nicht allein leben möchte. Partnerschaft ist mir wichtig. Mein Plus: Ich habe gelernt, mit jemandem zusammen zu leben. Ich bin kein Eigenbrötler.

Ramonas Lebensweg vollzog sich auf anderen Bahnen. Offensichtlich steckte sie in ihrem Beruf - irgendetwas kaufmännisches - nicht so emotional drin wie ich in meinem (Lehrer schreckt ab. Ich verzichtete auf die Konkretion und umschrieb mit sinnreichen Worten, dass ich viel mit Menschen zu tun habe). Ihre Karriere interessiert sie. Naja, warum nicht. Schließlich will ich keine zweite Petra... Sie macht Judo. Aha! Sportlerin. Tja, damit kann ich weniger dienen. Wie gesagt: Volleyball. Und das nur unter gutwilligen und frustrationstoleranten Freunden.

Es war fast neun, als ich vorschlug, die Unterhaltung in einer Kneipe fortzusetzen. Das passte ihr jetzt gerade nicht. Aber wir könnten uns morgen gegen fünf treffen. Sie sei Radfahrerin. Das Bowling-Center im Süden könnte sie gut erreichen. Ich fragte nach einem Erkennungszeichen. Keine rote Rose. Sie lachte. Ich fühlte mich fast ausgelacht:

"Ich erkenne dich schon. Und du mich bestimmt auch!"

Wo sie diese Sicherheit hernahm? Meine bisherige Selbstbeschreibung trifft auf Legionen von Männern zu. Würde sie mir ansehen, dass ich dumm rumstehe und wie ein Pennäler dem Randez-vous entgegenzittere? Überhaupt: Wo bleibt der Brief von groß "E" "Punkt"? In der Feuerzangenbowle fand ich das phantastisch. Mit einem flotten "Salut" verabschiedete sie sich. Was sagte mir diese frankophile Äußerung?

Gehe ich noch zu Alfred? Nein. Ich brauche jetzt aber wirklich endlich mein Bier. Ich brauche... ja, jetzt bin ich so verwirrt, dass nur noch Heavy Metal hilft. Michael Schenker, du bist dran. Wenn das meine Schüler wüssten? Manchmal bilde ich mir auf meinen breiten Geschmack ein bisschen etwas ein. Jaja, die Frauen...

16 Eine Überdosis an Strahlung

(3. Samstag gegen sieben)

Junge, Junge, bin ich beieinander! Das kommt davon, wenn man keine Zeit hat, mal durchzuschnaufen. Es begann mit meinem Haushaltstag. Ich preise die Erfindung des Staubsaugers! Ich schlage den Hersteller von Geschirrspülmaschinen für den Humanitätsnobelpreis! Ich... na, der Rest war mühselig. Dass meine Mutter sich den Beruf der Hausfrau wählte, werde ich nie verstehen. So etwas von Sisyphusarbeit.

Speziell das Klo! Direkt danach musst du dann wieder. Aber ich kenne zu viele alleinlebende Männer, vor deren Klo ich mich ekele, als dass ich das hochwertige Porzellan (eine saarländische Geschirrfirma!?!) länger als eine Woche verdrecken lassen könnte. Beim Fensterputzen bin ich wesentlich großzügiger. Suche ich mir doch eine Zugehfrau?

Als ich begann, neuen Glanz ins Bad zu bringen, musste ich mich fragen, ob ich noch klar sehe und denke: Da steht noch alles von Petra rum. Sag mal, wovon lebt die eigentlich? Wo lebt sie? Läuft sie immer in den gleichen Klamotten rum? Putzt sie sich nie die Zähne? Gibt es sie überhaupt noch? Eigentlich hätte es mir schon längst auffallen müssen, schließlich habe ich jeden Tag hier zu tun und putze auch nicht zum ersten Mal. Ich wäre bereit, ihr alles irgendwo hin zu bringen. Denn wenn ich mal eine Frau hierher abschleppe, soll sie nicht den Eindruck haben, es gäbe hier noch eine Petra.

Der Blick in Petras Kleiderschrankteil irritierte mich noch einmal: Er wirkte etwas ausgedünnt; als ob ein Räuber gezielt zugegriffen hätte. Aber sie war doch einfach so abgehauen... ohne Zeit zum Kofferpacken. War sie in meiner Abwesenheit hier gewesen? Meinen Stundenplan kannte sie ja. Aber dass ich gar nichts merkte? Und die meisten Sachen waren noch da. Nur die Kleider nicht. Bei den Büchern fehlte mir der Überblick. Wohnte sie bei einer Freundin und konnte den restlichen Krempel nicht brauchen? Was weiß Frau Greinich? Hat sie beobachtet, was Petra abschleppte? War sie gar eingeweiht? Spionierte sie mir nach? Unsinn, Junge, reiß dich zusammen!

Weshalb nützte ich neulich beim Chinesen die Chance nicht? Petra präsentierte sich quasi auf dem silbernen Tablett. Was ist denn schon dabei, auf jemanden zu zugehen, mit dem man jahrelang unter einer Decke steckte und sie zu fragen, unter welche Decke sie jetzt gekrochen ist. Da streikt meine Phantasie! Petra, du gehörst zu keinem andern. Das klingt vielleicht blöd, aber mein tiefstes Gefühl versichert mir: Bei einem anderen Mann hat sie nichts zu suchen. Eine Freundin, ok, aber doch kein Freund! Dabei sahen meine ureigenen Glotzböppel sie mit irgendsoeinem Laffen im Lokal. Junge, verlier den Zugang zur Realität nicht!

Verlor ich nicht. Jetzt muss ich das Bad aufräumen! Ich riss mich zusammen und verstaute Petras Sachen sorgfältig in einem Karton. Rache ist kleinlich. Ich bin generös. Wenn schon eifersüchtig, dann wie ein Mann von Welt.

Auch das Putzen endet einmal. Das voluminöse Schlagen der Standuhr signalisierte: Feierabend! Jetzt musst du das Treffen vorbereiten. Wie stylt man sich bei einer Frau wie Ramona? Ich griff zu meinen schwarzen Jeans, wählte passend dazu ein lockeres grauweißes Hemd, zog nonchalant eine Weste darüber und die Lederjacke. Hier steht er, der Traummann. Das musste reichen. Nicht allzu einseitig von der Mode her, aber auch nicht nachlässig. Damit hielt ich mich für die verschiedensten infrage kommenden Frauentypen offen.

Ich machte mich auf den Weg. Bowling! In meiner Jugend gefiel es mir ganz gut, weil man es mit begrenzter Fitness auch zu etwas bringen kann. Jetzt waren andere Kugeln an der Reihe. Beziehungsroulette! Ist Ramona schwarz, rot, gerade, ungerade? Aufgrund des Namens warte ich auf eine schicke Frau. Warten schicke Frauen gerade auf mich? Manchmal tauchen Selbstzweifel in meiner Brust auf. Bald weiß ich es genauer.

Es ist fast fünf und ich mustere die Frauen meiner Umgebung genauer. Ein hübsches Wesen, ganz schwarz gekleidet, mit kurzen, frechen Haaren wirkt für mich zehn Jahre zu jung, außerdem geht sie achtlos vorüber. Dort bummelt ein pummeliges Dämchen, im alternativen Schlamperlook. Die müsste es nicht gerade sein. Mit halblangem Rock, scheußlichen Tretern unter den dürren Fesseln, Strickmütze auf dem Kopf... So jemand heißt weder Ramona noch sucht sie nach mir. Auch wenn sie jetzt bedrohlich näher kommt.

Ramona? Schauderhaft statt schick? Ich schaudere hoffentlich nicht zu sichtbar. Ich wollte mich doch nicht mit einer Vogelscheuche verabreden. Andererseits, ihre Stimme hat so nett geklungen.

"Frank, schau durch die Fenster der Seele!" sage ich mir, "deine Qualitäten nimmt auch nicht jede auf Anhieb wahr." Stimmt. Da hatte ich mir gegenüber durchaus recht. Also, vielleicht...

"Bin ich mir dir verabredet?"

Mann, die geht vielleicht in die Offensive; das war am Telefon gerade andersherum. Andererseits, was könnte sie sonst tun?

"Ich glaube schon..." höre ich mich sagen, "du bist Ramona."

"Ja", lächelt sie mich an, "und wie heißt du?"

Hab ich ihr das nicht am Telefon gesagt? Warum hat sie nicht danach gefragt. Naja, jetzt lüfte ich eben jetzt mein schützendes Inkognito: "Frank." Diese Information beendet bereits Konversation. Was haben wir uns jetzt noch zu sagen? Es zieht sich schon nach Sekunden hin, zäh.

"Sag mal, können wir uns irgendwo hinsetzen? Ganz gemütlich, um miteinander zu plaudern?" schlage ich, ganz der Routinier vor.

Ramona nickt. Vorschlag angenommen.

"Kennst du dich hier aus?" Ich erwarte es, denn sie schlug ja den Treffpunkt vor. Doch leicht spöttisch lächelnd schüttelt sie den Kopf: "Nein, ich kauf mir höchstens mal irgendwo einen Hamburger."

Brainstorming. Wann war ich zum letzten Mal in der Gegend? Was habe ich gesehen? Doch, mir fällt etwas ein: "Ich glaube, da vorne gibt es ein Bistro."

Sie lächelt zustimmend: "Also, auf geht's. Ich trink auch ganz gerne einen Espresso."

Wir laufen hin. In meinen früheren Phantasien überlegte ich heftig, ob ich sie gleich an der Hand nehmen dürfte, jetzt verspüre ich nicht das geringste Bedürfnis danach. Sie aber offenbar auch nicht.

Im Bistro finden wir sofort einen freien Tisch - nicht etwa, weil bei ihrem Anblick sich das Lokal schlagartig leert, wie meine Phantasie im Nachhinein suggeriert. Das kleine Tischchen lädt zu einem vielversprechenden Tete-a-tete ein. Ach, wenn sie nur ein bisschen schicker wäre, nicht so ostentativ unattraktiv, als stünde hinter ihrem Outfit eine mehrbändige Philosophie der Lustverneinung.

Sie bestellt ihren Espresso - immerhin ein kleines Indiz für Stil -, ich ordere eine Tasse Kaffee. Dann schaue ich ihr in die Augen, die Fenster der Seele, wie die Dichter behaupten. Ramonas Augen strahlen. Das unterstützt sie durch nachhaltig aufgetragene Wimperntusche. Sie strahlt. Ziemlich. Kleine Warnblickleuchte in meinem Kopf: Die strahlt ja wie ein AKW; genau diese Typen verdrängen ihre Probleme und lügen sich durch die Düsternisse ihres Lebens. Na denn, schauen wir weiter.

Sie arbeitet erfolgreich im Außendienst einer Computerfirma, beginnt sie ihr Coming-out. Das macht ihr Spaß, da sie gerne mit Menschen zu tun hat. Die Computerbranche bietet zudem echte Perspektiven. Ihr Sohn hat schon den zweiten Computer. Man sieht also, dass hier durch Innovation auch die Nachfrage erhalten bleibt. He, hab ich das richtig gehört? Sohn? Ist sie eine Mutter? Was fange ich denn mit einer Mutter an? Sie brachte es ganz natürlich. Entweder stimmt es so für sie oder sie will mir im Nebensatz etwas unterjubeln. Ramona, ich habe genug Probleme, ich brauche keine alleinerziehenden Mütter oder frustrierte Ehefrauen dazu.

Ich bewahre meine Freundlichkeit, bleibe sogar offen, und spüre zu meiner eigenen Verwunderung eine leichte Zuneigung. Aus welcher Tiefe taucht die denn auf? Dabei hat Ramona sich doch gerade selbst belastet. Meine Zuneigung stellt sie sofort wieder auf die Probe: Leider habe sie jetzt erst einmal keine Zeit mehr, sie müsse ihren Sohn abholen. Der sei im Spielecenter zwei Straßen weiter, an den Computern; das sei ein alternativer Laden, weil man dort gegen eine Pauschalgebühr spielen dürfe - speziell für Kinder bis elf. Wir könnten auch zusammen wohin gehen. Oder mit Peter nach Hause...

Weshalb lasse ich mich denn auf das Spiel ein? Ist es für mich nicht schon längst abgehakt? Erst das Out-fit und dann der Sohnemann? Trotzdem: Diese Erfahrung nehme ich noch mit. O.K., wir fahren zu dir...

Peter sitzt fasziniert vor einem Spiel, als wir ihn finden. Ein netter, unauffälliger Junge. Höflich sagt er guten Tag. Seine Mutter hat ihm Manieren beigebracht. Bei einer alleinerziehenden Mutter alle Achtung! Quatsch! Reine Vorurteile. Soziologen haben nachgewiesen, dass die Erziehungsergebnisse zwischen Voll- und Halbfamilien ziemlich deckungsgleich sind. In der Waffenabteilung (Spielzeug), an der wir vorbeikommen, ist für Peter leider nichts zu holen. Seine Mutter mag ja aufgeschlossen sein, wie ihr alternatives Outfit signalisiert, aber hier zieht sie Grenzen. Peter weiss das offenbar zu Genüge, denn er verzichtet sofort auf eine Diskussion. Wie geht es ihm wohl damit, dass seine Mutter auf Partnersuche ist? Plötzlich fühle ich mich dem Jungen näher als seiner Mutter. Er tut mir auch ein bisschen leid.

Wir fahren zu ihr. Getrennt, denn die beiden radeln, während ich die Umwelt verpeste. Ich fühle mich in einer falschen Kategorie. Aber was soll's. Dafür fahren die beiden im Haus mit dem Aufzug hoch. Ich wäre sonst gelaufen. Ich hasse Aufzüge, wenn ich laufen kann. Einfach, weil ich mir sage: Laufen ist natürlicher. Wenn da jemand Probleme hat, o.k., Aufzüge sind wichtig für gehbehinderte Menschen oder bei Wolkenkratzern. Aber für mich, der ich gesund bin? Ramona und Peter fahren also hoch, ich sondere mich nicht ab, um nicht hochfahrend zu erscheinen (diesen genialen Zusammenhang merkt nur ein Germanist!). Ein Computerposter ziert die Wohnungstür schon von außen. Ramona schließt auf und bittet mich mit einer einladenden Handbewegung hinein: Wir stehen sofort in der Zentrale: Jedes Zimmer ist einsehbar; die Räume sind originell gestaltet. Die Dachschräge ermöglicht eine kleine Terrasse, ein kleiner Aufbau auf das Haus lässt einen zweiten Stock entstehen. Eine Wendeltreppe führt hoch. Irgendetwas packt mich. Urplötzlich verspüre ich eine unbändige Lust, mit Ramona ins Bett zu gehen. Jetzt sofort. Ohne ein Danach. Aber nicht in der Gegenwart ihres Sohnes.

Den interessieren vor allem seine zahlreichen Computerspiele. Sollen sie. Ich würdige aufgeschlossen für die neue Zeit die ersten beiden Runden, die er souverän gewinnt und überlasse ihn dann dem Kampf mit den dunklen Mächten des Universums, bei denen er sehr schlagfertig wirkt. Ramona und ich nehmen derweil für einen ganz anderen Kampf in der weißen Küche Platz und sie serviert einen Kaffee. Ihr schönstes Geschirr holt sie aus dem Schrank. Das gefällt mir: Sie sucht Atmosphäre. Aber es gelingt nicht. Mich beschleicht ein ungutes Gefühl, wenn sie so intensiv lächelt. Frau, du lächelst alle Problem nieder. So gut kannst du gar nicht sein. Ich gebe zu, ich habe auch Probleme, zur Zeit sogar ganz mächtig. Aber die übertünche ich nicht durch ein ostentatives Lächeln.

Wie soll es weiter gehen? Ich komme nicht klar. Small Talk beherrschte ich noch nie und sie versucht es gar nicht erst. Meine kümmerlichen Versuche "Du magst Espresso... Bist du italophil?" und "Du hast schöne Pflanzen auf der Terrasse. Bist du Hobbygärtnerin?" versanden kläglich an ihrer emotionalen Steilküste.

Tante, wenn du nicht willst, dann eben nicht. Jetzt musst du dir selbst Mühe geben. Vielleicht bin ich nicht sensibel genug. Aber ich kann mit ihr nichts anfangen. Sie beginnt auch nicht. Weshalb hat sie sich dann gerührt? Ehrlich, wenn eine Konversation schon am Beginn so anstrengend ist, gebe ich der Beziehung wenig Zukunft. Ich weiß, dass ich kein Kommunikationsbolzen bin, aber für Petra hat es gereicht, und Janine knackte meine gewappnete Abwehr. Ramona, so geht es nicht.

Es hilft nichts. Jetzt muss ich es sagen. Ich blicke ihr in die strahlenden Augen und versuche, meine Müdigkeit - nach der Theorie der Psychologen indiziert dies unterdrückte Aggression - bei ihr ankommen zu lassen: "Du, ich weiß nicht, wie es dir geht. Aber irgendwie habe ich das Gefühl: Wir kommen nicht klar miteinander. Wie geht es dir damit?"

Eine typische Psychofrage. Sie strahlt mich an: "Weißt du, Frank, es gibt viele Männer, die nicht gut reden können."

Was zum Teufel heißt das? Warum grinst sie dabei wie ein Computersmily?

"Naja, Ramona, ich habe den Eindruck: Wir beide finden keinen Weg zu einander. Ich glaube nicht, dass es gut geht."

Klarer vermag ich es nicht zu formulieren. Wieder fühle ich mich von einer Überdosis Lächeln bestrahlt - hoffentlich greift das nicht meine Potenz an -: "Ich habe mit vielen Männern Kontakt gehabt, die die gleiche Schwierigkeit hatten. Das stört mich nicht. Ich lebe mein Leben ganz auf Grund meiner Überzeugung." Was immer sie damit sagen will; weshalb immer auch sie eine so buttersanfte Stimme hat, - ich stelle fragend fest: "Du bist glücklich."

"Es ist o.k. für mich."

Ich stehe kurz vor einem seelischen Sonnenbrand. Dieses Dauerstrahlen halte ich nicht durch. "Ramona: Das hat keinen Zopf. Wir finden nicht zueinander. Ich glaube, ich breche besser allmählich wieder auf."

Ramona strahlt mich mit buddhagleicher Leuchtkraft an: "Das glaube ich auch, Frank."

Scheiße, kann die nicht mal eine andere Mimik einbringen. Am Telefon klang sie doch so gut. Stimmt da was nicht? Wie dem auch sei. Mir ist jetzt eines klar: Abgang ist angesagt. Ich nicke, sozusagen zur Bestätigung der Sachlage, gleite von meinem Barhocker herunter und schlüpfe in meine Jacke. Dann suche ich noch mal das Computerzimmer auf.

"Tschüß, Peter!" Peter steht tatsächlich auf und gibt mir die Hand. Das imponiert mir. Gutes Benehmen hat der Junge drauf. Da war ich in seinem Alter anders. Vielleicht auch ein bisschen glücklicher.

Wenn mich jemand hier halten könnte, dann er, aber nicht seine Mutter. Was macht der arme Kerl nur ohne Vater?! Vermutlich legt er sich einen emotionalen Bleipanzer an, um nicht an dieser Überdosis von Strahlen zugrunde zu gehen.

Seine Mutter bringt mich noch zur Wohnungstür. Wir geben uns die Hand. Das war's. Auf dem Rückweg benutze ich die Treppe. Oder sollte ich sagen: Auf dem Rückzug. So kommt es mir vor. Von nun an geht's bergab. Bergab? Nein, ich bin heilfroh, dass die Sache klar ist. So was von verquer, das bringt es einfach nicht.

Ich habe mir diese Szene jetzt schon zum x-ten Mal durch den Kopf gehen lassen. Bin ich Masochist? So eine total gestörte Kommunikation. Das tut selbst im Nachhinein noch weh. Immer noch glaube ich, dass da einfach nichts zu holen war. Jetzt sitze ich schon kurz nach sieben vor einem Bier. Das darf nicht einreißen. Sonst glotze ich um zehn strahlend in den Spiegel und behaupte, die Welt sei das Paradies und ich Adam.

Ich schaue auf die Dali-Reproduktion über der Stereoanlage: Die zerfließenden Uhren in einem barockisierten Rahmen. Die Zeit fließt dahin? Das meinte er sicher anders. Carlos Santana lässt dazu seine Gitarre heulen, auf einer Live-CD unseres Jahrzehnts. Manche Lieder kenne ich einfach zu gut, da vermisse ich die kreative Power. Ihm fehlt wohl auch die innovative Kraft. Man kann doch nicht ein Künstlerleben lang nur vom Woodstockmythos zehren. Frei nach dem Motto: 1969 habe ich einmal drei Tage gelebt, seitdem bin ich eine Legende. Vielleicht war es eine Gnade für Jimi Hendrix, dass er so früh starb. Wenn ich mir manche abgetakelte Helden so ansehe, Mick Jagger zum Beispiel, eine Parodie seiner selbst. Als wäre man mit 50 noch pubertär. Klar verdient er so sein Geld. Aber er hat doch schon so viel. I can get no satisfaction! Wenn noch was Kreatives in ihm steckte, könnte er es mal rauslassen. Seit Let it bleed sind die Steine versandet. Joe Cocker, der hat es ein Stück weit geschafft. Trotz seiner kaputten Stimme verkörpert er mehr als nur eine Kopie. Hat er das gelernt, als er am Boden war, ein ausgebrannter Alkoholiker? Nur seine Show wirkt bestialisch. Diese starren Bewegungen. Wie komme ich jetzt auf diese Gedanken? Ist das meine Art zu grinsen, im Unterschied zu Ramona? Versuche ich so, meine Enttäuschung zu verarbeiten? Andererseits: Frustrationsbewältigung hin oder her, es ist Samstagabend, nicht besonders spät, und ich will nicht vor dem Fernseher versauern. Also muss ich mir was überlegen. Ich könnte... Ich höre...

Das ist das Telefon. Wer ruft jetzt an? Es kann nur etwas Gutes bedeuten. Vielleicht macht Janine einen Vorschlag zur Freizeitgestaltung? Das wäre toll.

17 Petra

(3. Samstag früher Abend)

Selten habe ich so dumm geschaut. Mich sah ja niemand. Außer mir. Unvorsichtigerweise blickte ich in den Spiegel neben unserem Telefon. Gut, dass niemand eine versteckte Kamera dahinter installiert hatte, womöglich noch mit Anschaltautomatik bei Anrufen... Mein Mund stand offen wie ein Hangar für Fliegen... Weiß der Himmel, warum sie es tat, aber Petra rief an. Das heißt, ich weiß sogar, weshalb; dank ihrer klaren Worte. Nächsten Samstag kann sie in eine Wohnung einziehen. Da braucht sie ihre Sachen wieder. Ich spürte es nicht nur, ich konnte es auch beobachten, wie meine Mimik sich schlagartig veränderte. War ich wirklich so enttäuscht, wie ich aussah?

Diese hängenden Mundwinkel, als hätte man für ein Kind die Geburtstagsfeier abgesagt...

"Ich ziehe aus!" surrte sie mir ins Ohr. Was für ein absurder Gedanke. Schließlich bist du schon längst ausgezogen. Zumindest aus der Wohnung, wenn auch nicht aus meiner Gefühlswelt. Ja, meine Gefühle: Ich spürte den Schock: Mein Magen zog sich sofort zusammen, als ich Petras Stimme hörte. O, tut das weh! Schlagartig kapierte ich, wie tief sie bei mir noch drin hängt. Obwohl es eigentlich ganz logisch ist, denn wir haben echt miteinander gelebt. Es ging nicht um die Miete, die wir gemeinsam beglichen, sondern wir haben unser Leben miteinander gestaltet. Mensch, Petra, merkst du denn gar nichts? Ihre Stimme klang total cool. Mimte sie die Abgeklärte nur? Brodelte es insgeheim auch in ihrer Seele?

Wir sprachen natürlich sachlich miteinander. Ich schaute nicht mehr in den Spiegel, weil ich fühlte: "Du agierst total aufgesetzt. Deine Nüchternheit täuscht du nur vor; jaja, so ein richtig erwachsener Mensch bist du, ein Mann! Ein Mann, der nicht weint! Ein Indianer am Marterpfahl der Liebe, der keine Träne vergießt."

"Aber freilich kannst du jederzeit deine Sachen hier abholen." hörte ich mich sagen: "Den Schlüssel hast du doch noch."

"Du meinst, ich kann kommen, wann ich will?"

Ich lachte überlegen: "Klar! Ich vertraue dir, dass du pfleglich mit meinem Zeug umgehst. Nimm, was du willst. Ich verlasse mich auf deine Integrität." Ich fühlte mich so abgeklärt wie Humphrey Bogart. Fast übertrieb ich schon meine Konzilianz.

Plötzlich lachte Petra durchs Telefon: "Frank, du Arsch..." (o, wenn sie mich so anredet, dann meint sie es, dann meinte sie es zärtlich.) "Frank, du bist doch nicht du selbst." Und mit fast gemeiner Offenheit fügte sie hinzu: "Schau doch mal rüber in den Spiegel: Der Frank, der am Telefon so cool tut, ist gar nicht cool. Glaubst du, du könntest mir nach all diesen Jahren noch was vormachen?"

Wie sie unsere Vertrautheit schamlos ausnutzte! Doch ich schaute gehorsam zum Spiegel. Unwillkürlich musste ich lachen: So miesepetrig blickte ich mir entgegen. Dieses Lachen lockerte meine Befangenheit auf: "Mensch, Petra, du kennst mich doch am besten..."

Trotzdem erfasste mich wieder der Ernst, aber ein befreiter Ernst: "Glaubst du, ich schaue teilnahmslos zu, wenn du ausziehst? Glaubst du, ich bleibe kalt, wenn mein Zahnarzt mir einen Zahn zieht?"

Petra kicherte, als sie den Insiderwitz hörte: "Ein Wortspiel geht dir über alles, gell? Da kannst du nicht widerstehen! Wieso nennst du mich nicht gleich einen steilen Zahn? Ein paar Schmeicheleien tun auch mir gut." Sie spielte Ping-pong mit meinen Gefühlen! Es tat weh.

"Petra, du bist gemein. Aus purer Lust und Laune trampelst du auf meinen Gefühlen rum. Können wir die Sache nicht wie erwachsene Menschen klären?"

Ihre Stimme klang wieder ernst: "Sorry, Frank. Aber pass auf! Ich will wirklich ausziehen. Andererseits: Sollten wir uns nicht mal richtig aussprechen. Treffen wir uns doch mal auf neutralem Boden, jetzt, wo der Zorn verraucht ist."

Treffen? Bah! Das ging mir durch Mark und Bein. Ich wagte nicht, ihr zu antworten. Aber in ihrer direkten, konkreten Art fragte sie: "Also, wann hast du Zeit?"

Grübel, grübel und studier... Wann? Am liebsten sofort und jederzeit. Klar! Ich griff mir innerlich an den Kopf und äußerlich die Gelegenheit beim Schopf: "Heute Abend geht es noch. Und mir fällt die Decke auch auf den Kopf. Kannst du?"

Bruchteile von Sekunden wuchsen zu Ewigkeiten. Als hinge der Fortbestand der Menschheit davon ab. Und?

"O.K., ich kann. Was schlägst du vor?"

Sie kann? Ich war happy: "Zu Alfred?"

"Frank, du weißt doch..."

Das mochte sie nie. Ich hätte es besser wissen können.

Aber...: "Schon gut. Heute abend bei deinem Barkeeper."

Heute ging es? Seltsam. Hatte sie sich durch die Trennung verändert? Egal. Ein Abend mit Petra ist nicht nur besser als nichts, im freue mich sogar darauf. Deswegen: Kurz unter die Dusche. Ein Glück, dass ich zur Zeit so pflegeleicht kurze Haare habe. Dann ein frisches helles Hemd, wenngleich ich mit gebügelt nicht dienen kann. Petra kennt mich ja. Meine saubersten Schuhe. Ein Spritzer After-shave. Jetzt läuft es anders als vorhin bei Ramona, denn bei Petra weiß ich, woran ich bin. Ich wette, mit genügend Zeit würde ich den Erwerb eines Blumenstraußes ernsthaft ins Auge fassen. Obwohl man in eine Kneipe keine Blumen mitnimmt. Zu Alfred schon mal gar nicht. Die würden im Zigarrettenrauch glatt ersticken.

Ich schaue noch einmal in den Spiegel: Jetzt blickt mir ein neuer Mensch entgegen. Diesmal stimmt es. Vow! Petra, ich komme!

18 Mit Petra bei Alfred

(3. Sa/Sonntag Mitternacht)

Schade, dass Petra nicht mehr mit heimgekommen ist. Heim zu mir. Heim zu uns! Heim zu uns?

"Nein, Frank, wir würden uns etwas vormachen..."

Warum sind Frauen nur immer so schrecklich rational? Können die nicht mal den Verstand ausschalten und nur auf ihre Gefühle achten? Gerade Petra hatte es doch in unserer gemeinsamen Selbsterfahrungsgruppe gelernt, ihren Bauch zu spüren. O.K., vielleicht spürte sie heute Abend wirklich in sich hinein und empfing das Signal: ‚Cave, Cave!' Wie unser Lateinlehrer zitierte: ‚Vorsicht, Vorsicht!' Wir hatten einen wunderbaren Abend genossen; er wurde nun zwar nicht noch schöner, aber dafür zerstörten wir ihn auch nicht durch etwas, was wir später bedauern würden.

Als wir uns vor der Kneipe trafen, zuckten meine Arme, um Petra sofort zu umschließend. Doch diese Vertraulichkeit stand mir nicht mehr zu. So reichte ich ihr nur freundlich die Hand. Ich weiß schon: Wie's um mich steht, hat sie sofort gespürt. Aber ich? Ich fühlte mich völlig unsicher. Was ist los mit ihr? Ich meine, mit ihren Gefühlen mir gegenüber.

Ich hielt ihr die Tür auf. Bei Alfred gab es um diese Zeit noch massenhaft Platz, der Plebs kommt erst gegen neun. Noch verpestete kein geselliger Raucher den Stoff, von dem die Lunge lebt. Ein Genuss. Ich bin ein Fanatiker, was rauchfreie Zonen betrifft. Obwohl ich manchmal selber rauche. Ein Widerspruch? Warum nicht widersprüchlich sein? Denn wie soll mir ein Wein oder ein Bier schmecken, wenn die Geschmacksnerven vom Rauch zugedröhnt werden? Der Gaumen kann ein gutes Essen überhaupt nicht genießen, wenn gleichzeitig ein Generalangriff auf den Geruchssinn geblasen wird. Dass in Speiselokalen überhaupt geraucht werden darf, verstehe ich einfach nicht. Das beleidigt doch die Selbstachtung jedes Kochs. Freilich erlebte ich auch schon, dass der Pizzabäcker aus seiner Küche kam, sich neben der Theke auf einen Stuhl plumpsen ließ und in aller Ruhe einen Glimmstengel ansteckte.

Petra sah Spitze aus. Sie trug ihren schwarzrot gepunkteten (an den Ärmel invers!) Pulli mit den Schulterpolstern und ihre weißen Leggins mit den schwarzen Längsstreifen. Im linken Ohr prangte der schreiende Papageienohrring. Der gefällt mir, aber nicht als Ohrring. Als Mobile, da passt er. Naja, was soll's! Vielleicht bin ich nur neidisch, dass ich nicht mehr an ihrem Ohrläppchen knabbern darf.

Ganz der Stammkunde rief ich über die Schulter: "Alfred!"

Er wackelte heran, wandte sich unverzüglich an Petra und schnarrte hoheitsvoll: "Die Dame?"

Er verbeugte sich, ganz der vornehme Kellner. Es fehlte nur noch der Frack und die weiße Serviette über dem Arm.

Petra lächelte bezaubernd (das kann sie, natürlich und geübt - ich konnte ihre Übungen vor dem Spiegel oft genug beobachten): "Einen Pfaffenberg."

"Den Würzburger Silvaner?" Mit dieser Gegenfrage bestätigte er lediglich den Empfang des Auftrags.

Ich orderte ein Bier und zeigte mich so als ein Mann aus dem einfachen Volk. Das sind die Ideale der 68er! Hier gibt es sie noch!

Aber dann? Der Mensch lebt nicht vom Suff allein! Wie beginnen? Eine Flut von Fragen stieg in mir auf. Aber mein innerer Kontrolleur verwarf sie als penetrant indiskret.

Ob Petra das spürte? "Wie geht es den Blumen? Kriegen sie so regelmäßig ihre Nahrung wie du?"

In der Fürsorge für die Blumen verbarg die bezaubernde Frau an meiner Seite noch eine Frage, die ich mit einem genervten Gedanken an Frau Greinich geflissentlich überhörte. Ich nickte cool: "Zwei Stöcke haben überlebt..."

Petra lachte mich demonstrativ aus: "Alter Quatschkopf! Das seh ich schon von unten, dass da noch mehr blüht. Ich weiß schon: Die Röschen sind nicht deine Stärke. Nicht jeder hat ein grünes Händchen. Frag mal Frau Greinich, die hilft dir kompetent..." Eine tückische Gemeinheit im plaudernden Gewand: Hinterhältig brachte sie die Schürzenmutter ins Gespräch. Bitte nicht auch noch in der Kneipe! Der Hausflur reicht mir.

Ich spielte den lustigen Brummkopf: "Willst du mich verarschen?"

"Aber Frank..."

"Nee, bleib mir weg mit Frau Greinich. Wie geht es übrigens deiner lieben Mutter?"

Petra warf amüsiert den Kopf zurück: "Hast du der Greinichin diese Story erzählt? Die treusorgende Tochter besucht ihre arme, alte Mutter? Na, irgendwann musst du mal mit der Wahrheit herausrücken. Den Möbelwagen übersehen ihre Adleraugen nicht..."

Mein Herz rutschte in die Hosentasche. Musste unsere nette Unterhaltung so schnell so schmerzhaft werden. "Du willst wirklich..."

"Aber Frank, was hast du denn gedacht? Hattest du noch Illusionen? Es war nicht dieser Krach, es war die ganze letzte Zeit. Ich mag dich immer noch, aber schau mal: Die Zeit war doch vorbei, oder?"

Scheiße, jetzt wurde es doch noch ernst: "Ich dachte immer, die Frauen würden die Beziehung halten und die Männer aussteigen. Bei uns scheint es umgekehrt zu sein."

Petra blickte mir eindringlich in die Augen: "Frank.." Das klang nach Mama. Bei diesem Ton endet das Spielerische, da spricht die mütterliche Frau, oder die große Schwester. Oder Frau Greinich, bloß auf einer anderen Ebene. "Frank, ich bin realistisch. Blicke den Dingen rechtzeitig ins Auge! In zehn Jahren würdest du dich ärgern, wieviel Zeit du in Illusionen investiert und verplempert hast."

Ein Kloß drückte mir im Hals. Vermutlich schätzte sie die Lage realistisch ein. Sie bewies schon oft ein gutes Gespür für die Situation.

"Klar, Petra, das sehe ich auch so."

Nein, ich sah es nicht so. So cool bin ich nicht. Aber ich wollte ja nicht als der große Träumer dastehen. Wie schaffe ich es nur, dass sie das versteht und an sich ranlässt? Anders gesagt: Was spricht wirklich für unsere Beziehung?

"Du, Petra, irgendwie hast du recht. Nee, nicht irgendwie, sondern ganz klar. Aber..., du, echt, wirklich, es gibt ein aber: Wie ging es dir denn in den letzten Wochen?"

Petra schwieg und schaute mich ohne allzu große Erwartungen an. Ich schaute zurück. Sie schüttelte unwillig den Kopf: "Wie geht es dir denn, Frank? Das ist doch die Frage."

Ich seufzte. Jetzt musste ich Farbe bekennen. "Naja, ich denke halt viel mehr an dich als vorher, als du dauernd um mich rum warst. Ich habe echt nette Frauen kennen gelernt. Aber an dich kommt bei mir keine ran. Ohne Schmus, das ist echt so."

Petra lächelte und die Fältchen an den Augen lächelten mit: "Frank, Fränkiboy, wie süß du das gesagt hast..."

Süß! Leicht verärgert brummte ich zurück: "Von wegen süß! Meinst du, es gefällt mir, dass meine Gefühle an dich gefesselt sind? Von wegen Freiheit! Ich habe mich freier gefühlt, als du noch da warst."

Petra kicherte und hielt sich wie eine verschämte Teenagerin die Hand vor den Mund: "Bist du nicht auf Freiersfüßen? Ich dachte, jetzt geht er voll ran, der Gute. Jetzt kannst du doch all die tollen Frauen haben, von denen du immer geträumt hast."

Sollte ich ihr mein Bierglas an den Kopf werfen? Das überschritt meine Schmerzgrenze! "Und wie ist es bei dir? All die Supermänner, die du mir an den Kopf geworfen hast? Jetzt können sie dir zu Füßen liegen. Und wer liegt dort?"

Für einen Moment verdunkelte sich Petras Miene. Ein Schatten glitt über ihre Augen, dann hatte sie sich wieder in der Gewalt: "Du versuchst, fies zu sein, oder?" Der Klang ihrer Stimme verhärtete sich um eine Nuance: "Ich brauche keinen Mann, um leben zu können. Ich bin nicht über Nacht frigide geworden, verstehst du, aber ich komme ganz gut alleine klar. Und wenn ich mal zu zweit sein will, lässt sich das regeln."

"Ich weiß schon, irgendso ein Versicherungsfritze, der dich zum preiswerten Mittagsmenü beim Chinesen einlädt."

Treffer! Das saß! Knapp unter der Gürtellinie. Ganz wohl fühlte ich mich dabei nicht. Petras Mienenspiel wechselte zwischen Zorn und Belustigung so rasch, dass ich nicht mehr wusste, wie ich dran war.

Zu meiner Erleichterung entschied sie sich für Belustigung: "Gnädiger Herr, an dir ist ein James Bond verloren gegangen: Als 007 wüsstest du nicht nur alles, sondern fändest auch immer eine schöne Gespielin in deinem Bettchen, überall auf der Welt. Und wenn sie dir langt, kommt ein Bösewicht und macht die Arme kalt. Meine Güte, bist du vielleicht eifersüchtig? Mein Lieber, wie heißt denn diese rothaarige Hetäre, mit der du neulich durch die Gassen geglitten bist?"

Rothaarige Hetäre? Es gelang mir gerade noch, meine Aggressionen abzubremsen, bevor ich durch zuviel Heftigkeit weiteres Porzellan zerdepperte. "Rothaarig? Sag mal, aus dir spricht auch nicht die abgeklärte Dame. Da begleite ich harmlos eine Kollegin, weil wir den gleichen Weg haben und du machst gleich eine Beziehungsgeschichte daraus."

"Kollegin?" Petra zog die Brauen hoch und machte die Augen schmal: "Deine Kolleginnen kenne ich. Woher taucht denn die auf einmal auf?"

Sie hat mich also bei einer Lüge ertappt! Tja, tut mir leid, Petra, da liegst du falsch: "Neu! Du weißt doch, die Müllerin fällt wegen Schwangerschaft aus. Da springt Carola bis Schuljahrsende ein."

"Carola. Aha... wir sind schon bei dem ‚Du'." Petra speicherte den neuen Namen, wirkte aber nicht ganz überzeugt: "So rein kollegial hast du dich nicht benommen, mein lieber Frank. Ich kenne dich. Das musste ich oft genug erleben, wenn du neben mir gelaufen bist und dich plötzlich eine Frau anmachte. Das war belämmernd. Jetzt fährst du auf diese Tussi aus dem Kollegium ab... Carola, so, so..."

Muss das sein, Petra? Du weißt doch, wie mich so etwas ärgert. Willst du uns mit Absicht den Abend verderben? "Ach, Petra, lassen wir das. Warum sollen wir uns den ersten entspannten Abend nach langer Zeit kaputt machen, weil wir uns mit allen Regeln, die wir an einander ausprobiert haben, verletzen?"

Petra nickte schnell und zustimmend: "Entschuldige. Ich bin auch kein Eisklotz. Aber du hast Recht. Weißt du ein unverfängliches Thema?"

Mir fielen etliche Themen ein, die mich interessierten. Aber keines passte in eine unverfängliche Unterhaltung. So plauderten über das Kino.

Den Rest des Abends genoss ich. Aber was ich eigentlich wissen wollte, erfuhr ich nicht. Nämlich wie es weitergeht. Ich traute mich auch nicht, es anzusprechen. Meine Güte, der große Streiter für Offenheit in der Beziehung, plötzlich packt ihn die Angst vor einer unangenehmen Wahrheit. Schäme dich! Doch Petra schien es genauso zu gehen. Da haben sich die richtigen gefunden, wiedergefunden! Wie in alten Zeiten. Passten wir nicht wunderbar zusammen? Obwohl, in unserem Alter schon als altes Paar zu leben, davon träumten wir auch nicht gerade.

Kurz vor Mitternacht entlohnte ich Alfred mit einem fürstlichen Trinkgeld und wir brachen auf.

"Soll ich dir meine Briefmarkensammlung zeigen?" fragte ich lässig.

Sie goutierte meinen Versuch, witzig zu sein und fand es "echt süß", lehnte aber doch ab, lieb und klar.

Dabei hätte sich Frau Greinich morgen früh sicher gefreut. Schon heute Abend, als ich wegging, fing mich Frau Nachbarin auf der Treppe ab. Wie sie das nur macht? Sie kann doch nicht den ganzen Tag hinter der Türe lauern und rausschießen, wenn ich vorbei komme. Ob ich morgen zum Mittagessen kommen wolle?, fragte sie, auf ihren unvermeidlichen Besen gestützt, es gäbe Rouladen, die würde ich mir doch sicherlich nicht alleine machen. Sie hätte extra eine Portion mehr vorbereitet. Rouladen... Ich wurde schwach und sagte zu. Um zwölf, nach dem Gottesdienst. Ich hasse es, sonntags alleine zu Mittag zu essen. Und wer weiß, vielleicht lenkt es mich ja auch angenehm ab. Herr Greinich dankt es mir bestimmt, wenn ich etwas Farbe in seinen grauen Sonntag bringe.

19 Kleinbürgerrouladen und Computertrash

3. Sonntag Abend

Männer in meinem Alter verirrten sich selten hierher. Borniertheit? Unwissenheit? Manchmal schätze ich die Möglichkeit, mich im Gottesdienst ganz gezielt zu sammeln. So nutzte ich den heutigen Morgen zum Kirchgang. Ich denke viel über meine Situation nach. In diesem abgeschiedenen Rahmen, in diesem eigentümlichen Gebäude, in dieser seltsam gemischten Gesellschaft gelingt es mir gut.

Die Grobziele meines Lebens kann ich benennen. Aber, und das spürte ich heute Morgen in der entspannten Atmosphäre des Kirchenraumes intensiv: Meine vielen Beziehungen und Beziehungsversuche bringen mit dem wohligen Thrill zugleich eine Unsicherheit in das Gefühlsleben. Von einer Zweier-Beziehung verspreche ich mir mehr als reizvolle Gefühle. Wie kann mir das bei meinen vielen Ansätzen gelingen?

Andererseits: Solange ich auf der Suche bin, bin ich zugleich offen für vieles zu sein, bereit, fremde Seiten in mir durch die ganz anderen Seiten eines Menschen entdecken. Da die Predigerin über die sozialen Verwerfungen in unserem Land nachdachte, half sie mir mit meinen persönlichen Problemen auch nicht viel weiter. Das wäre wohl auch zu viel verlangt. Sicher saßen unter uns Menschen, die materielle Sorgen quälten. Dass in unserem reichen Land Menschen in Not leben, bedrückt mich durchaus hin und wieder. Ich verdiene mehr als ich ausgeben kann und bin doch kein Spitzenverdiener. Ein sozialer Ausgleich sprengt zumindest meine Phantasie nicht, meinen Geldbeutel im Übrigen auch nicht. Und wenn mir in meiner Einsamkeit manchmal das Herz schwer wird, dann spüre ich doch Dankbarkeit, wenn mir in den Sinn kommt, dass ich mir wenigstens im finanziellen Bereich keine schwerwiegenden Gedanken machen muss.

So lenkte mich die Predigt letztendlich von den Beziehungsproblemen ab. Besser, als sich immer nur im Kreis zu drehen. Konzentrieren heißt ja nicht, mit den Gedanken Karussell zu fahren. Nach dem Gottesdienst fühlte ich mich hervorragend. Auch wegen der alten Lieder? Geschrieben von Menschen, die sich durch den Glauben getragen fühlten?

Tue eigentlich ich Greinichs einen Gefallen oder sie mir? Vom gemeinsamen Mittagessen schienen beide Seiten zu profitieren. Ich kenne lustvollere Erlebnisse als mit Ehepaar Greinich am Tisch zu sitzen. Als Loriotfan war es für mich ein Leckerbissen: Ich erlebte mich als Mitspieler in einer Loriotszene. Hier lebt der Stoff, aus dem der Meister der realistischen Szenen und Pointen schöpft. Das begann schon mit Herrn Greinichs sonntäglicher Kleidung: Man trägt grau. Eine Symbolik für die ganze Woche, wenn nicht gar das ganze Lebens. Seine scheinbar achtlos eingeworfenen Bemerkungen enthalten einen leidenden Zynismus, der sich hinter seinem Grau erfolgreich versteckt. Er checkt mehr als er verändern kann. Er hockt hilflos neben dieser Powerfrau. Frau Greinich als Powerfrau! Gut, dass sie keine Gedanken lesen kann.

Sie demonstriert rein äußerlich anscheinend das glatte Gegenteil: Die Schürze ließ die emsige Hausfrau dankenswerterweise in der Küche. Ihr gutgefülltes Kleid strahlte "praktische" Signale aus. Ein Synonym für das Fehlen jeglichen Schicks. Das vorherrschende knallige Blau entschärften diverse vielfarbige Punkte bis hin zur Farblosigkeit. Unglaublich, wie Farben sich gegenseitig eliminieren können - freilich weiß ich aus Physik, dass die Summe der Grundfarben Schwarz ergibt. Der weiße Gürtel unterstützte ihre angriffslustigen Brüste; nicht, dass Greinichs Gattin einen Angriff auf meine männliche Unschuld inszenierte, sondern sie weckte paramilitärische Assoziationen: Das Outfit einer patriarchalischen Hausfrau. Nein, das Wort matriarchalisch - sofern es überhaupt außerhalb meines Wortschatzes existiert - wäre ein Schlag ins Gesicht jeder aufrichtigen Feministin. Denn auch die fände bei Frau Greinich eine zum Sieg entschlossene Gegnerin: Frauen gegen den Feminismus! Eine faszinierende Aktion. Ich empfand Mitgefühl für Herrn Greinichs Rückzug in Innerlichkeit und Sarkasmus. Was ich nicht verstand: Warum hast du die Frau überhaupt genommen? Ich vermute: Weil sie nichts anderes zuließ. - Ich weiß, ich bin gemein...

Ihr Essen schmeckte wie erwartet vorzüglich. Das musste ich ihr lassen und ich tat es mit Appetit. "Langen Sie nur zu. Es ist genug da." Es freute sie, wie ich reinhaute. So leicht kann man Frauen glücklich machen. Manche Frauen... Als das Gespräch in diese sensible Richtung zu persönlich werden drohte, wich ich geschickt aus: Die Schule bietet stets gute Themen, um eine emotionale Diskussion zu provozieren. Dieses Wissen setzte ich strategisch gezielt ein: Frauen wie Frau Greinich steigen vor allem auf eines ein: Die schlechte Erziehung der Kinder von heute, verbunden mit mangelhafter Ernährung ("Nehmen Sie noch vom Salat! Vitamine braucht der Körper!") (Die Herkunft des Salates überprüft der Kenner besser nicht). Am besten in Kombination mit kaputten Familien. Diese Faktoren häufen sich zwar nur bei einer Minderzahl, aber es lässt sich so wunderbar darüber schimpfen und die empirisch abgefederten Argumente wirken durch ihre Plastizität ("Die kommen mit Messern in die Schule, weil die alleinerziehende Mutter arbeiten geht, sie nachts zu lange fernsehen lässt, Männer häufiger wechselt als die Wäsche, sonntags die Kinder zu MacDonalds schleppt und..."). Da hilft keine Statistik differenzierter Sozialpädagogen (wahrscheinlich alles arbeitsscheue Kommunisten).

Je mehr ich aß, desto mehr konnte, durfte, musste Frau Greinich die Diskussion bestreiten. Weshalb ist Herr Greinich so dürr? An seiner Stelle nähme ich unwahrscheinlich zu. Das böte sich auch mal ein Thema für eine Diplomarbeit an: Der Zusammenhang des männlichen Körpergewichts mit dem massiven Auftreten der weiblichen Partnerin. Eine Partnerin ist natürlich immer weiblich...

Während ich Frau Greinichs akustischem Bombardement mit halbem Ohr lauschte, studierte ich den dünnen Mann an ihrer Seite mit mehr Interesse. Ballad of a thin man? War Herr Greinich ein Mr. Jones aus Bob Dylans Erfahrungsschatz? Verhaltensforschung faszinierte mich schon immer, also dilettiere ich darin nach Herzenslust. Mein Versuchskaninchen wählte sehr sorgfältig jeden Schnitt seines Messers aus. Das kostet Zeit und bleibt unauffällig ("Das Essen wird kalt."). Gesprächsbegleitend nickte er regelmäßig zustimmend und verbarg sich hinter einer undurchsichtigen Miene, sobald eine Zustimmung die Grenze zwischen Selbstverleugnung und Selbstaufgabe zu überschreiten drohte.

Ich weiß nur eines: Meine Zukunft sieht anders aus. So will ich nicht nur nicht enden, so werde ich auch nicht enden. Wenn Frau Greinich einmal gemutmaßt hatte, ich hätte in meiner Wohnung Petras Leiche versteckt: Ihre Leiche in der Wohnung ihres Gatten schien mir die wahrscheinlichere Unmöglichkeit. Immerhin: Sie kocht gut. Tote können nicht kochen. Dieses Motiv könnte sich für Frau Greinich lebensverlängernd auswirken, wenn

Herrn Greinichs Liebe durch den Magen geht (mir schlägt seine Frau auf den Magen) (nein, das ist eine Bemerkung um des Bonmots willen. Solange sie seine Frau bleibt, kommt sie meinem Magen nicht so nahe, allenfalls als Köchin).

Beim Nachtisch – „Die Birnen sind selbst eingekocht. Diese Konserven haben ja keinen Geschmack mehr!" - begann der Themenkomplex Schule und antiautoritär (wie schrecklich!) erzogene Kinder an Reiz zu verlieren. Was nachlegen? Die Birnen brachten mich auf einen frauenfreundlichen Impuls: "Frau Greinich, die Rouladen schmeckten köstlich. Haben Sie sie selbst zubereitet?" Selbstverständlich. Welch frevelhafter Gedanke, sie könnten gekauft sein! Das Rind hatte sie allerdings weder aufopfernd großgezüchtet noch eigenhändig hingerichtet. Wahnsinnig[1] war es auch nicht, wenngleich es jetzt in ihrem Schnellkochtopf gelandet war. Oder war dies eine Ehre? Ein Ende in Frau Greinichs Schnellkochtopf? Als Strohwitwer brauchte ich natürlich jede Menge an Infos über Rouladen. Das muss ein Mann einfach in solch schweren Zeiten emanzipierter junger Frauen beherrschen. Senf und Gurken. Aha. Und Speck. Soso. Dazu - Geheimnis ihrer Mutter - Estragon. Das kennen die jungen Frauen heutzutage gar nicht mehr (Wenn Frau Greinich jemals in meine Wohnung eindringen würde, fände sie es in unserem Gewürzregal. Zugegebenermaßen noch ziemlich unbenutzt; wenn, dann nur von mir - Rezepte meiner Mutter.). Das Entscheidende ist freilich das Fett: Es muss heiß genug werden. "Da können Sie keine Margarine nehmen." Tat ich auch nicht. Scharf anbraten, das ist das Geheimnis des köstlichen Geschmackes. Mit Zwiebeln und Paprikapulver. Nicht zu früh ablöschen. Zwei Knoblauchzehen. Den Topfrand gut abwischen. Klar, der Deckel muss ja dicht schließen, sonst fliegt er mir um die Ohren. Nein, das tut er nicht, sondern der Dampf entweicht an der Seite. Und das Geheimnis des Schnellkochtopfes liegt ja im hohen Druck.

Herr Greinich könnte auch ein Schnellkochtopf sein. Zynismus als Ventil? Ein roter Kopf als Druckanzeige? Das ist gemein. Er hat keinen roten Kopf. Den Druck unterstelle ich. Vielleicht zu Unrecht. Vielleicht kommt er eben besser damit klar als ich. Frau Greinich weiß natürlich, was Männer brauchen - vielleicht außer ihrem eigenen, aber das ist schon wieder eine böse Unterstellung; ich werde zum Wiederholungstäter.

---

[1] Zu der Zeit, in der dieser Roman spielt, gab es den sogenannten „Rinderwahnsinn", der die Menschen fast so sehr bewegte wie HIV und später Corona.

Männer brauchen laut Gastgeberin einen Schnaps nach dem Essen. Wir bekamen ihn. Herr Greinich selbst schenkte ein. Nach Anweisung. Ich dachte, bald halte ich es nicht mehr aus. Eine filmreife Szene. Aber jedem sein eigenes Unglück. Vielleicht ist er ja auch glücklich. Ich sollte nicht so arrogant sein. Schließlich geht es mir auch nicht gerade blendend, obwohl ich mein Leben doch so viel besser gestalte. Der Schnaps wärmte hervorragend, obwohl die Dame des Hauses ihn nicht selbst gebrannt hatte. Wäre auch etwas zu viel verlangt. Immerhin handelte es sich um Asbach Uralt. Nach Frau Greinichs Meinung sicherlich das Beste, was man bieten kann.

Für mich stand allmählich die Frage des Sich-absetzens an. Es ging leichter als gedacht. Sie wollten wohl auch unter sich sein. Ziemlich natürlich. Das überraschte mich positiv. Ich bedankte mich vielmals. Und da fiel mir ein, dass ich die Blumen doch vergessen hatte. Ich werde es nachholen. Denn eigentlich fand ich die Einladung sogar sehr nett. Und innerlich gelobte ich mir Besserung und etwas weniger oberlehrerhafte Sozialarroganz.

Der Nachmittag bot wenig Abwechslung. Um neun Uhr fiel mir die Decke auf den Kopf. Aus rein therapeutischen Gründen radelte ich zu Alfred und ließ mir an der Theke ein Weizen einschenken. Mein Blick schweift durch die schwatzende Menge. Wen sah ich drüben neben dem Flipper? Wolfi natürlich. Damit hatte ich auch fest gerechnet. Er repräsentiert sozusagen meine spätpubertären Anteile. Was mich allerdings verblüffte: Neben ihm hockte ein alter Bekannter, nervös mit dem Bierglas spielend und tief ins Gespräch verwickelt: Rolf. Eine selbstgedrehte Zigarette glomm im Aschenbecher. Rolf? Auch er in einer Krise? Als ich mich unaufgefordert zu den beiden setzte, schilderte er gerade ein verwickeltes Beziehungsproblem. Wolfi lachte und schubste mich so, dass ich fast mein Hefeweizen über ihm ausgeleert hätte:

"Er kommt mit seiner Alten nicht mehr klar!"

"Mit Marga?"

Rolf schaute mich an wie ein Auto. Wolfi klärte mich auf: "Nee, keine Weibergeschichte. Es klappt nicht mehr mit seinem PC."

"Aha!"

Ich grinse. Andererseits fühlte ich mit: Rolf litt unter einem typischen Männerproblem. Im Übrigen widersprach er heftig: "Nix mit der Alten. Das ist ja das Dilemma. Ich habe mir einen neuen zugelegt. Die Dinger werden stündlich günstiger. Billiger und bieten mehr. Superdrucker - nix mit Matrix,

Tittenstrahl... Spitzenprogramme. Also, bei mir gehört ein Rechtschreibeprogramm dazu."

Wolfi spottete mit einem dreckigen Beiton: "Das hast du auch nötig."

Rolf runzelte die Stirne und schüttelte unwillig den Kopf: "Ein Analphabet wie du kann da nicht mitreden." Bevor hier nach dem Eskalationsprinzip sich der dritte Weltkrieg entwickelte, schien meine Vermittlerrolle gefragt: "Ist das so ein Hungriges-Baby-Programm, das der Benutzer erst füttern muss."

Rolf lachte, erleichtert durch den killenden Sarkasmus. Das traf den Nerv des nervtötenden Programms. Wie der Psychologe weiß: Lachen baut Aggressionen ab!

"Stimmt. Das trifft den Nagel auf den Kopf. Am liebsten hätte ich das Ding mit einem Hammer demolierte! Also, ich sitze da und schreibe und schreibe wie ein VW. Plötzlich erscheint ungebeten eine Fehlermeldung."

Wolfi horchte interessiert auf. Könnte er jetzt wundersam eingreifen und zeigen, was in ihm steckt?

"-37. Also entweder bis 37 oder minus 37. Weiß ja kein Schwein."

"Du greifst zum Handbuch, stimmt's?"

Auf meinen Vorschlag setzte Wolfi noch was drauf: "Und das Handbuch schrieb der Fachmann in Malaysia und du verstehst kein Malesisch, nicht mal als Piktogramm..."

Rolf schüttelte das greise Haupt: "Noch härter: Die listen sowohl im Handbuch wie auch im Hilfeprogramm nur die Fehler auf. Was für Fehler das sind oder wie man sie gar beheben kann, findet keine Erwähnung."

"Arschlöcher!" Das rutschte mir spontan raus und traf die tiefsten Gefühles unseres armen Freundes.

Wolfis Rat sprühte vor Sarkasmus: "Dann wende dich doch an dein Fachgeschäft."

Rolf lachte hart: "Da bin ich auch drauf gekommen. Die haben natürlich keine Ahnung. Verkaufen, ok, aber sonst: Rufen Sie die Hot-line an. Das entspricht etwa der Notarztnummer. Dafür haben wir die Hot-line, wenden Sie sich an die... Tue ich auch. Ist natürlich belegt. Dauernd. Trotz Wahlwiederholung. Aber es gibt auch eine Fax-Nummer. Ich schreibe also mein Problem auf meinem neuen PC und drucke es optisch optimal aus. Dann faxe ich es durch."

Wolfi und ich starren ihn gespannt an. Das klingt nach Krimi mit Mord und Totschlag. Vielleicht hätte er seinen Arzt und Apotheker fragen sollen.

"Tja, und dann kriege ich die beste Lösung: Löschen Sie ihr Programm und installieren Sie es mit der Originaldiskette."

"...die du natürlich nicht hast..."

"Und ob ich die habe. Ist ja ehrlich erworben, im sogenannten Fachgeschäft. Ich bin so blöd und befolge den Rat. Ergebnis: Ich muss das Babyprogramm wieder füttern. Irgendwann speit es. Anders gesagt: Die Fehlermeldung tritt genauso auf wie vorher. Ich schreibe und faxe an vobis..."

"Ach so," lässt Wolfi vernehmen, "Alles klar: Wer kauft auch schon bei vobis. Billig, ok. Aber wenn ein Problem auftaucht, stehst du im Regen."

"Genau da stehe ich auch. Also faxe ich: Herzlichen Glückwunsch zu ihrem kompetenten Rat. Wenn ich meine Putzfrau gefragt hätte, hätte ich die Einheit gespart und wäre auch nicht dümmer als jetzt. Darf ich mich um einen Job bei ihnen bewerben? Einzige Voraussetzung scheint ja Ahnungslosigkeit zu sein..."

Rolf labte sich an Wolfis ausführlichem Lachanfall, das baute ihn auf.

Da haben wir die echten Probleme der 90er. Erst kauft man sich Programme, die völlig überdimensioniert sind und dann beginnt man, durchzudrehen. Ich fühlte mit Rolf. Andererseits langweilte mich sein folgender Ausflug in die Urgeschichte des Computers. Mit den Lochkarten begann das Unheil, erklärte der Chronist. Damals gab es Sekretärinnen, die ausschließlich Löcher in Streifen stanzten.

Da fühlte ich mich aufgerufen, das Gespräch umzubiegen: "Wisst ihr, wovon ich träume?"

Nein, Gedanken lesen konnten beide nicht. Meine Träume ließen sich auch nicht einscannen. Ich träumte: von einer digitalen Aufnahme aus dem Jahre 1898..."

Wolfi lachte blöde und verächtlich: "Willst du mit deiner Zeitmaschine zurückdüsen, um Enrico Caruso aufzunehmen?"

Digitalaufnahmen zur Jahrhundertwende, so etwas gab es doch damals noch nicht. Doch! Einer der besten: Scott Joplin! "Eine Original-Digitalaufnahme vom Entertainer, das wünsche ich mir! Wirklich. Joplin hat damals seine Ragtimes auf Lochstreifen eingespielt. Völlig rauschfrei. Und wenn du so ein altes Honky-tonk-piano hast, das mit Lochstreifen funktioniert, dann kannst du seine Originale abspielen. Gibt es freilich auch auf CD. Aber ich träume eben von so einem Piano."

Das beeindruckte die beiden; obwohl es im Prinzip einfach ist: Entweder du drückst die Klaviertaste oder du drückst sie nicht. Ja oder nein, so funktioniert das duale System, und das lässt sich digital abspeichern. Leider kannten sie auch keine gute Adresse, an die ich mich wegen der Hardware, sprich Piano, wenden konnte. Ich sollte es mal auf einem Trempelmarkt versuchen.

Als wir beim Thema Musik landeten, schlug ich vor, eine Runde Skat zu spielen. Oder auch mehrere. Total Digital. Wo ist da der Witz? Gibt es nicht. Wolfi musste sowieso mal aufs Klo. Er brachte gleich die Karten mit. Alfred stellte zur Trauerarbeit seine Loriot-Karten („Reizt euch!") zur Verfügung. Und Rolf orderte zur Feier des Tages einen Stiefel. Wir ließen ihn kreisen und unsere Jugendzeit hochleben: Weißt du noch... Achtzehn, zwanzig, zwo, Null.

20 Ein Brief für Sherlock Holmes

(3. Montagnachmittag)

Spinne ich oder nicht? Mir wachsen diese zahllosen Kontakte über den Kopf und doch düste ich heute noch mal rein zur Offertenabteilung. Der Mann an der Rezeption - die scheinen täglich zu wechseln - suchte und schüttelte immer wieder den Kopf. Dank meiner reichhaltigen Erlebnisse nahm meine Spannung ab statt zu, dieser Fehlschlag ließ mich kalt.

Erschrocken zuckte ich zusammen, als er "Ha!" brüllte. Mit einem triumphierenden Lächeln zog er einen Brief heraus und reichte ihn mir, als hätte er gerade das große Los gezogen. Wenn hier einer gezogen hat, dann ich, bitte schön! Das vertraute ich ihm freilich nicht an, sondern griff total cool, fast schon desinteressiert zu.

Es hatte wirklich noch einmal geklappt. Ich könnte mich dran gewöhnen. Ein Thrill wie bei Lotto. Mit einer höheren Trefferquote!, dachte ich. Der Umschlag verriet mir nichts; er enthielt die übliche Zeitungsanschrift und der Eingangsstempel. Souverän riss ich den Brief nicht auf, sondern mich zusammen, bis ich wieder im Auto saß. Gierig öffnete ich den Brief mit meinem Autoschlüssel. Stillos und fetzig, aber effektiv... Hat die Dame mehr Stil? Meine Hände fühlen es: Edles Papier, fast büttenartig. Eine Frau mit Stil!

Leider nur wenige Zeilen, die dafür den Graphologen in mir wieder herausforderten. Meine Augen verschlangen die knappe Mitteilung: "Hallo! Hübsche Akademikerin möchte dich kennenlernen. Tel... Verlange bitte

Dr.Schmidt." Dr.Schmidt... Die Telefonnummer deutete auf einen benachbarten Stadtteil. Dr.? Eine Ärztin? Zuhause studierst du sofort das Branchenverzeichnis! befahl mein innerer Sherlock Holmes. Beschwingt verstaute ich den Brief in der Jackeninnentasche und fuhr heim. Ziemlich unkonzentriert. Irgendwie hatten mich die Zeilen besonders in Schwingung versetzt. Was war es nur?

Die Schrift? Sie wirkte unruhiger als die anderen. Nicht so schülerinnenhaft. Die Zeilen verrieten Schrammen des Lebens. Trotzdem, gefiel sie mir. Die Schrift. Und das Wesen, das sich dahinter verbarg? Mir rauschten die Anzeigenbilder diverser Illustrierten durch den Kopf.

He! Mein Fuß raste aufs Bremspedal! Noch will ich nicht auf dem Friedhof landen. Welcher Idiot wechselt denn direkt vor mir die Fahrspur ohne zu blinken?! BMW, das hätte ich mir ja denken können. Sauteuer, aber einen Blinker als Extra leisten sich die Fahrer nie, hat BMW vielleicht auch nicht im Programm; gehört nicht zur Schadsoftware.

Fast wäre ich drauf gedonnert. Meine Nebennierenrinde schickte sofort ihr hausgemachtes Hormon in den Körper: Erhöhter Adrenalinausstoß! registrierte ich. Das stellte meine Aufmerksamkeit augenblicklich wieder her! Ich will noch was erleben und nicht stante pe (stehender Gasfuß) abtreten. Noch dazu mit diesem Brief direkt über dem Herzen. Ich freute mich zu sehr, um meiner Aggressivität Zeit zu gewähren.

Vor der entspannten wiederholten Lektüre schob sich das berühmte retardierende Moment ein. Meine Vorräte hatte ich am Wochenende aufgebraucht, also ging's zum bekannten und beliebten Supermarkt. Ich schnappte mir einen Einkaufswagen, der auf dem Parkplatz stand. Aus dem Kofferraum holte ich zwei Bierkästen, in der Hoffnung, dass mich bei dieser entwürdigenden Tätigkeit kein Schüler beobachtete.

Zwei Kästen Bier! Ist der große Pädagoge etwa ein Säufer? Ich verstaute beide auf dem Wagen und schob ihn zum Eingang. Puh! Tatsächlich lächelte mich ein Mädchen an. Eine Ehemalige! Also keine aktuelle Demaskierung. Als ich im angenehmen Bewusstsein, eine Persönlichkeit des öffentlichen Lebens zu sein, jovial grüßte, haute mein Wagen mit voller Wucht gegen mein Schienbein. Verblüfft und erschrocken beobachtete ich, wie der Warenkorb mit den Flaschenkästen nach vorne stürzte. In meinem Geist zersplitterten bereits die zwanzig Flaschen auf dem nackten Steinboden, als ich mit einem beherzten Griff den oberen Kasten gerade noch zu fassen bekam...

Den Haltegriff bohrte ich dabei allerdings voll in meinen Magen. Vorbei war es mit dem souveränen Lächeln des populären Pädagogen. Mühsam lachte ich, als stünde ich überlegen über solchen alltäglichen Missgeschicken. Immerhin: im Jackett ruhte ein Trostpflaster. So füllte ich dann mit schmerzenden Beinen meine Vorräte wieder auf und begab mich auf den Heimweg.

Jetzt sitze ich da, vor mir eine frische Tasse Kaffee und studiere das Schreiben. Die drei Zeilen. Innerlich zuckt meine Hand schon in Richtung Telefonhörer... Aber vorher muss ich innerlich zur Ruhe kommen. Wer erwartet mich und was will ich? Nenne ich meinen Decknamen aus dem deutschen Sagengut? „Lohengrin: Nie sollst du mich befragen!" Was für einen Termin kann ich anbieten? Welche Präferenz hat sie bei Terminkollisionen? Ach, ich wollte doch bei den gelben Seiten nachschauen. Ein Griff neben das Telefonbuch. Dann packe ich es und bin fündig. Aber es gibt so viele Ärzte. Besonders selten ist ihr Name auch nicht. Kombiniert mit der Nummer im Brief finde ich gar nichts. Zumindest praktiziert sie nicht als selbständige Ärztin. Vielleicht ist sie ja... Nicht jede Frau Dr. ist auch Ärztin. Und zumindest gibt es mehrere Personen, die bei ihrer Nummer abheben - sonst müsste ich nicht extra nach ihr verlangen - und vermutlich ist sie aus eben diesem Grunde auch nicht die erste, die sich meldet.

Also frisch ans Werk! Ich tippe meine Glücksnummer ein. So sehe ich es erst einmal. Ich höre, wie die Zahleninformation weitergegeben wird. Und jetzt? Es klingelt. Ist ein Anrufbeantworter dran? Ist sie es vielleicht selbst? Oder ist... Da hebt jemand am anderen Ende ab. Eine sanfte Stimme meldet sich: "Hier Praxis..."

Mehr verstehe ich vor lauter Aufregung gar nicht. Eine Praxis. Perplex wie ich bin, entgeht mir die Art der Praxis. Auf alle Fälle eine Gemeinschaftspraxis, denn erst der zweite Name lautet Schmidt.

Schon bin ich dran. Cool bleiben, Junge! Tja, ich wolle Frau Dr. Schmidt sprechen. Sie sei nicht mehr da, bekomme ich zu hören. Morgen früh wieder. Also morgen früh.

Ich danke und lege auf. Und ich lege den Kopf zwischen die Hände. Darüber muss ich erst einmal nachdenken. Es gibt sie wirklich. Ich kann sie auch erreichen, real erreichen, nicht über irgendwelche Umwege. Was für eine Praxis war es übrigens? Ach, mein schauderhaftes Gedächtnis. Nein, ich habe gar nicht richtig zugehört. Dann suche ich eben. Die Zeit muss sein. Und der Lustgewinn.

Wieder der Griff zum Branchenverzeichnis. Unter ihrem Namen habe ich sie schon vorhin nicht gefunden. Also suche ich nach der Nummer. In unserer Stadt eine nahezu abendfüllende Beschäftigung. Auf irgendso einem Kaff wäre das kein Thema. Also: Briefumschlag querlegen und die ersten beiden Nummern ansteuern. O je, Spalte um Spalte. Es dauert ewig. Wenn ich die Nummer übersehe, dann darf ich den Scheiß noch einmal machen. Konzentration ist gefragt. Sherlock Holmes, streng dich an... Die Ärzte sind nicht nach Nummern geordnet, sondern nach Fachbereichen. Hoffentlich ist sie nicht Zahnärztin. Reizvolle Blitzphantasien wirbeln in mir hoch; bei jeder Sparte neu. Eine Chirurgin? Cool schneidet sie die Patienten auf; immer macht sie Überstunden; aus dem OP kommt sie einfach nicht raus! Eine Internistin? Geduldig hört sie sich die Geschichten der senilen Patientenschaft an; dann verschreibt sie halbherzig etwas, um nicht herzlos zu erscheinen. Oder gar eine Psychotherapeutin? Ihr scharfer analytischer Verstand legt in Sekundenschnelle dein Innerstes frei und zeigt dir den Weg zum Glück... Leider verstreichen die Fachbereiche ohne Treffer. Bereits die Naturheilkundlerinnen weckten mein Interesse, aber es geht selbst über die Sportmedizin - ich bin völlig unsportlich. Ärztebedarf. Hä? Nein, das sind keine Ärzte mehr. Ich bin am Ende. Nichts gefunden. Und jetzt?

Z gibt es gar nicht bei den Ärzten. Wo bleiben die Zahnärzte? Sollten die woanders sein, mitsamt Frau Dr.Schmidt? Das fände ich hinterlistig und gemein. Aber ich gebe nicht auf, nicht ich, nicht Sherlock Frank Holmes! Z ist zwar am Ende des Buches, aber immerhin gibt es dort die niedergelassenen Zahnärzte. Und jetzt im Schnelldurchgang, nochmal die volle Konzentration! Wie? Was? Wo? Hier!!! Tatsächlich. Mitten im Alphabet der Zahnklempner blickt mir die Nummer entgegen. Zwar unter einem anderen Namen, aber es war ja eine Gemeinschaftspraxis. Jubel. Wo finde ich sie? Ich glaube, ich dreh durch. Name und Nummer, aber keine Adresse. Das finde ich echt übel. Aber ich gebe nicht auf. Noch nicht. Holmes weiß weiter! Mit meinem jetzigen Wissen werde ich vielleicht im amtlichen Fernsprechbuch fündig. Also her damit. Nochmals Ärzte, nochmals Zahnärzte, nochmals...

Sieg! Sherlock Holmes setzt sich durch. Zwar ist nur der Name des Partners registriert, aber dabei steht die Praxisanschrift. Jetzt weiß ich, wo's langgeht. Und morgen früh weiß ich, wo abgehoben wird. Die Spannung steigt. Bald hebe ich ab und steige wie ein Drachen im Herbstwind.

21 Im Bistro mit Schwarzwälder Kirsch

(3. Montagabend)

Wie machen das die Afrikaner nur? Ich meine, mit so einem Harem, da blickst du doch gar nicht mehr durch. Du kannst doch nicht x Beziehungen neben einander herlaufen haben. Führen die Buch? Gibt es da einen Beziehungsterminkalender? Stimmt, habe ich mal von einem Entwicklungshelfer gehört: Da verfügte der Stammeshäuptling über fünfzig Frauen, von denen eine als Sekretärin fungierte und seine anderen neunundvierzig Frauen verwaltete – mit Berücksichtigung des Ei-Sprunges.

Dornröschen hieß die Fee des Abends. Dornröschen! Dass ich nicht lache. Ha Punkt ha Punkt Ha Punkt drei Ausrufezeichen! Ich trug mein neues rotschwarzkariertes Jackett; Farben, die erotische Gefühle provozieren, bestimmten meine durchgrübelte Taktik (irgendeine Methode zum Einschlafen braucht man ja). Mit meinen etwas schwitzigen Fingern umklammerte ich die erbetene rote Rose und fühlte mich ein bisschen blöd damit. Andererseits: An so einem Röschen kannst du dich festhalten. Vorerst hielt ich sie allerdings unauffällig gesenkt, parallel zum Körper, sozusagen getarnt. Meine Finger kribbelten immer stärker. Ich spürte wachsende Aufregung. So stieg ich aus der Straßenbahn.

Erwartungsfroh wie ein Spätteenie steuerte ich das Bistro an. Von außen sah es stark aus. Große Fensterflächen mit viel Blick nach innen (und außen, bei Standortwechsel), dazwischen wucherten Grünpflanzen, die dem Raum Atmosphäre verliehen. Auch nach dem Eintreten: Zierliche Tischchen, an denen plaudernde Gäste entspannt lungerten. Dazu ein dezent gemusterter Teppichboden, an den Wänden Holzverkleidungen. An einem der Tischchen sollte Dornröschen sitzen. Mit einem Märchenbuch in der Hand, einem zweiten auf dem Tisch und zu erkennen an der blauen Bluse. Die Märchenfee.

Ich erkannte sie. Wirklich. Ehrlich. Echt. Sie mich übrigens auch: Ich weiß nicht, wie blöd ein Kalb blickt. Aber viel blöder kann es auch nicht in die Welt schauen wie wir beide, als wir uns erkannten; wir verkörperten das Kalb mit den zwei Köpfen! Sie verdrehte ihre hübschen Augen zur Decke hin, eine exzessive Ohnmachtshaltung andeutend, öffnete den Mund ergeben und ließ dann ihre Zunge heraushängen wie ein erschöpfter Ochse. Meinem Gefühl nach schaute ich auch nicht viel intelligenter aus der Wäsche. Die Überraschung war gelungen. Doch wir unterdrückten nur mit äußerster Anstrengung ein verzweifeltes Lachen. Besonders lustig wirkte der Gag des

Schicksals auf uns auch nicht. Aber Lachen heißt Zähne zeigen und wir hatten wieder einmal ein Stück geliefert, das allererste Sahne war.

"O du mein Märchenprinz!" flötete "Dornröschen" mit metallischer Quitschstimme, ihr Köpfchen schief in den Hals hängend. "O Prinzessin meiner Alpträume..." brummte ich galantesk zurück; zugegebenermaßen bewies ich damit weniger Takt als sie. Aber sie verübelte es mir nicht. Mit offensichtlich gekünsteltem Lächeln reichte ich ihr formvollendet oder besser formübertrieben die erbetene Rose. Sie ergriff sie wie die Prinzessin den Froschkönig: mit Daumen und Zeigefinger, die restlichen Finger weit abspreizend. Dann tat ich etwas, was ich noch nie in meinem Leben getan hatte: Ich hielt den vorbeieilenden Kellner an und orderte einen Cognac. So reagieren Profis. Also muss was dran sein. „Halt! Besser zwei Cognac!" So agieren Kavalliere. Den Cognac in sicherer Erwartung, ließ ich mich ächzend auf das für solche wuchtigen Schicksalsschläge eigentlich zu filigrane Zwergstühlchen fallen, stützte die Hände auf den Oberschenkeln ab und schüttelte das greise Haupt. "Du?!"

Doch die fragende Bemerkung fiel zu spät. Wir hatten uns längst erkannt trotz rotem Jackett meinerseits und blauer Bluse ihrerseits.

"Ich hätte es mir denken können..." lautete Dornröschens erster Kommentar, nachdem sie aus der blicklosen Versenkung in die geöffneten Grimmschen Märchen wieder aufgetaucht war.

"Nee", replizierte ich, "darauf wäre ich im Traum nicht gekommen. Das sieht dir doch gar nicht ähnlich."

"Was sieht mir nicht ähnlich?" Fast ärgerlich fuhr sie, ohne auf eine Antwort zu warten fort: "...dass ich schon wieder auf dich reingefallen bin? Ich habe mir zu wenig Zeit gelassen. Wie konnte ich nur? War doch klar: Ich brauche mehr Abstand. Dann hätte ich glasklar erkannt, was für ein Typ hinter so einer Anzeige steckt. Du oder einer wie du."

Das tat mir weh: "Du bist gemein. So schlimm bin ich nun wirklich nicht. Und vielleicht passen wir doch zueinander. Vielleicht hat dein Unbewusstes zugeschlagen."

O, warum griff ich zu diesem, einem meiner blödesten Argumente? Vor allem bei Petra landete ich damit garantiert nicht mehr. Schließlich führte uns ja ihr Unbewusstes zusammen.

Doch der Fehler ließ sich nicht revidieren. "Mein Unbewusstes! Dass ich nicht lache. Deine Anzeige war einfach verlogen!"

Standen ihr Tränen in den Augen? Wo kam nur diese Wut her? Oder ging einfach ihre Enttäuschung tiefer als bei mir?

Ich fühlte eigentlich gar keine Enttäuschung. Nach dem Staunen stieg ehr so eine Art... ja, was nur? Freude? Glück? Ruhe? Genau, Ruhe. Du bist da, wo du sein wolltest. Aber bei Petra? Wollte ich das wirklich? Vielleicht bin ich einfach aus der Übung und kann gar nicht mehr so richtig auf meine Gefühle achten!

Aber sie schien echt wütend: "Kaum bin ich weg, wirfst du dich schon auf den Markt. Als wärest du völlig ungebunden. Als..."

Sie merkte wohl nicht, dass jedes Wort auch gegen sie verwendet werden könnte. Allerdings wollte ich mich nicht zum Richter aufspielen. Dazu habe ich nun wirklich keine Veranlassung.

"Mensch, Petra! Sei doch einfach heute abend Dornröschen. Schau, ich mag dich doch. Und es stimmt schon, ich habe mich umgeschaut. Aber aus lauter Frust. Ich hab's doch am Samstag gesagt und gespürt: Da ist was da für dich bei mir..."

"Schleimer!" ließ sie ungefiltert verlauten, "Du bist nur zu faul, dich zu ändern und auf jemand anderes einzulassen."

Seltsam, ihre Beschimpfungen verletzten mich nicht. Stärker spürte ich: Ich hänge an ihr. Auch gerade an ihrer Art, das so rauszulassen.

Ich setzte noch einmal an: "Du, Petra, ich finde das echt gut, wie du das so direkt sagst, so in aller Offenheit und ohne..."

Diese Worte wirkten, als hätte ich eine Granate gezündet. Die Grimmschen Märchen gerieten in Gefahr, militärisch missbraucht zu werden. Wenn wir in der heimischen Küche gewesen wären, wäre ich später in Versuchung gekommen, unsere Hausratversicherung zu betrügen. Es roch förmlich nach fliegenden Tassen und berstenden Tellern... Das mit dem Versicherungsbetrug hätte sich ohnedies von selbst erledigt, denn anschließend hätte Frau Greinich als Vorhut der alarmierten Kripo meine Leiche im Kühlschrank gefunden:

"Du Arsch! Laß das gruppendynamische Psychogesülze! 'echt gut'... 'du, Petra'... So landest du vielleicht bei irgendwelchen spätpubertären Einsteigerinnen in die Szene, aber bei mir hast du damit verschissen..."

Ihre Wortgewalt hatte sie nicht verloren; während ich vermutlich noch mit dem Fliegenhangar unter dem Schnauzbart dasaß, bremste sie ab und dozierte ganz cool: "Du weißt ganz genau, dass es einfach gereicht hat! Wir passen nicht zu einander und damit basta!" Ohne dass eine Fliege zwischengelandet wäre, klappte mein Mund wieder zu.

Der Stewart kam und... Es war der Kellner. Er brachte den Cognac. Die Dame hatte offenbar eine Sachertorte bestellt. Sie war noch ganz die alte. Petra, nicht die Torte. Diese präsentierte der Kellner frisch und knackig. Angesichts der angespannten Lage bat ich um einen Granatsplitter, aber der würdige Herr zuckte bedauernd mit den Schultern: "Granatsplitter führen wir nur vormittags. Damit sie immer ganz frisch sind..." Aha!

So wählte ich ersatzweise die Schwarzwälder-Kirsch. Die enthält hochprozentigen Alkohol. Das brauchte meine Seele jetzt, wie die einsamen Damen alter Couleur ihren Liqueur. Außerdem ist Konzentration und Taktik angesagt. Die Chance ist die Krise! Wer hat das gesagt? Die Krise ist die Chance, heißt es. Ergreife sie. Der ergreifende Moment sprach eine klare Sprache: Krise und Chance, Dick und Doof, Petra und ich, so hießen die Traumpaare der Stunde. Die Pflicht war der Krach, die Kür die Versöhnung. So läuft das. Ich weiß das. Jeder weiß das. Das ist ein universales Gesetz. Und hinterher geht man zusammen ins Bett oder setzt sich gemeinsam vor den Fernseher. Diese Beziehungsmuster sind universell und unumstößlich. Ich werde auf ihnen bauen.

"Mensch, Petra, freue dich doch. Lass schon, ich will nicht sülzen, aber ich freue mich ehrlich. Hast du es nicht am Samstag gemerkt?"

Natürlich hatte sie es gemerkt. Deswegen verließ sie mich ja so demonstrativ. Wahrscheinlich hatte sie auf den heutigen Abend gehofft, nicht ahnend, wer ihr da anstelle des alternativen Prinzen liebevoll entgegenglotzen würde.

Der Kellner servierte die Schwarzwälder-Kirsch, Petra vergriff sich wütend an ihrer Sachertorte und die heftige Bewegung ebbte in Schaufel- und Kaubewegungen ab. Mit dem dritten Bissen schluckte sie offenbar auch ihren Ärger herunter:

"Ich lese grade Märchen..." Erleichtert atmete ich auf. Sie hatte zu ihrem Plauderton gefunden. Ich glaube, ich zitterte vor Aufregung. Auf alle Fälle konnte ich meine Tasse nicht ruhig halten. Das provozierte sie zu einer frechen Bemerkung über den Zusammenhang zwischen meinen grauen Haaren und meine zittrigen Händen, die vor allem bei ihr selbst eine Lachsalve hervorrief, in deren Folge ein Tortenkrümel erst in ihren Hals, dann in ihren Luftstrom und schließlich voll in mein Gesicht geriet.

Zu diesem Zeitpunkt hatte unsere Beziehungskrise bereits Öffentlichkeitswert. Zahlreiche Gäste begannen, sich offenkundig für die Vorgeschichte zu interessieren und tauschten sich dezent hörbar darüber aus, ohne uns aus dem Blick zu verlierend Ich träumte zwar stets von einem Erfolg auf den Brettern, die die Welt bedeuten, aber dieses Bistro schien mir nicht der geeignete Rahmen für die Premiere. Doch es half nichts. Petra baute ihre aggressiven Emotionen offenbar auf hysterische Weise ab. Vor ihr lag ein aufgeschlagenes Drehbuch mit essentiellen Motiven, die sie offenbar studierte. Welchem Märchen glich wohl unsere Beziehung, vor allem unsere Begegnung? Zornröschen? Hänsel und Spöttel? Petrachens Hohnfahrt? Dumme Sprüche sind wohlfeil.

Beruhigend griff ich nach ihren Händen. Sie ließ es zu. Ich spürte sie so gerne. Ich kenne diese Hände. Ich kenne sie so gut. Ich wusste gar nicht, wie wichtig Vertrautheit für eine Beziehung sein kann. Der Thrill des Neuen gefiel mir auch, aber jetzt, ihre schlanken Finger in meinen "Pranken"... Alte Leute zitieren manchmal so eine Redensart: „Der weiß, wo er daheim ist..." Das verstand ich jetzt. Daheim, das ist für mich Petra.

Ob es ihr auch so ging? Durfte ich so etwas jetzt überhaupt ansprechen? Ich beschloss, vorsichtig zu sein. So spielte ich mit ihren Fingern und schnitt eine völlig unverfängliche Thematik an. Das Mittagessen bei Greinichss würde sie interessieren, und auch belustigen. Ich traf voll ins Schwarze.

"Du bist ein Schatz..." lachte sie schließlich und als ich sie irritiert anblickte, fügte sie hinzu: "Ich finde es ganz lieb von dir, dass du versuchst, mich aufzuheitern. Es klappt ja auch. Die Geschichte ist süß. Und so wie du sie erzählst noch viel besser als selbst erlebt..."

"Erlitten!" korrigierte ich gewissenhaft.

"Erlitten", gab sie zu.

Irgendetwas nagte dabei an mir: "Petra, ich fühle mich nicht gut dabei, die Greinichs so schlecht zu machen. Ich fand sie im Nachhinein ziemlich nett. Nicht meine Wellenlänge, aber dass sie mich sonntags einladen, das ist schon stark."

Petra nickte, entzog mir eine Hand und streichelte damit nachdenklich ihre Märchensammlung: "Du hast recht. Das klagen wir sonst immer bei den Bürgerlichen ein, dass sie sich um die Randgruppen sorgen sollen..."

Ich blickte entgeistert. Petra kicherte und prustete unterdrückt: "War nicht so gemeint. Ich meine, du bist natürlich keine Randgruppe. Aber du hängst in der Luft. Das hat die Greinich gespürt."

Da war es wieder: Wir waren uns einig. Gerade an einem wichtigen emotionalen Punkt stimmten wir überein. Dieses Feeling, geht es nicht gerade darum in einer echten Partnerschaft? Wo finde ich eine Frau, mit der ich so übereinstimme wie mit Petra? Das müsste ihr doch genauso gehen. Aber das darf ich jetzt nicht ansprechen. Dann mache ich vielleicht kaputt, was so schön beginnen könnte. Soll ich auf die Meta-ebene gehen?

"Du, Petra, wenn's dir nicht zu persönlich ist..."

Sie schaute mich verwundert an. Immerhin haben wir jahrelang nicht nur Tisch und Haushaltsgeld, sondern auch das Bett geteilt. Kann man noch persönlicher werden? Ich weiß schon, heute redet man leichter über Sex als über Religion. Aber ich wollte nicht die Gretchenfrage aus dem Faust stellen.

"Naja, halt mit Dornröschen. Du hast diesen Namen aus Märchenbüchern gewählt. Fühlst du dich wie Dornröschen? Schlummert etwas, was noch nicht geweckt ist? Das verstehe ich nicht..."

Petras Mienenspiel wechselte. Die Augenbrauen zogen sich zornig zusammen: Jetzt verfinstert sich ihre Seele, jetzt wird die Stimme hart, jetzt drückt sie die Unterlippe nach vorne. Aber dann schüttelte sie sich ein wenig und die Stirne entspannte sich wieder, glättete sich. Dann furchte sie sich erneut: So sieht sie aus, wenn sie heftig nachdenkt. Sie öffnete und ballte die Hände wie in einem unsichtbaren Boxkampf.

Fiel es ihr wirklich so schwer? Andererseits: Würde ich mich jetzt ihr gegenüber öffnen wollen, wenn sie fragte?

Ich war mir unsicher. Dann entspannten sich ihre Hände und lagen locker auf dem Buch. Ihr Blick glitt leicht über mich hinweg und fixierte irgendeinen Punkt hinter mir.

"Ja und nein, Frank", begann sie, ohne mich direkt anzuschauen, "ich möchte nicht, dass du glaubst, du könntest bei mir Märchenprinz spielen. Dazu haben wir zuviel miteinander erlebt und erlitten. Und ich bleibe hier beim Erlitten... Weißt du, ich will einfach noch mehr vom Leben. Ich spüre, es steckt einiges in mir, das ich selbst noch nicht gut kenne. Ich weiß nicht, was das ist. Vielleicht gibt es einen Menschen, der es in mir weckt."

Ich nickte verständnisvoll. Andererseits... "Andererseits, Petra, wieso machst du nicht eine Analyse. Da kannst du gezielt vorgehen. Da bist du nicht auf eine Zufallsbekanntschaft angewiesen."

Petra lachte: "Und inzwischen könnten wir wieder zusammenziehen, mein Schlauberger, was?! Nein, so nett es wäre, du drückst dich um deine Trauerarbeit. Time is over, my dear."

Sah sie, wie ich litt? Ihre Worte hörte ich nicht nur, mich stach es ziemlich im Zentrum meines Bauches, dem Solarplexus, dem Sonnengeflecht, wo die Nerven zusammenlaufen. Warum sagte sie nicht, sie liebt mich noch?

"Frank, ehrlich, ich mag dich. Und - nimm das ernst, aber mache dir keine falschen Hoffnungen: Ich vermisse dich sogar in meinem Alltag. Aber meine Erinnerung ist noch intakt."

"Und wenn ich mich ändere?"

Sie lachte. Mütterlich! Mein Gott, womit habe ich das verdient! Eine mütterlich lachende Frau. Das degradiert! Zum Kind.

"Junge, so leicht ist das mit dem Ändern nicht. Außerdem braucht es Zeit. Wenn mir in einem Jahr ein anderer Frank begegnet und ich eine andere Petra bin, dann sieht alles anders aus. Ob es aber klappt? Du weißt doch vorher nicht, was bei einer Änderung hinterher herauskommt."

Ich begann, mich vor dem weiteren Abend zu fürchten. Ich fürchtete um meine geweckten Hoffnungen. Ich schätzte Petras Art und Weise, die Initiative zu ergreifen und neue Akzente zu setzen, aber jetzt fürchtete ich sie auch. Dornröschen insistierte darauf, zu zahlen und das Lokal zu wechseln.

„Tapetenwechsel, Frank! Das bringt uns auf andere Gedanken..."

Ich zahlte. Sie ließ es zu. Wenigstens Kavalier darf ich in ihrem Leben noch sein!

Unserem interkulturellen Wesen entsprechend ließen wir dem französischen ein italienisches Lokal folgen. Unserer gegenseitigen Vertrautheit entsprechend wagten wir es, knoblauchhaltige Spezialitäten zu bestellen. Ich erzählte ihr dann eine Story aus meiner Jugend. Zu meiner Freude und Überraschung kannte sie sie tatsächlich noch nicht und ließ mich reden.

"Ja, ich war gerade 18. Das weiß ich so genau, weil ich damals unbedingt den Führerschein machen mußte. Dann kauften wir einen VW-Bus. Damals bedeutete das für mich so viel wie ein Rolls-Royce, oder noch mehr, denn es ließ sich mehr damit anfangen. Per Bus starteten wir zu unserer ersten Interkontinentalreise. Die Türkei war angesagt. Damals noch ein völlig exotisches Reiseziel. Es gab mehr Türken, die Deutschland kannten als Deutsche, die die Türkei von innen gesehen hatten."

"Zur Sache, Schätzchen, du wolltest doch eine Story erzählen." S timmt. Ich begann schon wieder abzuschweifen. Opa erzählt vom Krieg...

„Also, eines nachts - wir waren auf der Heimfahrt von Asien nach Europa - kampierten wir im Freien. Auf einer Weide. In der Gesellschaft einer kleinen Schafherde inklusive Bock. Unseren tierischen Geschlechtsgenossen hatte der Bauer angebunden. Der Schafe wegen. Das fanden wir geil und mehrfach bemerkenswert. Rolf musste kochen. Die Zutaten vom Markt aus dem Dorf kosteten umgerechnet Pfennige. Gemüse. Natürlich reichlich Knoblauch. Und plötzlich kam Girli - den Spitznamen verdankte er seinen nach damaligem Empfinden mädchenhaften Haare - auf die geile Idee, dem Bock Knoblauch zu geben. Keine Frage, alle waren dabei! Er fraß ihm auch aus der Hand. Und hinterher! Das hättest du erleben sollen. Im wahrsten Sinne ein geiler Bock! Der Strick konnte ihn kaum halten, so wollte er auf die Schafe drauf. Knoblauch scheint ein Parfüm zu sein in der Welt der Schafe. Denn die kamen dann auch. Ein bisschen schämte ich mich, Voyeur zu sein. Selbst bei Schafen fand ich es indiskret. Aber der Knoblauch machte den Bock scharf..."

Petra lachte. Sie sah mich spitzbübisch an: "Meinst du, du bist auch so ein Bock?"

Ich grinste. Freilich hatte sie Recht.

Wenn einer eine Reise tut, dann kann er was erzählen. Das Rezept aus der Welt der Schafe gilt auch bei manchen Menschen. Jetzt liege ich wach und glücklich in meinem Bett. Und morgen früh darf ich Brötchen holen. Für zwei Personen. Tja, wir Globetrotter kennen so unsre Rezeptchen...

22 Kontakt zur Zahnärztin

(3. Dienstagnachmittag)

Die Situation strapaziert meine Nerven nachhaltig. Ich könnte ein Buch schreiben. Ach, was! Mein Material reicht inzwischen für mehrere Bände, echte Konkurrenz für Karl May und Johannes Mario Simmel. Aber ich weiß: Die Zeiten des gedruckten Wortes sind vorbei. Als Videoclip oder Computerspiel ließe es sich gerade noch lancieren.

Computerspiel? Die Suche nach der Frau des Lebens? Aussehen: Zusammenstellen wie bei polizeilichen Phantombildern - das Phantom in meinem Herzen (auch ein hübscher Titel). Freilich lässt sich vieles graphisch so gut wie gar nicht umsetzen. Etwa die seltsamen Körpersensationen, wenn du eine Frau berührst, oder auch nur siehst. Janine als Superhandicap? Frau

Greinich als immer wiederkehrende Retardation? Ich könnte nächtelang davorhocken. So sind die Männer am Ende dieses Jahrtausends. Das ist der wahre Untergang des Patriarchats: Das Untertauchen in die Scheinwelt. Freilich: Wie bringe ich Alfred und ein kühles Bier in meinem technischen Environment unter? Aldous Huxley zeigte in seiner „Brave New World" viel Phantasie. Doch was ich heute früh erreichte, sprengt die Möglichkeiten eines PCs nicht.

Wieder erreichte ich nur die Sprechstundenhilfe. Sie zeigte sich von ihrer freundlichsten Seite, aber die Frau Doktor behandelte gerade einen Patienten und bat um Rückruf. Das scheiterte an meiner schlechten Erreichbarkeit. Ich kann mich doch nicht mitten im Unterricht anrufen lassen und vor den wachen Ohren meiner Schutzbefohlenen eine fremde Frau anmachen... Also fragte ich, wann es günstig sei.

"Kurz nach 13Uhr", meinte die freundliche Stimme.

"Passt!"

Ein echter Höhepunkt nach der nervenden sechsten Stunde. Aber für meine innere Ausgeglichenheit, die ich in meinem Beruf dringend brauche, wirkt so eine Vereinbarung wie pures Gift. Warum erledige ich meinen Beziehungsstress nicht einfach in den Ferien? Bloß weil Petra nicht bis zu den Ferien warten konnte. Jetzt grüßen die nächsten aus weiter Ferne.

So opferte ich meine Nerven der Libido und durch die Stunden verfolgte mich ein Phantombild von Frau Dr. Schmidt. Gestern hätte ich sie treffen sollen, am Valentinstag. Romantisch mit einem bunten Blumenstrauß. Wie abgeschmackt! Frank, reiß dich zusammen! Du brauchst nicht auf das unterste Niveau abzudriften und es als Romantik verkaufen. Streng deine Phantasie an!

Phantasie! Was macht sie gerade? Im flachen Behandlungsstuhl liegt stocksteif ein Patient. Den Mund krampfhaft geöffnet, die Augen angstvoll aufgerissen. Über ihn beugt sich die Ärztin, bei der es auf Bruchteile von Millimetern ankommt. Vertrauensvoll klammert sich der ahnungslose Patient an die Armlehnen. Doch durch die Phantasie seiner zauberhaften Zahnklempnerin schießen erregende Gefühle, Phantombilder von mir, dem unbekannten Anrufer. Die aufreizenden Gefühle schießen auch durch ihren Bauch. Aber welche Gefühle schießen durch den Patienten? Hat er sich eine Spritze geben lassen? Oder will er alles spüren, voll dabei sein, stets in Erwartung des Schmerzes, der tiefer geht als alle anderen Schmerzen?

Wenn ich im Stuhl liege, graust mir vor solchen Situationen. Ein geistesabwesendes Wesen hinter dem Bohrer! Aber wie soll sie die nächsten vier Stunden ohne mich überleben ohne daneben zu bohren? Wenn ich ihr das jetzt erzählen könnte, diese Bilder, die durch meine Vorstellung geistern. Ich habe schon unter manchem Bohrer gelegen mit dem starren Blick in die Augen der Ärztin, in ihren Augen nach Spuren ihrer Konzentration suchend. Ich bevorzuge Ärztinnen. Denen traue ich im Zweifelsfall mehr Sensibilität zu. Da bin ich konservativ. Auch bei der Behandlungsmethode: So lange es geht: konservierende Behandlung. Mein Zahn gehört mir. Nur keine Extraktion. Wie steht es mit der Attraktion? Ist sie ein steiler Zahn? Naja, über diesen Scherz musste sie wohl öfters gequält lächeln. Zu meiner Zahnärztin habe ich den intensivsten Augenkontakt überhaupt. Ich will jede Regung in ihr lesen. Ich will die Sprache ihrer Seele verstehen, - nicht aus Liebe, sondern aus Angst, um der Wirklichkeit immer eine Millisekunde voraus zu sein. Sie nimmt Wimperntusche. Das befriedigt mein ästhetisches Empfinden. Parfüm nehme ich im Behandlungszimmer sowieso nicht wahr.

Als Ablenkung schätze ich meine berufliche Tätigkeit. Heute aber schleichen die Stunden durch die Gegend, als wären sie Opfer eines Flugzeugabsturzes in der Wüste, die seit vier Tagen auf der Suche nach der rettenden Oase sind. Sie schleppen sich durch den ewigen Sand. Hier eine Fata Morgana, dort Marilyn Monroe und daneben der Mann mit der Sense... Wo ist meine Oase? Wo bleibt das rettende Klingeln nach 13Uhr? Inzwischen kämpfe ich meinen ungleichgewichtigen Mehrkampf mit den Eleven. Ob mir meine Schüler auch so intensiv in die Augen schauen? Manchmal kommt es mir so vor. Die Angstverteilung wird allerdings erst aktuell vorgenommen.

Die fordernde Art der Kids lenkt mich ab. Nur wenn ein kurzes Gefühl durch meinen Bauch schießt, spüre ich die Macht meiner inneren Unruhe. Wie der Blitz bei einem Kuss. Mein Bauch gehört mir? Nein, ich gehöre meinem Bauch. Heute fühle ich das ganz massiv...

In den letzten zehn Minuten der sechsten Stunde wirken die Schüler noch unruhiger als ich. Als ich sie das Heft schließen lasse, hören sie nicht mehr meine Aufforderung, zum Buch zu greifen, sondern packen souverän alles zusammen und die schnellsten sind bereits aus der Türe, als ich checke, was läuft. Naja, was soll's. Dann schließen wir heute ein paar Minuten früher. Das ist mir auch lieber. Solange es keine Versicherung mitkriegt, nach irgendeinem vermeidbaren Unfall unbeherrschter Rabauken. Denn im Zweifelsfall ist weder die Unbesonnenheit der Jugendlichen noch die miese Erziehung der dazu zwar Berechtigten, aber nicht immer Befähigten Schuld, sondern der einsame Lehrkörper.

Unsere Sekretärin ging zu meiner Erleichterung schon um zwölf. Schließlich legte ich Wert auf Diskretion bei Herzensangelegenheiten.

Ich habe das Büro für mich. Drei Minuten nach eins wähle ich mit Herzklopfen. Es läutet. Nein, Pech gehabt: Es ist belegt. Hat sie etwa den Hörer neben die Gabel gelegt? Wenn sie jetzt einen Rückzieher machte, wäre das reichlich spät... sagt mein Verstand. Im gleichen Denkzug klingen mir die Rolling Stones im Ohr: "Off the hook"... Da hat die Angebetete auch den Hörer neben den Apparat gelegt. Aber dreißig Jahre später gibt es die Wahlwiederholung, und die ist beim nächsten Versuch erfolgreich. Leider hat Dr. S nur wenig Zeit. Klar, sie ist in der Arbeit. Immerhin, jetzt höre ich ihre Stimme, die Stimme zu meinem Phantombild. Es war eine Erfahrung wie damals, als ich meinem Computer das CD-Rom-Laufwerk einbaute und plötzlich seine Stimme vernahm. Diese Stimme, diese menschliche Stimme spricht mich allerdings mehr an.

Eine angenehme, eine reife Stimme. Mit einem irritierenden Beiklang. Ein ausländischer Akzent? Bei diesem Namen? Unbefangen setzte ich voraus, dass sie in der gleichen Umwelt aufgewachsen ist wie ich. Kommt sie aus Polen, oder aus Siebenbürgen? Frank, du bist kein Tattergreis, beweise deine Flexibilität und stelle dich auf die Gegebenheiten ein. Klar, ein alter 68er hat keine Vorurteile. Außer gegen Kapitalisten, aber das gehört in ein anderes Kapitel. Was für eine Weltanschauung bringt sie mit? Apropos 68: Was prägte sie in der Jugend? Jetzt macht sie - eine Frau, die offenbar weiß, was sie will - den Vorschlag, mich zurück zu rufen. Aber ich wollte doch mein Inkognito erst nach dem Augenkontakt aufgeben.

Kurzes Brainstorming. Ergebnis: Du willst was, also investiere Vertrauen. Heute Abend kann sie mich erreichen. Nein, bei ihr geht es erst morgen gegen 18 Uhr. Übrigens, wie heiße ich? Ich gestand ihr meinen Namen.

"Und du?"

Sie lachte: "Ich melde mich als Bianca. Also dann, bis morgen Abend."

Morgen Abend, Schauder, Schauder... wie wird das werden?

23 Warten am Telefon

(3. Mittwoch früher Abend)

Frust! Die Schule wartete mit einer Enttäuschung auf. Zwar verhielten sich die Kids passabel, aber in der großen Pause führte ich mit Carola Aufsicht im Hof. Wir schritten plaudernd an den kleinen Grüppchen vorbei, ab und zu einen mahnenden Blick den bekannten Raufbolden zuwerfend und sie kam auf die nächsten Ferien zu sprechen.

"Hast du schon was vor?"

Nein, habe ich nicht. Wärme wallte in mein Gemüt. Steckte in diesem Auftakt eine Chance?

"Und du?", fragte ich bemüht unbeteiligt.

"O ja, ich freue mich schon wahnsinnig. Ewig hänge ich zuhause rum. Aber über Ostern klappt es endlich. Rate mal, wo wir hinfliegen?"

Wir? Ein stechender Schmerz jagte durch mein Innerstes: Wenn ich dazu gehören würde, müsste ich es wissen. Also jemand anderes. Jetzt musst du ganz cool reagieren, Junge, so was wirft dich doch nicht um, dich nicht. "Keine Ahnung... Zum Mars braucht man länger..." Hahaha, ich galt schon immer als ausgesprochen witzig.

Carola kicherte pflichtschuldig. "Nein, der ist mir zu rot."

"Bei deinen Haaren?"

Mist, wo bleibt meine beschworene Coolness? Aber sie schien nichts gemerkt zu haben. "Witzbold! Kein Wunder, dass du deine Kids nicht ruhig kriegst. Nein, ein Traum: Safari in Kenia."

Safari? Wie die letzten Kolonialisten? Frank, halt dein Maul, du hast selbst schon eine Safari gemacht. Nur weil es ein Kollege bei der GTZ war, wird es nicht besser. Ich heuchelte also Mitfreude.

"Echt, Carola? Das finde ich aber stark. Hast du keine Angst vor Aids?" Blöde Bemerkung. Das sagt jeder, wenn man von Kenia redet.

Carola winkte lässig ab: "Ich mach doch keinen Sextourismus. Nein, Reinhard kennt eine Sekretärin in der deutschen Botschaft von Nairobi. Die bucht für uns einen günstigen Trip."

"Mensch, Carola, mein Neid wird dich begleiten."

Das stimmte, wenn auch der Neid mehr ihrem Begleiter galt.

"Ich beneide mich ja selber. Reinhard spricht fast akzentfrei Englisch. Er kennt Afrika ganz gut, tingelte lange Zeit als Globetrotter durch den schwarzen Kontinent."

Verdammt. Dieser Reinhard. Lebensmittelbranche! Wahrscheinlich liefert seine Firma Milchpulver an unterernährte Säuglinge. Der sollte sich für Nahrungsmittel in der dritten Welt einsetzen, statt irgendwelche Frauen auf Safaris zu verführen. Liebe unterm südlichen Sternenhimmel. Ich stellte mir das traumhaft vor. Mit Carola und ihrer natürlichen erotischen Ausstrahlung. Lebensmittelbranche! Cola mit Schuss!

Zum Glück läutete es zum Pausenende. Meinen Frust wollte ich nicht noch länger ertragen. Schluss mit der Carola-Phantasie. Es wäre auch zu schön gewesen. Andererseits: Liebe im Kollegium, das wollte ich immer vermeiden. Carola hat mir eigentlich einen Gefallen getan, beteuerte mein Verstand. Sie hat dich tief enttäuscht, signalisierte mein Gefühl. Und mein Gefühl hat immer Recht.

In den folgenden Stunden gewährte ich den Schülern keine Nachsicht. Heute war Strenge angesagt. Dummerweise lief ich nach dem Unterricht beim Eintreffen im trauten Heim Frau Greinich in die Arme. Turnusgemäß schrubbte sie die Eingangsstufen. Fast hätte sie den Eimer mit dem Dreckwasser über mich geschüttet. Ich sprang gerade noch rechtzeitig zurück.

Darüber musste sie herzlich lachen. Ich nicht. Bis das Wasser getrocknet war, stützte sie sich auf den Schrubber und ergoss einen Wortschwall über mich. Das empfand ich als auch nicht viel angenehmer. Ihre Nichte sei gestern zu Besuch gewesen, hielt sie nötig zu berichten. Eine ungezogene Göre, erklärte Frau Nachbarin mit Unheil kündender gefurchter Stirne, kein Wunder, bei den heutigen Eltern.

Um aus der Schusslinie zu geraten, sah ich mich genötigt, ihr zuzustimmen. Unglaublich: Erstmal lief das Kind wie ein Flittchen herum. Keine zwölf Jahre und schon ein aufreizender Minirock (eine Kleidung, in der Frau Greinich sicher noch unzüchtiger ausgesehen hätte, wenngleich nicht unbedingt aufreizend.). Dann vorlaut und ohne jegliche Zurückhaltung. Ging sofort zum Kühlschrank und holte sich was raus, ohne zu fragen. Wenn wir das früher getan hätten,... Oho! Vermutlich besaßen sie damals überhaupt keinen Kühlschrank, sondern eine Nische in der Wand mit Luftlöchern. Von denen ernährte sich die bettelarme Familie. Sonntags servierte die Mama als besondere Leckerbissen Löcher aus einem Schweizerkäse. Die galten als besonders nahrhaft und daher für heranwachsende Jugendliche ausgezeichnet geeignet. Das fabulierte ich insgeheim dazu, während Frau Nachbarin sich weiterhin über die heutige Jugend mokierte.

Ich als Lehrer würde das ja kennen, ich hätte es neulich so lebendig und bildhaft dargestellt. Genau so sei es. Diese antiautoritäre Erziehung. Man sieht ja, was dabei rauskommt. Die Eltern sollten sich nicht wundern, wenn das Kind demnächst schwanger ankommt. - Fehlte nur noch der Hinweis: von einem Neger.

Mehr Vorurteile brachte meine Fantasie nicht zustande. Dass bei der autoritären Erziehung der zweite Weltkrieg und Auschwitz rausgekommen ist, bedenken Leute ihres Schlages nie. Aber die globalen Ursachen und Tendenzen der Stiländerungen im Erziehungsbereich sprengten selbst für meinen Drang zur Seniorenerziehung den Rahmen dieses kommunikativen Geschehens am Putzeimer. Ich sehnte die Trockenperiode für die Treppe herbei! Doch die kam nicht, bevor nicht auch noch Herrn Greinichs Schwester ihr Fett abbekam. Seine kleine Schwester, Halbschwester genauer gesagt, immerhin zwanzig Jahre jünger als er. Frau Greinich unterwies mich in der Familienchronik mit allen Distinktionen und Distanzierungen; bald begann ich, den Überblick zu verlieren. Mein Interesse verlor ich schon bei Frau Greinichs Anblick. Wo blieben meine hehren Vorsätze?! Als sich erste Inseln der Trockenheit abzuzeichnen begannen, verwies ich darauf, dass ich durch die Arbeit ziemlich mitgenommen sein, entschuldigte mich (wofür eigentlich) und durfte passieren.

Zum Kochen hatte ich keinen Bock. Hunger vielleicht, gut versteckt hinter Appetitlosigkeit. Also würgte ich ein Butterbrot runter, um nicht vom Fleisch zu fallen. Dann genehmigte ich mir den nötigen Mittagsschlaf zur Musik von Michael Schenker. Manchmal hilft nur Hardrock. Freilich quälten mich Wachträume und die Entspannung in Morpheus Armen wollte sich einfach nicht einstellen. Wenn nur endlich der Abend käme und der Anruf. Zum Glück musste ich einige Arbeiten korrigieren und den Unterricht vorbereiten. Man will ja nicht jedes Jahr das gleiche machen.

Immer wieder schweifte mein Blick zur Schreibtischuhr. Natürlich stand die Uhr – zumindest auf dem Tisch. Das Verfließen der Zeit konnte ich optisch kaum wahrnehmen, doch langsam rückte der Zeiger auf sechs Uhr vor.

Meine Konzentrationsfähigkeit, die ohnedies auf einem Minimalpegel dahindümpelte, nahm zusehends ab. Ab sechs Uhr stand ich innerlich Gewehr bei Fuß. Fünf nach sechs rührte sich das verdammte Telefon noch immer nicht. Ich wagte nicht, abzuheben und seine Funktionsfähigkeit zu überprüfen, da sie ja gerade in dieser Sekunde anrufen könnte. Zehn nach sechs schien mir Mitternacht nahe. Dass es ein Viertel nach Sechs überhaupt geben könnte, wagte ich nicht mehr zu hoffen. Doch den Rekord brach zwanzig nach sechs. Ich fühlte mich einsam und verlassen. Das dauerte noch fünf Minuten. Jetzt begann ich auf halb sieben zu hoffen. Das ist eine hervorragende Zeit. Um das Warten abzukürzen, machte ich einen Rundgang durch das Zimmer. Es artete in einen Rundlauf aus. Hätte ich eine Säge an den Füßen befestigt, würde ich mit einer kreisrunden Platte meines Fußbodens in Greinichs Wohnzimmer landen, den zerborstenen Kronleuchter unter meinen Füßen - daher die Redensart: Das schlägt dem Boden den Kronleuchter aus. Eine Minute nach halb sieben blickte ich wieder auf die Uhr. Nichts tat sich, nur in meinem Bauch dröhnten diverse Rennwagen und zogen ihre unendlichen Bahnen durch die Darmschlingen. Meine Finger zuckten. Jetzt eine Stunde mit dem Rad fahren, täte meinen Nerven gut. Aber ich muss ja auf den Anruf warten. Zwanzig vor sieben. Und wenn sie mich sausen lässt? Aber sie zeigte doch Interesse. Vielleicht hielt sie nur... Das Telefon! Das Telefon!! Ich hechtete hin und riss den Hörer an mein Ohr: "Ja?!"

"Hier ist Bianca."

Sie war es. Ich fiel in einen Sessel. Wir plauderten. Ich weiß schon gar nicht mehr, worüber. Ihren Akzent erinnerte mich an eine Bekannte. Sollte sie Spanierin sein? Wie sieht eine Spanierin aus? Lange, schwarze, gelockte Haare. Tiefe, dunkle, feurige Augen. Eine weiße Bluse mit einem schwarzroten Bolero. Ein dunkelroter langer Rock mit grünen Längsstreifen, seitlich geschlitzt, schwarze Nylons, rote hochhackige Schuhe. Große goldene Ohrringe, bunte Armreife, tiefrote Lippen, dunkler Teint, Brillantringe an den schlanken Fingern. So malte meine Fantasie eine Spanierin namens Bianca, die Weiße, vor. Klischee! Aber ein schönes Klischee! Habe ich nicht bei Janine von spanischen Nächten geträumt?

Worüber wir redeten, ging in meinen Phantasien unter. Endlich wagte ich mich ein Stück vor: "Sag mal, könnten wir die Unterhaltung bei einem Gläschen Wein fortsetzen? Ich würde dich gerne sehen..."

Wie konnte ich so direkt sein?! Aber ich hielt es einfach nicht mehr aus.

"Ich hab auch Lust drauf. Ich bin gespannt, wie du wohl aussiehst..."

Was hat sie gesagt?! Bevor ich sie nicht gesehen habe, traue ich meinen Ohren nicht! Zugleich erreichte mein Kribbeln einen Höhepunkt, einen angenehmen: Sie wollte mich wirklich treffen! Vow!

"Wo schlägst du vor?"

"Du, ich hasse das Chaos hier in der Stadt. Du kennst doch Lauf. Wie wäre es..."

Dieser Vorschlag wunderte mich: Eine Kleinstadt, einige Kilometer außerhalb. Dort tummeln sich die Touristen auf dem Marktplatz und bewundern die heimische Architektur. Deutsches Fachwerk, das den zweiten Weltkrieg und die antiautoritäre Erziehung gleichermaßen überlebt hat und sich selbst vermutlich auch.

"Das reizt mich. Reihen wir uns in die Schar der Bewunderer ein..."

Bewunderer? Die orchestrale Gewalt ihrer Stimme verleitete mich zu der Vermutung, dass ich mich in die Schar ihrer Bewunderer einreihen würde; doch so deutlich artikulierte ich meine Träume noch nicht; Name und Stimme verraten doch noch nicht alles.

"Wann hast du Zeit?"

"Am liebsten nächsten Freitagabend, um sieben. Wenn die Uhr vom Kirchturm schlägt."

"Und wie erkenne ich dich?"

Sie lachte... So sind die Frauen. Man erkennt sich einfach. Wusste sie, dass im Alten Testament mit „sich erkennen" der Beischlaf umschrieben wird? Adam erkannte Eva und sie wurde schwanger. Doch auch diesen Gedanken behielt ich noch für mich. Am liebsten träfe ich Bianca sofort. Doch bei ihr ging es nicht so schnell. Fast schien es, als wollte sie selbst etwas Zeit gewinnen. Aber wozu? Zügig steuerte sie auf das Ende zu. "Tschüß, Frank, bis Freitag also..." Tja, bis Freitag. Peng. Aufgelegt. Schluss. Aus. So schnell checkte ich noch gar nicht alles. Mir ging es wie beim Topfschlagen als Kind. Jemand verband einem die Augen und drehte einen heftig im Kreis, bis man nicht mehr vorne und hinten unterscheiden konnte. Dann sollte man sich orientieren. So ging es mir jetzt.

Was mache ich mit diesem Abend? Konzentrieren kann ich mich nicht. Ablenken. Aber wodurch? Fernsehen? Bei 28 Programmen finde ich nichts, was mich auch nur entfernt anspricht. Lesen? Null Durchhaltevermögen. Kino? Ja, aber mit einem Mann. Heute verkrafte ich keine Frau mehr.

Ich rufe Rolf an. Marga erklärt mir, er habe einen Abendtermin in der Firma. Ich will ihn nicht reinreiten und frage nicht näher nach. Wolfi? Nein, heute brauche ich keine anstrengenden Diskussionen. Also Arnold? Auch hier erreiche ich nur Corinna. Ich solle es in der Arbeit versuchen. Sie sei heute Abend ohnedies weg. Sie würde ihm freigeben. Ihr Lachen klang etwas gezwungen. Außerdem müsse sie mal mit mir reden. Das klang auch nicht sehr lustig. Haben die beiden Probleme?

In der Firma erreiche ich Arnold wirklich. Er hat Zeit - ich glaube, ich höre nicht richtig: Zeit. Für mich? Unfassbar! - und ist wahnsinnig scharf darauf, heute ins Kino zu gehen. Aber kein Problemfilm! Seine eigene Scheiße stände ihm bis oben hin. Er brauche Entspannung. Ich auch. - Aha, Zeit füreinander, so läuft der Hase... - Also um neun im ‚Advocat'. Blöder Name für ein Kino, aber gute Filme.

24 Arnold in der Kneipe

(3. Mittwochnacht)

Schon der zweite Abend hintereinander mit Arnold. Jetzt verstehe ich mehr. Gestern der Film entsprach genau unseren Bedürfnissen; raus aus dem Stress, rein in amüsante Verwicklungen, Seichtheit, Seichtheit über alles, das Leben bietet genug Abgründe.

Heute bei Alfred in der Kneipe kam Arnold zur Sache. Wir hatten uns auf halb neun verabredet. Er erschien schon kurz vorher. Ein Zeichen ohne Erklärungsbedarf. Dass ich auch schon da war, spricht ebenfalls Bände.

Wir lümmelten uns auf die Barhocker an der Theke. Jawohl! Hier besprechen Männer ihre Probleme! Zwei Whiskys! Und ein Fuder Heu für das Pferd. Nein, so nicht. Uns reichte jeweils ein Öko-Bier.

"Wie geht's?" erkundigte Arnold sich pflichtgemäß.

Ich plauderte aus der Schule, wortwörtlich. Beim Stichwort "Medien" fiel es mir wieder ein: Ich musste Arnold noch was reindrücken, weil er mich neulich so kalt abservierte. Also beklagte ich mich erst einmal darüber, wie verwöhnt die Schüler seien. Für alles müsse man irgendwelche Medien einsetzen. Frontalunterricht sei total out.

Arnold grinste: "Dann nimm doch deinen Overheadprojektor. Die bewährte Unterrichtsmethode: Immer knapp über die Köpfe hinweg..."

Den Witz fand er wohl phänomenal. Ich lachte müde mit, mit einem hinterhältigen Seitenstoß: "Meinen Overheadprojektor lieferten die Schüler..."

Ich schilderte Sven, Björn und die misslungene Akrobatik.

Arnold lachte dreckig: "Recht geschieht ihm. Das müsste meinem Uwe auch mal passieren. Dann käme er vielleicht zur Besinnung..." Aha, ich roch den Braten, da ist was im Busch.

Einen Seitenhieb konnte ich mir nicht verkneifen: "Aber ihr seid doch versichert..."

Arnold nickte betrübt: "Richtig, das weiß der Bursche auch..."

Mist, meine Stichelei traf nicht. Ich will meinen Ärger aber nicht schon wieder unterdrücken und ihn noch etwas spüren lassen: "Daran seid ihr Versicherer schuld: Ihr zahlt ja alles. Die erzieherische Wirkung von Wiedergutmachung geht völlig flöten. Den Kindern streicht ihr das Taschengeld, aber die Eltern sind fein raus. Die Versicherung blecht, bequem unbar, unseren Ärger zahlt niemand."

Arnold ließ sich nicht anmachen. Statt dessen griff er zu einem Päckchen Abenteuer-Zigaretten, die er auch mir großzügig hinstreckte.

Ich wunderte mich: "Seit wann rauchst du wieder?" Arnold zuckte mit den Schultern: "Seit... Naja, ich sage es dir gleich: Es ist beschissen..."

"Prost!"

Zwei Männer, ein Problem: Frauen. Ich ahnte es schon. Corinna finde ich wirklich nett, eine patente Frau. Aber ich bin nicht mit ihr verheiratet. Sie nörgelt an Arnold rum, wo es nur geht, erzählte er. Ob Beruf, Ehe oder Erziehung, immer heißt es: "Du Versager!"

Nicht, dass ihn das erschüttern würde - er kennt seine beruflichen Qualitäten und auch im Bett, da macht ihm niemand etwas vor, schon gar nicht Corinna (schon wieder denke ich an zehn Zentimeter, es ist zu auswachsen!) -, aber es nervt eben.

"Wenn sie im Klimakterium wäre, das verstünde ich ja..."

"Und du selbst?"

"Ich?! Na hör' mal, kein Zeichen von Krise. Von wegen zweiter Frühling ausgebrochen... aber das wirft sie mir auch nicht vor."

"Eigentlich schade, das könnte nicht schaden. Bei dir tummelt sich keine Frau im Hintergrund, oder auch nur im Hinterkopf?"

"Quatsch. Natürlich habe ich Augen im Kopf. Aber schau dir die Tussis doch mal an!"

So, auf Frauen springt er nicht an.

"Ein Mann?"

Arnold drehte genervt die Augen zur Decke und zuckte mit den Schultern: "Glaube ich nicht."

So abwegig wäre es doch nicht; viele Männer finden heute urplötzlich ihr Mannsein in einer schwulen Beziehung; fast wie eine modische Epidemie.

Arnolds Gedanken streiften offenbar diese Richtung überhaupt nicht, er bezog es unbefangen auf seine Frau: "Nein, das passt nicht zu Corinna. Vielleicht liegt es wirklich an mir. Für nichts habe ich richtig Zeit. Und mir geht auch die Motivation ein Stück weit ab. Selbst in der Arbeit."
Puh! Das Selbstbewußtsein kracht zusammen. Krise hoch drei!
"Ganz schön heavy!" Zu mehr reichte mein Kommentar nicht.
Arnold zog lustlos an seiner Zigarette und hustete dann: "Rauchen ist einfach Scheiße!" Das betonen auch die Gesundheitsminister.
Ich erinnerte mich an die Verarschung der Stuyvesant -Werbung in meiner Jugend: 'was dann in die Schüssel fällt, das hat den Duft der großen weiten Welt...'
Arnold hing seinen Gedanken nach, sein Qualm hing über uns.
"Überall bei den Freunden gehen die Ehen in die Brüche", philosophierte er. Warum sollte dieses Phänomen gerade bei ihm haltmachen?
"Du meinst, ihr sollt euch trennen? Also, ehrlich, eine Krise muss doch nicht zwangsläufig in der Katastrophe enden. Da bietet sich doch auch die Chance des Neuanfangs."
Er schaute mich an, als würde ich... Damit hatte er ja Recht. Dummes Geschwafel gewinnt nicht an Substanz, bloß weil es von mir kommt. Außerdem war mir klar, dass ich ein hervorragendes Gegenbeispiel darstellte. Immerhin entmutigte ihn meine Belanglosigkeit nicht, sondern er brachte sein zweites Problem ein: Uwe.
Uwe ist dreizehn. Angeblich sein Sohn: "Das soll mein Sohn sein? Wenn er nicht dieses prägnante Gesicht hätte, würde ich ernsthaft daran zweifeln. Ohne Charakter, ohne Engagement, dumpf, träge, interesselos, so vertrödelt er seine besten Jahre. Null soziales Gewissen, keine Aufbegehren gegen die Eltern. Das könnte ich verstehen. Doch nicht einmal eine Freundin in Sicht."
Aha. Aha? Zweifelt er an der Männlichkeit seines Sprößlings? Falsch gedacht, es ist immer die gleiche Geschichte: "Weißt du, im Sommer habe ich einen echten Superurlaub geplant. Ich wollte Uwe etwas Besonderes zeigen. Die Meteoraklöster in Griechenland. Als Junge habe ich davon geträumt, für den Jungen kann sich das jetzt erfüllen. Aber dieser Schlappi! Null Interesse. Ob es da 'ne Disco gäbe, wollte er wissen! Hörst du das?! Eine Disco im Kloster! Sich volldröhnen und mit stumpfen Blick an irgendeine Wand gelehnt, das wäre seine Wellenlänge. Ich verstehe den Jungen einfach nicht."

Dass er das so klar sagte? Wahrscheinlich hörte er sich sein eigenes Gerede nicht an, sonst wäre ihm vieles klarer.

Ehrlich gesagt, ich verstand Uwe. Aber das konnte ich seinem niedergeschlagenen Erzeuger nicht schonungslos ins Gesicht sagen. Arnold litt offensichtlich. So wie sein Vater gelitten hatte unter ihm und sein Großvater unter seinem Vater. Zumindest stellte ich es mir so vor. Ich glaube, ich wäre ein besserer Vater als er. Ich würde Uwe verstehen. Doch davon kann ich nur träumen. Bis ich einmal einen Jungen in dem Alter habe, ist Arnold schon Opa. Denn Uwe bleibt nicht träge. Da bin ich mir sicher. Soviel Glück verdient Arnold doch gar nicht! Und mir erzählt er diese Stories.

Inzwischen besorgte sich Uwes Vater die zweite Zigarettenschachtel und vor ihm stand das dritte Bier. Die ersten beiden musste er noch kurz entsorgen. Als er vom Klo kam, schien ein Sinneswandel eingetreten zu sein. Frau und Sohn verschwanden in der Mottenkiste. Seine offenen Augen, die er vorhin so deutlich bekundete, hatten drüben im Eck eine tolle Frau entdeckt.

"So alt bin ich doch nun auch nicht. Wie komme ich dazu, spießbürgerlich zu versauern? Alle holen etwas aus ihrem Leben raus! Soll ich mit grauen Haaren und dritten Zähnen hinterm Ofen hockenbleiben?"

Aha, ich merkte schon: Die Krise begann ihre Chancen zu offenbaren. Ich dachte kurz an Corinna, dann sagte ich mir, ihr Problem sei ihr Problem, dafür sei ich nicht zuständig. Aber als Arnold das nächste Mal vom Klo kam, saßen die Frauen noch immer dort. Arnold blieb bei seinen Phantasien. Corinna, keine Angst, Uwe bringt sicher mehr Engagement. So hörte ich mir Arnolds "wenn, falls, hätte, würde, sollte..." geduldig an. Wenn es ihm gut tut, dann träumt er halt ein bisschen. Das tun wir doch alle. Irgendwann nach dem vierten Bier näherten sich die Träume dem Schlaf. Wir brachen auf...

25 Corinna und Janine

(3. Donnerstagabend)

Corinna rief mich an. Es gäbe ein Problem, ob ich heute Nachmittag vorbeischauen könne. Puh, Ehekonflikte begeisterten mich noch nie. Ich stehe auch nicht gerne zwischen zwei Fronten. Trotzdem versprach ich, gegen fünf Uhr vorbeizuschauen.

Corinna wirkte gefasst, als sie öffnete. Keine Ringe um die Augen, keine verhärmte Miene. Erleichtert registrierte ich ihr entspanntes "Schön, dass du gekommen bist" und atmete innerlich durch. Die Dame des Hauses führte mich ins Wohnzimmer.

Zu meiner Überraschung saß Janine schon auf der Jugendstilcouch. Ich schaute wohl ziemlich belämmert drein. Wollte Corinna die Stellung einer Frau und eines Mannes zu ihrem Konflikt einholen? Zu ihrer Originalität würde es passen. Janine trug einen tollen Jeansanzug, aber bei ihr sieht ja alles toll aus, genauer gesagt: an ihr. Ich freute mich, sie zu sehen und strahlte sie an - zumindest innerlich strahlte ich.

Sie drückte mir nur schlaff die Hand. Janine wollte wohl ebenso wenig wie ich in ein Ehedrama involviert werden. Zwar tut es gut, wenn man friedlich vermitteln kann, doch meistens steigern sich die Parteien in bekannte und lange bezogene Positionen hinein. Da kannst du nur Fehler machen. Hinterher bist du der Böse. Immerhin: Mit Janine an der Seite zählten wir schon zwei. Vielleicht wusste sie mehr und konnte mich einweihen. Arnold und Corinna hätte sich jemanden suchen sollen, der sie besser kennt als ich; vielleicht haben die anderen schon versagt... und ich reihe mich jetzt ahnungslos in die Schar der versagenden Bundesgenossen ein. Dann würde ich eben Janine noch zu einem Glas Wein und einer Pizza einladen.

Dachte ich. Corinnas Hinterhalt traf mich völlig unvorbereitet. Sie hatte mich in eine Falle gelockt wie Räuber einen Autofahrer, der hilfreich zu einem vorgetäuscht verunglückten Wagen eilt und dort in die Hände von Übeltätern fällt. Dabei begann es harmlos und unauffällig.

Die Gastgeberin brachte uns Tee: "Der kräftige Herren-Assam-Tee, Frank, den du so magst"

Stimmt. Eine Vorliebe aus meiner Schulzeit! Lang, lang ist's her; sie schenkte uns wie eine japanische Dame in die hübschen chinesischen Porzellantässchen ein, platzierte ein Messingschälchen mit gefüllten Keksen in die Mitte und schwebte mit einem gehauchten "Ihr entschuldigt mich, ich habe im Keller zu tun..." aus dem Raum. Ich vermisste nur ihren Kimono, bis mir klar und unverständlich zu gleich wurde, was sie gesagt hatte. Irritiert schaute ich zu Janine.

"Verstehst du das?" Sie verstand es offenbar. Vorsichtig nippte sie an ihrem Tee - so heiß ließ er sich natürlich noch nicht trinken -, schlug die Augen nieder und flüsterte fast: "Weißt du, ich bin sehr enttäuscht von dir..."

Sie enttäuscht von mir? Warum? Weshalb? In welcher Hinsicht? Mit welchem Recht? Und was habe ich damit zu tun? Ich dachte, es ginge um Corinna und Arnold...

"Du hast mir etwas vorgeheuchelt. Erst machst du mich an. Dann triffst du dich mit mir. Dann tust du so, als gäbe es keine andere Frau auf der Welt außer mir. Und als du mich endlich weich hast, lässt du mich fallen wie eine heiße Kartoffel."

Verständnislos schüttelte ich den Kopf. Was meinte sie nur?

"Du, ich bin mir keiner Schuld bewusst. Was habe ich denn Übles getan."

Sie lachte hart wie eine Frau, die durchs Leben gestählt ist: "Den Liebhaber hast du mir vorgegaukelt! Mit meinen Gefühlen gespielt, als wäre es..."

Ihr fehlten offenbar die Worte für meine Ungeheuerlichkeit. Ich hockte ziemlich betripst da. Unvermutet auf der Anklagebank. Ohne jegliches Schuldbewusstsein konfrontiert mit einer heftigen Anklage. Ich ein Heiratsschwindler? Frank, der Mann, der gewissenlos die Frauen aufreißt? Don Frank Juan? Klar, es war etwas gelaufen. Aber ich hatte ihr doch nie, nicht einmal ansatzweise vorgespielt, sie sei die einzige Frau in meinem Leben.

Plötzlich begann sie zu schluchzen. Wie reagierst du auf eine weinende Frau? Spontan wollte ich mich neben sie setzen, sie in den Arm nehmen und trösten. Doch ich spürte ihre innere Abwehr: Sie würde es mir übelnehmen.

So musste sie allein ihr Taschentuch zücken. Die sorgfältig aufgetragene Wimperntusche verlief und bildete schwarze Fäden auf den Lidern. Das tat mir leid, wo sie doch so liebevoll und bewußt auf ihr Äußeres achtete. Aber ihr schien alles egal zu sein. Ich brech die Herzen der stolzesten Frau'n? Ich hätte mich großartig fühlen können. Aber ich fühlte mich übel, obwohl ich mir keiner Schuld bewusst war. Dieses Schniefen zerrte an meinen Nerven.

Ein Ruck ging durch sie. Sie steckte energisch das Taschentuch weg und blickte mich feindselig an: "Noch nie habe ich mich so erniedrigt gefühlt! Ich wollte dir ein liebes Geschenk machen, suchte ewig, bis ich etwas Schönes für dich entdeckte. Mit allen meinen zärtlichen Gefühlen durchforste ich die Geschäfte. Und ich finde auch was, wo ich spüre: Das gefällt ihm ganz bestimmt. Ich packe es liebevoll ein..."

Ja, und weiter? Bisher konnte ich das Problem noch nicht entdecken. Sherlock Holmes ahnt: Es geht um eine Frau. („Cherchez la femma!")

"...dann bringe ich abends noch einen Brief zum Kasten, und wen sehe ich da hinter einer Kneipenscheibe mit einer Frau turteln? Rausgeputzt hatte sie sich wie ein Strichmädchen! Und du lässt dich von so einer billigen Nutte einwickeln!"

Billige Nutte? Ich? Das musste eine Verwechslung sein. Oder... Petra!

Natürlich! Es fiel mir wie Schuppen von den Augen. Aber mit welchem Recht zog Janine so böse über Petra her? Solche Beleidigungen entschuldigt auch keine Eifersucht, geschweige denn eine völlig grundlose und an den Haaren herangezogene. Janine reagierte völlig übertrieben, überzogen, völlig unangemessen. Wer erlaubte ihr, so über Petra und auch über mich herzuziehen? Ihre Eifersucht irritierte mich. Ich verdiente ihren Zorn nicht. So deutlich gab sie mir ihre Zuneigung auch nicht zu verstehen. Zorn, Mitleid und Abwehr stritten in mir. Auch Abwehr: Ich lasse mich nicht fesseln. Hat diese attraktive Frau es denn nötig, so zu klammern?

Ihr Wortschwall sprach eine andere Sprache. Ob ich ein Casanova sei, ob ich jeden Tag mit einer anderen... Sie hätte der Hexe die Augen auskratzen können... ‚Spinnst du?', dachte ich mir. ‚Du redest dich richtig in Rage.' Janine steigerte sich in eine furiose Tonlage. Die geröteten Augen funkelten wie ein blankes Messer. Am liebsten hätte ich sie gepackt und geküsst. Was bei manchen Menschen abschreckend wirkt, machte sie noch anziehender. Doch ich mich wehrte erfolgreich gegen den Drang, sie in die Arme zu nehmen. Ich wusste: meine Chancen bei ihr sind auf Null gesunken, wahrscheinlich drunter. Sie will mir den Garaus machen. ‚Diese Frau da...' Wenn das Petra wüsste!

Jetzt gilt es erst einmal den Frieden zu retten. Also schlug ich eine beruhigende Taktik ein.

"Janine, lass uns doch in aller Ruhe darüber reden, wie gute Freunde..."

Sie schnitt mir die Worte ab als schnitte sie mir die Kehle durch: "Wie gute Freunde! Ha!! So sieht das also bei dir aus. Erst machst du dich an mich ran und dann bin ich plötzlich nur noch der gute Freund."

Sie äffte eine hohe, näselnde Stimme nach: "Lass uns gute Freunde sein... In den billigsten Klamotten enden so die Liebesbeziehungen. Ein vornehm verpackter Arschtritt. Das stinkt vor Unehrlichkeit. Und ich hielt dich mal für einen anständigen Kerl. Gute Freunde heißt doch bei euch Aufreißern nur: Ich will mit dir nichts zu tun haben. Kalt abserviert..."

Flammender Hass sprühte aus ihren Augen: "Ich hasse dich! Ja, ich hasse dich!"

Wie soll ich reagieren? Ratlos saß ich ihr gegenüber. Wenn ich nur irgendeine Schuld bei mir entdecken könnte. Aber ich hatte nichts getan? Weshalb steigerte sie sich so hinein? Noch nie regte sich eine Frau über mich so auf. Davon träumen andere Männer nur. Aber in dieser expressiven Wirklichkeit näherte sich der Traum dem Alptraum!

Mitten in Janines Frontalangriff ging die Türe auf. Corinna musste es im Gefühl gehabt haben oder sie hatte gelauscht...

"Ihr solltet den Tee lieber in Ruhe trinken," lautete der weise Rat einer abgeklärten Frau, "Ich meine..."

Doch weiter kam die Parlamentärin nicht. So einfach ließ sich Janine nicht ausbremsen: "Nein, wenn ich das Gefühl habe, so reingelegt zu werden, komme ich nicht zur Ruhe. So billig kommt der Schweinehund nicht weg!"

Tränen standen in ihren Augen. Aber das konnte und wollte ich nicht auf mir sitzen lassen: "Corinna", unterbrach ich Janines Redefluss, "Janine stellt das völlig verzerrt da. Ich traf rein zufällig Petra. Du weißt ja: Mit der läuft nun wirklich nichts mehr. Janine beobachtete uns und jetzt rastet sie aus. Kannst du ihr mal sagen, wer Petra ist?"

Wider Erwarten schlug sich Corinna auf Janines Seite: "Frank, versuche nicht, dich rauszureden! Im Grunde will Janine wissen, wie sie mit dir dran ist; da hat sie Recht. Vielleicht läuft doch mit Petra noch was und Janine dient nur als Notlösung oder so..."

Janine brach erneut in Tränen aus. Sie schluchzte und warf sich auf die Couch. Dieser Gefühlsausbruch machte mich völlig fertig. Die reine Hysterie! Was findet sie nur an mir? So aufregend bin ich doch nun auch nicht.

Ich weiß nicht, wie ich in diese Selbstzweifel kam, denn Janine benahm sich, als sei ich der einzige Mann für sie auf dieser Welt und zugleich der größte Unhold, dessen Opfer sie geworden war. Ich identifizierte mich weder mit dem einen noch mit dem anderen. Total konsterniert wandte ich mich an Corinna; vielleicht ließ sie wenigstens einen vernünftigen Fortgang der Unterhaltung zu.

"Hör mal, ich check diese ganze Aufregung nicht. Dass mit Petra nichts mehr läuft, liegt zugegebenermaßen nicht an mir. Aber viel klarer als sie es tut, kann man sein Njet nicht ausdrücken. Dass ich Janine unheimlich nett finde, weiß sie. Echt, Janine, ich mag dich sehr. Aber wir sind doch nicht verheiratet. Ich habe dir nie geschworen, nicht mal angedeutet, dass du die einzigste Frau in meinem Leben bist. Soviel lief doch gar nicht zwischen uns. Ich blicke doch schon bei meinen eigenen Gefühlen momentan nicht mehr durch, geschweige denn in irgendeiner Partnerschaft. Immerhin bin ich mir sicher: Angedockt habe ich nirgends."

Corinna nahm Janine zärtlich in den Arm: "Armes Kind..." Sie streichelte ihr beruhigend übers Haar. Dann schaute sie kühl zu mir: "Ich halte es für besser, wenn du jetzt gehst."

Ein unverhohlener Rausschmiß! Sie behandelte mich wie einen Verbrecher. Nur weil Janine sich etwas einbildete. Aber Erklärungen richteten hier nichts mehr aus. Ich verzichtete auf komplizierte Rechtfertigungen, zog kurz die Schultern hoch, und stand mit einem Seufzer auf. Ein blödes Gefühl in der Magengegend blieb mir auch bei meinem Rückzug. Wie geriet ich nur in diesen Schlamassel?

Frauen! Heute Abend vertrage ich nur noch Männer. Also Alfred! Vielleicht finden sich noch zwei zum Skat. ‚Etwas Besseres als Trübsinn finde ich allemal', persiflierte ich die Bremer Stadtmusikanten... Dabei finde ich Janine echt nett, wenn man mal von ihrem Rover absieht. Der Rover! Ein Argument, das mir leider nicht rechtzeitig gekommen war.

26 Rendezvous

(4. Freitagnacht)

Man soll sich seine Termine nie zu knapp legen. Das wusste ich schon immer. Aber heute um fünf dachte ich, eine Stunde reicht. Dass das Elterngespräch mit Björns Erziehungsberechtigten dann eine dreiviertel Stunde länger dauerte, ahnte ich nicht. Meine Unruhe wuchs, während ich die schwierige Phase des Jugendlichen mit seinen ebenso schwierigen Erzeugern reflektierte. Ich darf doch nicht zu spät kommen. Das Date ist mir wichtig. Vielleicht reicht ein verpatztes Rendezvous schon für ein vorzeitiges Aus! Fast unhöflich schnell verabschiede ich mich, noch eine kurze Entschuldigung murmelnd, ich hätte einen Termin einzuhalten und gerade als Lehrer sei man Vorbild. Dann steuerte ich im Laufschritt mein Auto an.

Soll ich den kürzeren Weg durch die Stadt nehmen oder den längeren über die Autobahn? Wo spare ich mehr Zeit? Am Freitag abend. Ist da in der Stadt noch oder schon wieder viel los? Fahren die Leute gerade ins Wochenende und verstopfen die Autobahn? Oder besteht die Mehrzahl unserer Bürger aus Angestellten, die schon um 14 Uhr Schluss machen? Solche strategischen Überlegungen genieße ich. Da zeigt sich die intellektuelle Überlegenheit. Aber jetzt stand mein Sinn nicht auf Überlegen, sondern auf Ziel. Ich entschied mich für die Autobahn: In der Stadt kann ich bei freier Fahrbahn nicht einfach aufdrehen, auf der Autobahn schon. Der Verkehr hielt sich in Grenzen. Ich nahm sogar Geschwindigkeitsübertretungen in Kauf, was ich sonst hasse. Weshalb gibt es denn Verkehrsregeln, wenn sich keiner dran hält? Ich fuhr zu schnell, aber mit Problembewusstsein. Natürlich fuhr ich nur den Schildern nach zu schnell. Mein Leben und das meiner Mitfahrer setzte ich nicht aufs Spiel. Welche Situation würde das auch rechtfertigen?! Bußgeld o.k.. Strafe muss sein. Aber Unfall? Nein, nicht mit mir. Die Ein- und Ausfahrt nahm ich also im angemessenen Tempo. Und auch innerhalb des Städtchens riss ich mich zusammen. Schließlich gibt es noch andere Lebewesen außer mir. Meine schlechte Terminplanung brauchte kein anderer zu büßen. Erstaunlicherweise schaffte ich es genau. Zumindest den Platz erreichte ich pünktlich. Nach einen freien Parkplatz hielt ich leider vergeblich Ausschau. Mit einem zu rechnen wäre auch naiv. Wer denkt schon beim Fahrzeugkauf an freie Parkplätze? Würde das bedacht, sänken die Kauf- und Zulassungszahlen. Mein Rezept: Jeder Autobesitzer muss mindestens zwei Parkplätze nachweisen (einen für zuhause und einen für ein Ziel), dann hätten wir weniger Parkprobleme und auch ein paar Umweltprobleme weniger.

Was man in so einer Situation alles denken kann! Es darf natürlich nicht die Aufmerksamkeit mindern. Ich stellte mich vorschriftswidrig, aber ohne zu behindern an die Seite und stieg aus. Solange ich den Wagen im Blick behielt, müsste es gehen. Also: Wo ist sie? Mein Blick wanderte die wunderbaren Fassaden entlang, streifte viele nette Menschen, aber die Dämmerung schränkte die Sicht zunehmend ein. Da bemerkte ich einen Passanten, der ein Auto bestieg: Vow: Da wird ein Parkplatz frei. Schnell hinters Steuer, starten, blinken, hinter den Ausparker stellen. So, jetzt konnte ich in Ruhe und mit gutem Gewissen warten. Lange würde es nicht mehr dauern.

Erstaunlich, wie viel noch los war. Die Touristen müssten längst abgezogen sein. Jetzt konnte man nicht mehr filmen und knipsen. Japaner liefen auch nicht mehr durch die Gegend. Abends bietet die Großstadt sicherlich mehr. Leute kamen und gingen. Aber Bianca schien nicht aufzutauchen. Ich entdeckte auch keine Frau, die mich still beobachtet, um dann zu entscheiden, ob sie mich anspricht oder nicht. Eine Spanierin lief hier ohnedies nicht herum. Der Zeiger an der Turmuhr ging immer wieder ein Stückchen weiter. Ich lief in meiner Unruhe einmal um den Platz. Das lenkte mich ab. Meiner Unruhe trug ich durch Bewegung Rechnung. Mindestens zwei Frauen hatte ich schon verdächtigt. Aber dunkle Haare allein und das richtige Alter berechtigten noch nicht zum Ansprechen. Eine kam jetzt wieder zurück. War sie von hier und hatte nur schnell etwas erledigt oder könnte sie... Sie passierte mich achtlos und verschwand durch das Stadttor. Nein, das war sie bestimmt nicht. Bianca, wo bleibst du?!

Leute sammeln sich an der Bushaltestelle. Es ist zwanzig nach sieben. Zwanzig Ewigkeiten. Aber sie sind doch schon vergangen. Hat sie sich in der Uhrzeit getäuscht? Sollte sie erst um halb kommen? Ist sie im Stau? Ich mache eine schnellere Runde um den Marktplatz. Bei einem Juwelier betrachte ich die Auslagen. Man muss sich informieren, falls mal eine Morgengabe angesagt ist. Brillanten mag ich. Nur ihre Preise nicht. Gute Goldschmiede mit originellen Werken sind selten; noch seltener sind preiswerte Objekte von Qualität. Die Turmuhr schlägt zuverlässig die halbe Stunde. Durch das Tor zwängt sich der Bus. Die Leute an der Haltestelle drängen sich zusammen. Als ob der Platz so knapp sei... Erst einmal muss der Bus den Platz umrunden: Einbahnverkehr um die Parkplätze. Kommt sie vielleicht mit dem Bus? Kaum. Noch ist er ziemlich leer. Jetzt füllt er sich. Dann brummt er ab. Dafür ist die Haltestelle leer. Alles wirkt übersichtlicher. Nur bringt mir das nichts. Halb ist deutlich vorbei. Soll ich denken, sie kommt erst um acht?

Ich warte noch zwei Minuten. Oder doch noch fünf Minuten? Bis dreiviertel lasse ich mir noch Zeit. Unsinnig, widersinnig, aber ich will keine Chance auslassen. Anrufen kann ich nicht, denn die Praxis ist nicht mehr besetzt und ich habe ihre Privatnummer noch nicht. Wer ist Bianca?

Ein Traum. Ein Traum, den ich immer noch mit meinen Phantasien ungestört füllen kann. Ziemlich enttäuscht steige ich wieder ins Auto. Wohin? Nachhause? Zu wem? Irgendwie geht es mir schlecht, ich fühle mich niedergeschlagen, fast depressiv. Ich hatte mich so gefreut, so viel erwartet, den Thrill eines neuen Menschenlebens. Jetzt muss ich abschalten. Alfred? Wer bleibt mir sonst?! Mein treuer Kneipier.

Auf der Rückfahrt breche ich keine Rekorde. Vorschriftsmäßig gleite ich über die Straße. Andere haben es eiliger. Ob sie glücklicher sind? Oder erwartungsfroh? Kurz vor einer Enttäuschung? Ich lasse das Autoradio laufen. Die Musik ist mies wie meistens. Aber wenigstens rhythmisch. Das brauche ich jetzt. Hardrock wäre angesagt, mit mir an der Leadgitarre. Das kann ich zwar nicht, aber ich träume davon; so gut wie Joe Cocker in Woodstock bin ich allemal.

Ernüchtert stelle ich das Auto zuhause ab und radle zu Alfred. Jetzt brauche ich ein Bier. An der Theke. Um neun kommen ein paar Skatbrüder. Das macht die Zukunft erträglich. Bis wir uns reizen, träume ich von der Ferne. Seit der letzten Wochenendbeilage "Reisen" tendiere ich zu einer Weltreise. Einmal um die Erde. Das wollte ich schon immer. Inseln in der Südsee, ihr macht mich so fernweh... Unter Palmen Karl May lesen, abends ein exotisches Getränk süffeln, leichtbekleideten Schönheiten nachblicken, eine Miss World als Zimmernachbarin, die einen intellektuellen Liebhaber sucht, mit dem Charme von James Bond und dem Know How von Sherlock Holmes.

27 Umzug

(4. Samstag)

Zur Zeit habe ich meine Krise in der Krise. Ein Tief jagt das andere. Ein Gefühlsleben für Meterologen. Erst Frust mit Janine, dann versetzt mich Bianca und ich kann sie erst am Montag wieder erreichen. Außerdem zieht Petra aus. Wie schön wäre es, wenn ich Janine versetzte, Bianca Petra ersetzte und sich auszog? Früher schrieb ich Gedichte für Petra. "Aus meinem Herzen zog sie noch nicht aus..." lautete eine Zeile. Ich sollte wieder dichten! So könnte ich diese Gefühlsbäder besser verkraften, oder sogar verarbeiten. Ich muss das mal am Computer versuchen. Früher erschien mir Tinte standesgemäß für einen Lyriker. In Tinte steckt Romantik und Gefühl. Dann orientierte ich mich an Bob Dylan: Der haute alles direkt in die Schreibmaschine, meistens auf dem Rücksitz irgendeines Autos. Das mit dem Rücksitz klappte nie, aber auch meine Maschine klapperte. Zunächst erwarb ich ein Uraltmodell: Romantik musste sein. Außerdem stärkt es die Fingermuskulatur und fordert die Feinmotorik heraus. ‚Auf die Dylan-Phase, die Jahre dauerte, folgte eine Schaffenskrise, in der ich nichts mehr brauchte. Meinen ersten Roman tippte ich wieder direkt.

Rückblick in die Schulzeit: Wegen des Gitarrespielens belegte ich seinerzeit freiwillig Maschinenschreiben. Erfolgreich, denn es half, die linke Hand zu beherrschen und die Akkorde locker zu greifen. Obwohl ich nur Fünfer oder Sechser schrieb, reichte das Zehnfingersystem anschließend zum Hausgebrauch, sprich für meine literarischen Ergüsse. Das Computerzeitalter brachte Umbrüche, aber Maschinenschreiben ist nach wie vor up to date. Nur die Funktionstasten, die beherrsche ich noch nicht blind. Brauche ich auch nicht. Also, soll ich jetzt Computerdichten? Lyrik am Bildschirm? "Petra, deine Möbel ziehen aus aus meinem Haus, aber dein Bild wohnt in meinem

Herz..." Das klingt wie "Living next door to Alice" (Who the fuck is Alice?). Heute müsste mehr drin sein.

Petra ist also draußen. Ich hasse diese Abschiede. Sollte sie ruhig mitnehmen, was sie wollte. Natürlich nicht alles, aber ich traue ihr. Liebe hat mit Vertrauen zu tun, aber weshalb sollte Vertrauen an die Liebesbeziehung gefesselt sein? Ich wundere mich immer wieder, mit welcher Kleinlichkeit sich manche Paare trennen. Die streiten noch um zersprungene Teetassen. Was lief denn bei denen vorher? Haben die sich wirklich geliebt oder nur etwas vorgemacht? Erwachsene Menschen müssen doch in der Lage sein, ihre Konflikte richtig auszutragen. Mit einem echten Ende und einem abgeklärten Neubeginn. Schmerzlich bleibt die Trennung freilich. Das machte mir zu schaffen. Ich wollte nicht zusehen, wie Petra sich von mir löste.

Sie erschien mit einem gemieteten Kleintransporter und Ute, ihrer Freundin, die sich durch erhebliche Muskelkraft auszeichnete. Natürlich eine Sportlerin, also aus einer anderen Welt. Aber mich erleichterte schon, dass Petra wenigstens keinen Mann anschleppte. Das hätte ich schlechter weggesteckt. Ich bereitete den beiden erst einmal ein zweites Frühstück, dem sie reichlich zulangten. Dann bat ich, mich zurückziehen zu dürfen. Petra verstand und Ute blieb schweigsam. Manchmal blickte sie mich seltsam von der Seite her an. Sie fragte sich wohl, was in mir vorgeht. Ich fragte es mich auch und dachte lieber nicht darüber nach. Ich legte mir zum Ablenken Musik ein und wechselte die CDs viermal nach dem ersten Titel. Ich fand einfach nichts, was dazu passte, dass die beiden an meinen emotionalen Wurzeln buddelten. Aber Stille hielt ich auch nicht aus.

Trotz der wechselnden Musik hörte ich die beiden reden und rufen, und dann auch manchmal lachen. Sollte ich nicht einfach mithelfen? Therapy by action? O.K., rein ins Missvergnügen: Ich schlüpfte in meine alten Jeans: Mist! Die spannen! Ich fress zuviel. - Ein Cowboyhemd. Sollte ich CCR einlegen? Countryrock? "Fortunate Son"? Egal. Ich fragte Petra, ob sie einen kräftigen jungen Mann brauchen könnten. Petra blickte sich suchend um und Ute lachte nur mit ihrem irritierenden Bass. Dann durfte ich das bunt gemischte Bücherregal ausräumen, in eine Umzugskiste verpacken ("Nimm lieber zwei, sonst kracht sie dir auseinander...") und balancierte mit Utes Hilfe das leere Regal zum Wagen.

Ute ist wirklich ein netter Kerl. Das klingt geschlechtsneutral. Steckt darin ihr Problem? Aber ich sollte mir nicht soviel Gedanken über die Probleme machen, die ich bei anderen vermute. Meine eigenen unbewältigten reichen eigentlich. Ich kenne und hasse diese Methode, sich um andere zu kümmern, weil man mit sich selbst nicht fertig wird. Das ist das Problem der scheiternden Sozialrevolutionäre. Kein Wunder, dass ihnen irgendwann die Puste ausgeht. Mir ging sie beim Transport des Schreibtischs auch fast aus. Ute lachte wieder, kumpelhaft. Und ich nahm es ihr gar nicht übel.

An der gähnenden Leere des Kleiderschranks merkte ich, was Petra schon alles abgeschleppt hatte. Wir mussten ihn dennoch sicherheitshalber zerlegen, damit nicht irgendwelche Scharniere kaputtgehen. Auf Lampenschirme und Gardinen verzichtete Petra aus Vernunftgründen ("Ich habe mir Lampenschirme aus Reispapier besorgt. Die sind preiswert und reichen für eine vorübergehende Pleite..." Originalzitat. Sie meinte natürlich eine Bleibe. Aber Papa Freud wusste schon, was er von unbewussten Versprechern zu halten hatte und ich lauschte mit dem Genuss des Kenners). Vom Besteck nahm sie ein komplettes Set mit. "Gab es damals günstig bei Eduscho. Würde ich heute nicht mehr kaufen. Darum nehme ich es gewissenlos mit..." Petras Lachen ging mir an die Nieren. Zwischen einem Kumpel und der Frau, die man liebt, besteht ein Unterschied. Weshalb hilft nicht Petra Ute bei deren Auszug?

Nach dem Kleiderschrank schlug ich vor, drei Pizze zu holen. "Vier!" ordnete Ute an. Okay, vier Pizze. Abzuholen in zehn Minuten um die Ecke. In der Küche fand sich noch Geschirr und Besteck für einen Gastgeber und zwei Gäste. Ute bekam zweieinhalb Pizze. Trauer raubte mir den Appetit. Petra blickte mich verstohlen an und ich spürte ihr Mitgefühl. Aber Mitgefühl ist der natürliche Feind zwischengeschlechtlicher Liebe. Das wusste ich auch von Freud. Und in der Trauer will ich mich nicht in ein Schneckenhaus zurückziehen. Spülen, abtrocknen und aufräumen war für mich fast Therapie, Trauerarbeit. Erstaunlich, wie schnell wir fertig waren. Unglaublich, dass Frau Greinich uns nicht abfing. Als ich es Petra gegenüber erwähnte, lachte sie nur und meinte, heute sei erster Samstag im Monat. Als ich ochsenhaft glotzte, erklärte sie: "Verkaufsoffener Samstag. Ideal für Leute, die die ganze Woche über arbeiten..." Ihren Sarkasmus hatte sie sich bewahrt.

Die größten Schwierigkeiten bereitete uns die große Standuhr. Wenn Petra auch sonst alles da gelassen hätte, dieses Monstrum nicht. Auseinanderlegen ließ sie sich nicht. Schrammen durfte es nicht geben. Zum Glück waren wir zu dritt, und zum Glück bot Ute körperlich etliches auf. Also vorne ich, hinten sie und zwischen uns klemmte Petra ihre zarten Fingerchen ein. "Jetzt schlägt's dreizehn", witzelte sie. Dabei hatten wir gar keine Chance zu lachen. Es wäre auf Kosten ihrer wundervollen Uhr gegangen. Die Kurven (nicht die von Petra, sondern von der Treppe) entpuppten sich als hartnäckige Hindernisse. Doch kratzten wir sie letztlich ohne Kratzer. Im Transporter bereitete Petra schnell ein weiches Lager für das Chronometer. Wenn man die Zeit auch so lagern könnte... Die Zeit, die sich dahinschleppt und die man später wieder nötig brauchen könnte. Aber Zeit ist eben linear. Unlagerbar. Der Zeitmesser hingegen ließ sich doch verstauen. Nach einer Verschnaufpause stapfte ich wieder hoch. Oben fanden wir nur noch Kleinigkeiten quasi als Restposten. Zur Regeneration der strapazierten Muskulatur.

Schließlich schleppte ich als letztes Trumm eine Stehlampe runter: Warum ist das keine Gehlampe?! Dachte ich an eine Stehlampe? Petra wartete an der Beifahrertür. Unbefangen lächelte sie mich an.

"Darf ich dich zum Kaffee einladen?"

Ich lachte; ehrlich, ich lachte: "O.K., ich lade mit aus. Aber unsre Wohnung schließe ich doch noch schnell ab."

Unsere Wohnung? Old Sigmund wäre heute voll auf seine Kosten gekommen!

Wir thronten zu dritt auf dem Sitzbrett. Gut, dass keiner von uns einen Hut trug. Das gehört zu meinen Feindbildern: ein Kleintransporter mit drei Personen auf der Sitzbank, von denen möglichst der Fahrer einen Hut trägt. Das bürgt für einen nervtötenden Fahrstil.

Petras neues Domizil befand sich nicht weit weg. Ich Idiot hatte natürlich den Heimweg nicht berechnet. Aber das konnte ich glatt laufen und körperliche Bewegung hilft bei BeziehungsStress beziehungsweise heftigen Gefühlsbewegungen.

Der Kaffee und vor allem sein Duft taten gut. Ihre Wohnung hatte Petra zwar erst provisorisch möbliert, aber das machte erstens nichts und änderte sich zweitens schon nach einigen Stunden beherzten Zupackens. Bevor ich ging, drückte Petra mich zu meiner unbeschreiblichen Überraschung an sich und flüsterte mir ins Ohr: "Du, Frank, ich lade dich für Dienstag abend ein. Kommst du?"

Ob ich komme? Sofort, auf der Stelle, mit fliegenden Fahnen... Aber heute ist ja erst Samstag...

So. Jetzt sitz ich wieder allein bei meinem Bier. Und jetzt wohne ich wirklich alleine hier. Petra wird sich sogar ummelden. Was heißt "sogar"? Selbstverständlich. Aber immerhin: Sie hat mich eingeladen. Ich kann es nicht fassen. Und sie hat mich umarmt. Das packe ich noch weniger als die Standuhr! Soll ich glücklich sein? Ich weiß nicht... Wie sagte schon Sokrates: Ich weiß, dass ich nichts weiß. Und der litt bekanntlich unter seiner Frau, jener Dame namens Xanthippe. Ich aber träume von Petra. "Vorsicht, Frank!", warnt mein stets wacher Verstand. Scheiß Vorsicht!

28 Gast bei Greinichs

(4. Sonntag)

Frau Greinich fing mich ab, als ich vom Gottesdienst nach Hause kam. Den Kirchenraum nutzte ich, mir über meine Erwartungen und Chancen etwas klarer zu werden. Die vertrauten Lieder beruhigten mein aufgewühltes Gemüt. Frau Greinich brachte wieder Unruhe hinein. Sie lud mich zum Kaffeetrinken ein und ich nahm an. Nicht, dass ich scharf drauf gewesen wäre, aber abzulehnen wäre unhöflich gewesen und außerdem: Frau Greinich zeigte ihr Herz für mich. Das kann ich nicht von allen meinen Freunden behaupten. Seine Eltern kann man sich bekanntlich nicht raussuchen. Ich habe mir diese Nachbarin nicht rausgesucht. Aber es ist mein einziger Kontakt zu einer anderen Generation. Es kann nicht schaden, seine Chancen wahrzunehmen. Sonst schimpfe ich über Leute, die nur im eigenen Saft schmoren. Greinichs als Horizonterweiterung?! Wenn mir das jemand vor einem Monat gesagt hätte, hätte ich nur im alkoholisierten Zustand gelacht, wie über einen treffenden schmutzigen Witz. Wieso haben sie eigentlich keinen Untermieter? So einen Typ wie mich seinerzeit bei mir im Studium. Frau Greinich passt in meine Phantasie und Erfahrung zugleich, mit ihren mütterlichen Attitüden, zu denen strenge Normen ebenso wie großzügiges Verstehen gehören ("Der Bub ist halt nun mal so..." "Das legt sich wieder..." "In dem Alter schlagen sie über die Stränge..." "Aber er hat auch seine guten Seiten..."). Vermieterinnen entspringen einer andern Welt als ihre Untermieter. Spießbürgerliche und antibürgerliche Welt prallen hier aus rein fiskalischen Gründen ungeschützt aufeinander. Darin besteht der besondere Reiz des studentischen Untermietertums. Nach wie vor unübertroffen beschreibt dies Reinhard Meys "Trilogie auf Frau Emma Pohl". Andererseits: Ich bin kein Untermieter mehr und Frau Greinich ist nicht meine Vermieterin.

Irgendwo fasziniert es mich, wenn diese Typen - eine zugegebenermaßen unpassende Bezeichnung für Frau Greinich - völlig realistisch und ohne negativen Unterton berücksichtigen, dass ein alleinstehender Lehrer auch am Sonntag seine Zeit zum Mittagsschlaf braucht. Ich schlummerte also eine Stunde zu den sphärischen Klängen von Tangerine Dream. Um drei klingelte ich bei Greinichs. Herr Greinich öffnete, im grauen Anzug und mit grauen Pantoffeln. Ein Anblick für die Götter. Ich blieb ernst und höflich. Der Nachbar bat mich freundlich und mit wachsamen Augen hinein. Einen Sonntag ohne mich kann er sich inzwischen wohl nicht mehr vorstellen. Bin ich eine heimliche Entlastung oder gar ein Kombattant im späterwachsenen Kampf der Geschlechter des Erdgeschosses? Das anregende Aroma des frischgebrühten Kaffees roch ich schon im Türrahmen. Dem Duft nach handelte es sich nicht um Eine-Welt-Kaffee, der in neutraler Schwärze das Gewissen reinwäscht, sondern vermutlich die „Krönung" oder eine ähnliche ausbeuterorientierte Werbungskaffeemischung. Mutter Greinich servierte dazu ihren Toperfolg "Rotweinkuchen". Nach dem Backen ist er garantiert alkoholfrei. Er mundete ausgezeichnet, so dass mir das Lob locker und ehrlich von den Lippen kam und Frau Greinichs Herz erwärmte. Zum Backen hatte Petra selten Lust und ich noch seltener. Ich weiß aus Erfahrung, dass es eigentlich keine Kunst ist, sondern lediglich die sklavische Befolgung der Rezeptur. Aber Backen kostet Zeit - vor allem das lästige Spülen hinterher.

Für das Hauptthema des Nachmittags war ich gerüstet: Petras Auszug. Erstaunlicherweise zeigte sich Frau Greinich nicht im Geringsten empört, auch nicht beleidigt, weil ich ihr etwas vorgemacht hatte. "Das verstehe ich doch. Ihr jungen Leute wollt eben nicht, dass euch alle Welt reinredet." Stimmt. Die Erkenntnis bewahrte mich allerdings nicht vor ihrem Mitgefühl. Ich tat ihr leid und Petra auch. Ihre Kommentare klangen nach "...ach, Kinder,...", mit tiefem mütterlichen Gefühl. Sie bewundere die Freundlichkeit, mit der wir uns getrennt hätten. Sie bedaure uns, weil wir doch beide sehr nett wären und sie fände, wir würden eigentlich sehr gut zueinander passen.

Als ich bereits befürchtete, sie würde mir konkrete Vorschläge unterbreiten, wie wir Petra zurückgewinnen könnten, demonstrierte sie ein unerwartetes Einfühlungsvermögen: "Ach, Herr Frank, Liebe kann man eben nicht erzwingen." Dann goss sie mir den duftenden gewissenlosen Kaffee nach: "Ich verstehe schon, dass Sie mir die Wahrheit nicht auf die Nase gebunden haben. Es ist doch etwas sehr schmerzliches. Ich weiß doch, wie sehr Sie an Fräulein Petra hängen." Damit traf sie ins Schwarze. Das Schwarze war mein

Herz. Fast hätte ich geheult. In Mama Greinichs Armen. Zu solchen Phantasien bin ich also fähig! Aber noch habe ich mich in der Gewalt. So weit gehe ich nicht. Noch nicht? Nein, wohl nie. Und doch tat mir ihr unbefangenes Mitgefühl gut. Ich hätte es bei ihr nie vermutet. Herr Greinich hat sich bei der Wahl seiner Frau vielleicht doch nicht so vertan, wie ich immer dachte.

Leider dauerte das Gespräch dann doch etwas zu lange; manchen Gesprächen tut dies gar nicht gut. Wenn das Gefühl ausgereizt ist, nimmt die Gereiztheit zu. Frau Greinichs Einfühlung wurde abgelöst von Visionen - um in meiner Sprache zu bleiben. Wie sähe die Zukunft aus? "Herr Frank, so ganz ohne Frau, das ist doch nichts für einen Mann. In Ihrem Alter!" Da hat sie Recht. Aber das ventiliere ich nicht bei ihr. Sie wollte wohl hilfreich einwirken, wenn sie schon nicht einspringen konnte.

"Sagen Sie mal, im Kollegium, in der Schule, gibt es da nicht eine nette, ledige Dame?"

Das war mir nun doch zu massiv. Während ich über eine ironische Bemerkung sinnierte, überraschte mich mein Geschlechtsgenosse mit den Worten an seine Gattin: "Aber Schätzchen, das ist doch seine Sache, nicht wahr?!" Schätzchen! So redete Herr Greinich seine Angetraute an? Wer hätte es vermutet? Zu mehr als Fränkiboy reichte es bei Petra nie und auch ich rang mir nur manchmal ein versuchsweise zärtliches "Maus" ab. Meister Greinich verfügt hier über einen Vorsprung.

Von ihrem Thema brachte er sein Schätzchen damit allerdings nicht ab. Einen alleinstehenden Mann unter die Haube zu bringen reizt jeden echten Muttertyp. Eine Aufgabe, der frau sich gerne stellte. Mitwirkung an Drehbuch und Regie, so kam mir ihr Engagement vor.

Ich ging in die moralische Offensive: "Aber Frau Greinich! Man kann doch nicht so einfach den Partner austauschen. Man muss der Seele Zeit geben, sich erst einmal innerlich zu lösen."

Selbstredend pflichtete sie mir uneingeschränkt bei. Theoretisch stimmte das. Doch ihr schwebte wohl bereits ein Happyend vor, zu der nur die passende Besetzung fehlte. Ich kenne dieses Phänomen: Die Trauerphase halten viele Außenstehende nicht aus. Und ich selbst hatte mich unmittelbar nach der zugeknallten Tür auf dem Markt der freien Frauen umgeschaut. Freilich sah ich keinen Anlass, dies bei Greinichs zu beichten und sie in meine spannende Partnersuche einzuweihen, was ihrem Alltag zu erheblicher Farbigkeit verholfen hätte. Immerhin: Das familiäre Kaffeetrinken überbrückte meinen depressiven Sonntagnachmittag auf diese Weise relativ angenehm.

Gegen fünf brach ich auf, so dass ich um sechs bereits ein Stockwerk höher war, ausgerüstet mit beherzigenswerten Ratschlägen. Dermaßen geschlagen betrat ich die Küche. Erwartungsfroh blickte mir das Geschirr vom Mittagessen entgegen und wollte gespült werden. Mich packte der Impuls, zu desertieren. Vor allem die Pfanne vom Schnitzel nature schreckte mich ab. Mit eiserner Energie aber ließ ich Wasser ins Spülbecken und säuberte Teller, Besteck und Kochtöpfe. Zum Abtrocknen bin ich nach wie vor zu faul und Wasserflecken stören mein ästhetisches Empfinden nicht übermäßig. Die Uhr im Gang zeigte kurz nach halb sieben. Soll ich jetzt zu Alfred gehen? Oder ist ein Abend zuhause angesagt? Ich lasse das TV-Programm entscheiden. "Tatort" kommt. Ich stelle mir mein Bier bereit. Heute bleibe ich bürgerlich, also krimiphil.

29 Kontakt zu Bianca

(4. Montag)

Es erstaunt mich immer wieder, dass die Schüler montags ihre regenerierte Energie nicht destruktiv einsetzen, sondern ziemlich schnell zu motivieren sind. Das ändert sich zwar ab der vierten Stunde, aber auch dann zeigen sie noch Reste ihrer Wochenenderholung.

Ich war trotz allem froh, dass ich nur fünf Stunden hatte. Zur Mittagszeit wollte ich es in Biancas Praxis versuchen. Ich war hochmotiviert, diese Tageszeit in Hochform zu erreichen. Meine Bemühungen krönte der Erfolg. Als Björn sich in der letzten Stunde vor mir aufbaute und versuchte, kraftstrotzend auf das kleine Lehrerlein hinabzuschaun, erklärte ich ihm lässig, die internationale Einheit für Größe sei IQ und nicht cm. Das überzeugte ihn. Denn er will nicht blöd sein, und er ist es auch nicht. So trugen wir beide einen Erfolg davon: Er blieb klug und ich überlegen.

Mit diesem pädagogischen Erfolg im Rücken sowie im Selbstwertgefühl griff ich nach meiner Heimkehr zum Hörer. Die nette Sprechstundenhelferin meldete sich wieder. Ich verlangte Dr. Schmidt und ließ mich verbinden. Bianca zeigte sich zerknirscht: "Es lief echt dumm. Mir kam etwas dazwischen. Aber weil ich deine Nummer verlegt hatte, konnte ich nicht mehr absagen."

Ein echter Grund. Und was für ein Pech! Ich vertraute ihr also meine Nummer erneut an. Und wir vereinbarten einen neuen Termin.

"Also, wir haben Montag. Bei mir ginge es am Mittwoch. Kannst du nachmittags um drei? Da ist es hell ist."

Ich lachte: "Bitte, bitte, meinetwegen. Aber mich lässt die Helligkeit kalt; der Marktplatz ist mir voll vertraut. Bei Tageslicht hat er mir auch nicht mehr zu bieten. Außer dir natürlich." Soviel Charme musste sein. Bianca goutierte es durch ein liebes Lachen.

"Du, ich muss jetzt Schluss machen..."

Dann lachte sie noch einmal: "Weißt du was?"

Nein, ich wusste es nicht.

"Wenn du mich jetzt sehen könntest: Ich ziehe mich gerade um und stehe splitternackt am Telefon."

Diese Vorstellung reizte mich wirklich. Wenn ich nur wüsste, wie sie aussieht! Verbunden mit ihrem bezaubernden Akzent packte mich das so, dass ich die Zeit bis Mittwoch am liebsten aus meinem Leben geschnitten hätte. Aber das geht nicht. Abgesehen davon, dass ich morgen auch noch ein reizvolles Date habe. Gefühlsmäßig scheine ich ein Doppelleben zu führen. Meine Phantasien zu Bianca gehören zu einer anderen Welt als meine Hoffnungen bei Petra. Mit dem Hinweis auf ihr Evaskostüm schloß sie das Gespräch ab. Ich konnte meinerseits mit keinem adäquaten Angebot aufwarten, da ich dank der Schule sehr konventionell gekleidet war.

Das Mittagessen fiel mangels Appetit mager aus. Den übrigen Nachmittag nahmen Unterrichtsvorbereitungen in Anspruch. Es gibt wenige Worte, die dafür so unpassend sind wie "geil". Aber auch ein Lehrer muss sich seine Brötchen verdienen.

Jetzt kommt die Tagesschau. Auf der Höhe des Geschehens will ich bleiben. Anschließend geht es in die Niederungen der Kultur, also zu Alfred. Kontakt muss sein, sonst droht Schrulligkeit. Um 23 Uhr sendet die ARD eine Tatort-Wiederholung. Den betrachte ich als Terminus ad quem sein. Obwohl es meiner Kondition am Dienstag morgen erfahrungsgemäß keineswegs zuträglich ist. O-Ton Petra.

30 Das Wunder: Petra

(4. Dienstag)

In den letzten vier Wochen verwandelte sich meine Welt total. Leider nicht zauberhaft. Manche Männer träumen davon, wieder mal unbefangen auf Frauenfang zu gehen. Doch wer rechnet mit einem Alptraum?

"Du Doofmann!" sagte ich mir immer wieder, "Warum bist du nicht mit Petra zur Eheberatung gegangen? Dazu muss man nicht verheiratet sein. Anderen hättest du es vollmundig geraten."

Stimmt, das hätte ich bestimmt. Argument: Die Krise an der Wurzel bekämpfen, das macht Sinn.

"Versucht doch mal, über einen unbeteiligten Dritten miteinander ins Gespräch zu kommen." Das hätte ich glasklar und unmissverständlich meinen besten Freunden geraten.

Anderen gegenüber ist man immer so schlau. Bloß bei dir selbst merkst du vieles einen Tick zu spät. Jetzt ärgerte ich mich über die vertane Chance. Was heißt "vertan"? Ich habe sie nicht einmal erkannt! Mit diesem nervenden Gefühl des Zuspätdranseins betrat ich Petras Wohnung. Ihr neues Zuhause. Ihr Heim.

Mein Out-fit kontrastierte meine Gefühle. Ein schwarzer Anzug mit Krawatte würde passen. Ich fühlte mich, als stattete ich dem Friedhof einen Besuch ab. Petras eigene Wohnung symbolisiert das Ende: Es ist vorbei! Ohne wenn und aber. Eltern erleben das bekanntlich, wenn die Kinder von zuhause ausziehen. Mein kleiner Bub, mein braves Mädchen... jetzt auf einmal: Ein Mann, eine Frau mit einem eigenen Leben, einer eigenen Wohnung, vielleicht sogar einem Partner, der ihr mehr bedeutet als der eigene Vater, eine Frau, die ihm näher kommen darf als die eigne Mutter... Trennung! Wo lernen wir, mit Trennung umzugehen?

"Ach Frank, ich freue mich, dass du kommst..."

Unaufdringlich schick gekleidet versuchte Petra nach Kräften, es mir leicht zu machen.

"Schön hast du es hier!" Dieses Lob mit lockerer Stimme rang ich mir ab, schweren Herzens. Gerade weil sie sich so nett eingerichtet hatte und alles so liebevoll vorbereitet war, spürte ich die Trennung umso heftiger. Der Abendbrottisch stand gedeckt bereit. Tee auf dem Stövchen, Wurst und Käse geschmackvoll garniert, eine Kerze brannte, gemütlich familiär.

"Wie zu Hause..." grinste ich sie an, mit dem berühmten Körnchen Wahrheit. Gerne wäre ich hier mit eingezogen. Aber das Namensschild an der Tür signalisierte: Sie hat dich verlassen. Diese liebe, nette, fürsorgliche, selbständige Frau, mit der du dein Leben geteilt hast, führt nun ihr eigenes Leben.

Ich ließ mich auf einen der bekannten Stühle plumpsen: "Stell dir vor, letzthin haben mich Greinichs zum Kaffee eingeladen. Er in grau und sie ganz die fürsorgliche Hausfrau mit geblümter Schürze. Der Sohn auf Heimaturlaub, so fühlte ich mich..."

Petra lachte. Erstaunlicherweise ärgerte mich das, denn trotz meiner lockeren Zunge fand ich die Freundlichkeit der beiden nicht zum Lachen. So brach ich eine Lanze für Frau Greinichs mütterliche Ader.

"Du, so daneben war das nicht; echt, wie daheim."

"Aha, das hast du also bei mir vermisst! Meine mütterliche Fürsorge", stichelte Petra; vielleicht hatte sie sogar recht damit.

"Immerhin gab es keinen Kampf, kein Kräftemessen. Sie nahm die Situation, wie sie ist. Ich hätte es ihr nicht zugetraut - ohne Wenn und Aber, nur ein Schade."

"Das konntest du von mir wirklich nicht erwarten. Schließlich bin ich als Partnerin kein distanziertes Wesen. Da ging es auch um mich. Sollte ich sagen: ‚Lass uns über unsere Beziehung reden...', als wäre ich nicht betroffen."

"Klar stimmt das, andererseits..."

"Andererseits, mein lieber Fränkiboy, wenn wir uns den Abend nicht völlig vermiesen wollen, müssen wir das Thema wechseln."

Sprach aus ihren Augen eine gewisse Zärtlichkeit?

"Du hast Recht. Reden wir von was anderem. Ich dachte halt, dich interessiert, was da läuft."

"Geschenkt! Wie geht's in der Schule?"

"Erstaunlich gut zur Zeit, ich wundere mich selbst. So gut bin ich auch nicht drauf. Vor allem anfangs, als du die Türe zugeknallt hattest und es mir so richtig dreckig ging, nutzten das ein paar Typen schamlos aus. Du ahnst nicht, wie sensibel Schüler den Seelenzustand von Lehrern wahrnehmen und wie unsensibel sie mit einem bedauernswerten Pädagogen umgehen..."

"Wer die Macht hat, ist nicht bedauernswert!"

"Da hast du natürlich recht, Frau Revolutionärin!"

Petra stand auf und schubste mich freundschaftlich: "Ich leg' mal eine Scheibe aus der Flower-Power-Zeit ein. Da klingt die Revolution zärtlich!"

Gute Idee. Scott McKenzie, the Byrds, Mamas and Papas... Das könnte ich vertragen. Der Traum vom Traum der Gerechtigkeit und vom ersten Kuss.

"Mist!" tönte es aus der Ecke. Petra machte sich unwillig am Plattenspieler zu schaffen. Mit der Technik stimmte etwas nicht. Da ist der Mann gefragt! An dem Punkt verhielten wir uns stets konventionell.

"Der Mann muss ran, stimmt's?"

Die Dame des Hauses nickte, leicht unwillig. Ach, es tut gut, Kompetenz zeigen zu können.

"Lass mich mal ran."

Solange es nur um den Kabelsalat geht, meistere ich auch technische Schwierigkeiten mit Bravour. Mit kritischem Blick überprüfte ich die Verstöpselungen.

"Wer hat denn diesen Mist produziert?"

Petra bleckte die Zunge: " Ute. Sie hatte keine Zeit, alles abzuchecken. Ich war ihr dankbar, dass sie überhaupt eine Ordnung in die Anlage brachte."

Ute hatte mit System gearbeitet, leider mit dem falschen System. Die Fehlerquelle ortete ich leicht und behob das Problem, indem ich die Stecker von Recorder und CD-Player austauschte. Der Sieg männlicher Intelligenz!

"Put some flowers in your hair..." ertönte eine glockenähnliche Stimme. Leider nur aus einem Lautsprecher. Männliche Intelligenz, du hast dich zu schnell gefreut. Ein kurzer Blick überzeugte mich, vom Vorhandensein zweier Boxen, einer neben dem Regal und einer neben der Couch. Vom Regal her klang die Botschaft der Blumenkinder. So überprüfte ich den anderen Stecker. Doch es steckten nur die Enden des Kabels in den Buchsen, festgeklemmt. Der Hobbytechniker weiß aus leidvollen Selbstversuchen: Wenn das nicht sauber gemacht ist, kommt kein Kontakt zustande - wer denkt hier an Sex?! Typisch männlich. Ich lockerte den Schalter, drückte das Kabel fest hinein und fixierte es wieder. So. Das wäre geschafft. Leider ließ der Stereoeffekt noch auf sich warten. Noch ein Systemfehler? Schwierigkeiten existieren, um überwunden zu werden. Pole austauschen! Der große Techniker erkannte das Problem mit einem Blick und ein rascher Handgriff räumte letzte Zweifel an seiner Kompetenz aus. Der Mann im Haus erspart den Handwerker. Petra, hast du die Botschaft erkannt?!

Hatte sie natürlich nicht. Kein: "O Schatz! Du bist der Größte!" Kein begeistertes Mir-um-den-Hals-fallen. Keine strahlenden Augen ohne den Schimmer eines Zweifels. Meine Phantasie bot mehr als die triste Wirklichkeit. "Daydream believer..." säuselten die Monkeys, seinerzeit oder ihrerzeit als Retortengruppe diffamiert. Mir gefällt's. Obwohl das mit dem Daydream eine zwiespältige Sache ist. Träume müssen sich auch mal Wirklichkeit verschaffen. Speziell bei meinen Liebesträumen lege ich Wert auf den Realitätsgehalt. "Soll ich in die Offensive gehen?" "Warum nicht?" "Damit bringe ich mich vielleicht um die letzte Chance." In mir stritten sich wieder mal zwei: "Hör auf! Eine Chance, auf die man unendlich wartet, ist keine Chance mehr." "Quatsch. Ich kenne Petra: Sie braucht Zeit für ihre Seele. Wenn ich ihr Zeit gönne, öffnet sie sich vielleicht auch für mich." "Pfui, du bist ja richtig berechnend." "Aber es ist Liebe." "Wenn du meinst..."

Während meines inneren Dialogs erzählte Petra arglos von ihrem Büroalltag. Mich fasziniert, wie nebensächlich Arbeitsthemen im Geschäft erscheinen, wenn sie mit Beziehungen konkurrieren müssen. Wer wen ungerecht behandelt, wer wieder einmal etwas liegen lässt und die anderen laufen lässt, wer es sich bei wem weshalb verdorben hat... Unser Kollegium finde ich auch interessant, aber da wir in den Stunden selber Einzelkämpfer sind, laufen die spannenden Beziehungen meistens nur am Rande ab. Die Marginalien im Lehrerzimmer stehen im Bürobetrieb offensichtlich im Mittelpunkt des Geschehens. Manchmal packt mich eine kribbelige Lust, mich in dieses Gewühl von Beziehungen, Intrigen, Neidhammelei und Tratsch zu stürzen. Filmreife Szenen am laufenden Band!

Privat schien Petra jetzt voll auf Frauen zu machen. Ute spielte auf einmal eine besondere Rolle.

"Ganz zufällig trafen wir uns nach ewiger Zeit wieder. In irgendeiner einer Kneipe dachte ich: Die da drüben kennst du doch! Ute ging es genauso."

"Du gehst in Kneipen? Das hast du doch ewig nicht mehr gemacht!"

"Soll ich zuhause verkümmern? Außerdem sind die Kneipen besser geworden. Man trifft dort wieder interessante Menschen."

"Wir alle werden älter, meine Liebe; und heute können wir unsere eigenen Kriegserlebnisse austauschen."

Petra lachte: "Alter Mann! Wir reden über Aktuelles. Rollenfindung und so. Das muss frau immer wieder abklären. Neue Phase, neue Rolle."

Ich zog demonstrativ enttäuscht die Mundwinkel nach unten: "Ich bin völlig von der Rolle. Was rätst du mir?"

Die gnädige Frau grinste mitleidig: "Rat ist Männersache. Jedenfalls bringen Kriegserlebnisse keine neuen Perspektiven. Retrospektiven erinnern an Tote."

"Du hast Recht: Leben ist Liebe."

Sie ließ das einfach so stehen oder überhörte es. Statt einer Antwort erzählte sie von der Wohnungssuche. Sie hatte Glück gehabt. Holger - ich ersparte mir, die Lebensgeschichte zu jedem neuen Namen zu erfragen - hatte kurzfristig einen neuen Job bekommen. "Eine Traumstelle. Leider im hohen

Norden. Aber eben eine Traumstelle. Silvia quittierte ihre Erzieherinnenstelle. Damit war für ihn klar, dass er abzieht. Die Wohnung wurde quasi über Nacht frei. Optimal für ihn, sofort eine Nachmieterin präsentieren zu können. Optimal für mich, so schnell zugreifen zu können. Silvia tut mir ein bisschen leid; nicht wegen der Stelle, da findet sie überall schnell etwas Neues. Erzieherinnen sind gefragt. Aber alle Kontakte, die sie aufgeben muss. Selbst wenn du dir fest vornimmst, die Beziehungen zu pflegen: Bei der Entfernung musst du sie dann doch abschreiben. Und bau dir mal in der Fremde neue Beziehungen auf. Noch dazu bei den kühlen Nordmenschen..." Lehrer sind ohnedies ans Bundesland gebunden, deswegen heißt es ja ‚Bundesland'. Also meine Sorgen sind das nicht, solange ich im Job bleibe.

Ihre Liebe zum Saxophon hatte Petra wieder entdeckt und durfte sie im neuen Heim sogar ausleben. "Natürlich nicht mitten in der Nacht. Aber ich habe die Nachbarn schon besucht. Sie sind alle furchtbar nett und aufgeschlossen und nickten nur kulturbeflissen zu meinen künstlerischen Ambitionen. Ute spielt Cello. Das passt hervorragend. Ich könnte mich ärgern, dass ich so lange nichts mehr gemacht habe." -

Ich half ihr beim Abdecken. Und weil wir gerade dabei waren, erbarmten wir uns ihres ganzen ungespülten Geschirrs. Ich wollte nicht schleimen, aber die hausmännliche Tätigkeit ergab sich zwanglos und während ich spülte und sie abtrocknete und aufräumte, bot sich reichlich Gelegenheit zu unbefangenem Plaudern. Weshalb Stresste uns die Hausarbeit früher immer so?

Im Kühlschrank stand ein guter Wein. Randersackerer Ewig-Leben, 89er Scheurebe Kabinett. Lecker! Salzbrezeln und geröstete Erdnüsse lagerten im Vorratsschrank. Ich zog aus dem vertrauten Repertoire eine reizvolle CD aus. Für den späteren Abend fasste ich bereits ‚Time Machine' von ‚Colosseum' ins Auge – ‚unsere Musik', zu der wir unseren Rhythmus entwickelt hatten. Nächtelange Proben... Ich freute mich, dass sie sie mitgenommen hatte. Vorerst beschränkte ich mich auf die sanften Balladen von J. J. Cale.

"Sollen wir würfeln?" Warum nicht? Als sie aufstand, um den Würfelbecher zu holen, hielt ich es nicht mehr aus und folgte ihr. Ehe sie die Schublade öffnen konnte, fasste ich sie um die Taille, drehte sie zu mir um und hielt sie fest. Und jetzt? Ich spürte meine Angst, zu weit gegangen zu sein. Mein Herz klopfte. Dann legte sie mir ihre Arme um den Hals und es war wie früher. Der erste Kuss nach einem Monat ließ mich fast explodieren. Jede Berührung ihrer Zunge brachte mich zum Zittern. Dann wanderten wir, engumschlungen, ihrem Bett entgegen. Die Zeit schien rückwärts zu laufen, als ich unterwegs tatsächlich ‚Time Machine' einlegte. Die Kleider fielen wie bei der Rückkehr ins Paradies. Wir liebten uns, bis wir zitterten. Es war mehr als sonst. Nicht nur Erkennen, sondern Wiedererkennen. Als hätte wir einen verlorenen Schatz gefunden. Wir wagten kaum, uns anzuschauen und vergruben uns ineinander. Nur fühlen, nur da sein, nur zueinander gehören, ineinander gehören. Petra! Der Name, der mein Herz aufschließt und mich drängt, in sie zu dringen. "Und die beiden werden ein Fleisch sein..." heißt es bei der Trauung. So fühlte ich mich: Eins mit ihr.

Natürlich musste ich um dreiviertel acht in der Schule sein. Aber vorher wachte ich neben ihr auf. Hatte ich jemals mehr vom Leben erwartet? Gemeinsames Aufwachen, ist das nicht die Krönung des Lebens? Das Frühstück zuzubereiten kostete wenig Aufwand. Obwohl die Atmosphäre mich ernüchterte, tat es unheimlich gut, nicht alleine frühstücken zu müssen. Dann ging's zur Arbeit. Was läuft in der ersten Stunde? Ich Idiot! Ich langte mir an den Kopf: Meine Unterlagen waren noch zuhause. Also doch früher starten. Sachzwang, ewiger. Petra gab mir einen langen Kuss zum Abschied. Und keine neue Einladung. Was war mit uns geschehen?

31 Bianca reala

(4. Mittwoch)

Wer bin ich eigentlich? Was mache ich nur? Heute früh schien alles so klar. Es gab nur eine Zukunft und die hieß Petra. Sie war auch meine Vergangenheit. Aber jetzt? Innerlich war ich gespannt wie ein Flitzebogen: Wer ist Bianca? Wie ist sie? Bei Petra wusste ich, woran ich war. Aber Bianca setzte meine Phantasien frei. Sag mal, kannst du dir selbst noch trauen? Eben noch turtelst du mit Petra, heute nachmittag düst du einer anderen Frau entgegen; und wenn es nach deiner Phantasie geht, direkt in die Arme und ins Bett. Man müsste Petra vor dir warnen. Unzuverlässiger Don Juan! Doch diese kritischen Stimmen in mir knüllte ich zusammen und warf sie aus dem Fenster. Bianca, ich komme!

Heute brauchte ich nicht zu rasen. Ich kannte den Weg und startete beizeiten. Locker bog ich auf den Marktplatz ein. Eine inzwischen vertraute Umgebung für mich, ich bräuchte nicht mal Tageslicht; meine Technik, schnell einen freien Parkplatz zu ergattern, konnte ich beim letzten Mal perfektionieren. Die Mark für die Parkuhr verschwand im Schlitz, ich buchte sie unter ‚Investitionen ins Leben' ab. Meiner Steuerberaterin verschweige ich den Posten... Natürlich war ich nicht pünktlich, sondern zu früh, viel zu früh. Warten heißt sinnieren. Ich ließ meinen Gedanken freien Lauf. Wenn sie zu früh kommt, erkennt sie mich dann überhaupt? Oder warten wir dann beide, Rücken an Rücken, bis die Turmuhr schlägt? Meine Unruhe trieb mich um den Platz. Mit mattem Interesse studierte ich die Schaufensterauslagen, distanziert beobachtete ich die Menschenschlange, die sich an der Bushaltestelle bildete. Aha, der Bus kommt bald. Kommt sie mit dem Bus? Das hatte ich noch nicht überlegt. Ich blieb stehen. Die Uhr nicht. Sie ging weiter. Sie schlug. Ich verglich sie mit meiner Taschenuhr: Typisch, die Kirchturmuhr geht vor. Eine Minute. Aber auch nach 60 tröpfelnd vertickenden Sekunden erschien Dr. Schmidt noch immer nicht. Weitere Sekunden verrannen. Ewige Wiederkehr des Gleichen? So fühlte ich mich. Das war's also. Die Mark in der Parkuhr verschmerze ich. Die zerbrochene Hoffnung nicht so leicht. Doch das Leben geht weitere. Ohne Bianca. Ich schreibe sie ab. Mit Bedauern. Meine Hoffnungen hatte ich ohnedies bereits niedriger geschraubt. Und erfreulicherweise noch andere Eisen im Feuer.

Dann fahre ich eben wieder ab... Erwartungslos warf ich noch einen letzten Blick in die Runde; Schopenhauer wäre mit mir zufrieden: Kontemplation, begierdelose Betrachtung. Halt! Mein Herz blieb erst stehen und schlug dann wie wild: Auf der anderen Straßenseite, jenseits der trennenden Autos winkte eine hübsche junge Frau. Wem winkte sie? Mir? War sie das? War das Bianca? In wehenden Kleidern, mit wehendem Mantel, mit wehenden Haaren und in Farbe. Ich schaute wohl dumm. Autos trennten uns. Fahrende Autos, die ließen sich nicht einfach missachten. Dann stand sie neben mir.

"Frank?"

"Bianca?"

Wir gaben uns die Hand. Sie gefiel mir sofort. Eine so attraktive Frau hatte ich nicht erwartet. Kein Zuckerpüppchen, sondern ein Wesen aus Fleisch, Blut und Farbe, das mir gefiel. Und dann?

Schon standen wir vor unserem ersten Problem: Sie hatte vor der bekannten Bushaltestelle geparkt, unter den kritischen Blicken diverser Fahrgäste, und der Bus war gerade vorgefahren. Ich schickte sie schnell hin. Wegen mir sollte sie keine Troubles bekommen. So lange konnte ich noch warten. Vor allem, weil ich wusste, auf wen ich wartete, dass sie da war und dass sie mir gefiel. Bianca eilte zu ihrem Auto, ich steuerte inzwischen meines an. Hinter mir war noch Platz, da könnte sie parken, bis wir uns bekannt gemacht hätten und wüssten, wie es weiterging. Sie kam angefahren, im Kleinwagen und blieb hinter dem Steuer. Sie kurbelte das Fenster runter. Ich ging vor ihr in die Knie, äußerlich und innerlich.

"Du, ich glaube, das hier bringt's nicht. Wir sollten woanders hinfahren."
"Klar! Wie wär's mit einem Café? Ich kenne eines in der Innenstadt."
Wirklich. Ich hatte mich kundig gemacht. Das gehörte zu meinen strategischen Vorüberlegungen.
"Ich parke meinen Wagen vor der Praxis. Wir treffen uns beim Café."
"O.K."
Ich musste mich auf dem freien Markt umschauen, sprich das Parkhaus ansteuern.
"Also dann, Frank, bis gleich."
Mit Schwung fuhr sie los. Jetzt war Konzentration angesagt. Gerade jetzt, wo mir so viel durch den Sinn ging, musste ich rückwärts ausparken, mit einem Hintermann, der auf den freien Parkplatz spekulierte und Heckscheiben, die beschlagen waren. Diesbezüglich ist mein Opel eine Fehlkonstruktion. Schließlich sah ich, wie mein Hintermann mir freundlich winkte. Schließlich interessierte ihn auch, dass ich rauskomme, ohne sein bestes Stück zu beschädigen. So geleitet stieß ich noch ein Stück zurück und trotzdem blieb sein Wagen heil. Dann startete ich auf der Fahrt ins Glück. Total verwirrt. Und folglich falsch. Ich übersah die gerade Ausfahrt und packte die falsche Kurve. Solche Kleinigkeiten warfen mich jetzt nicht mehr um. Mit ein bisschen männlicher Logik ließ sich das Orientierungsproblem souverän meistern! Also wenden. In einer Kleinstadt? Autoakrobatik! Bisher war dies nicht meine Stärke. Ich landete wieder auf dem Marktplatz, korrigierte meinen eigenen Fehler und brauste gen Großstadtzentrum. Bianca, ich komme!

Rote Ampeln sind mein täglich Brot. Darüber regte ich mich schon gar nicht mehr auf. Nein, ich nicht! Nicht ich!! Verdammtes Rot!!! Und dann noch überholt und geschnitten werden. Der Rambo in mir erwachte. Aber der Träumer setzte sich letztlich durch. Zum Glück nicht der Schläfer.

Wunderbarerweise entdeckte ich in der großstädtischen Innenstadt einen freien Parkplatz. Also doch kein Parkhaus. In einem Film erschiene mir diese Kleinigkeit als unrealistischer Regiefehler. Aber in meiner Tagesrealität klappte es. Raus aus dem Wagen, auf zur Fußgängerzone und zu den Cafés. Vorbei an der Kathedrale, nein, ich bekreuzigte mich nicht. Da fiel mir ein: Sollte ich mir noch etwas Kleingeld besorgen? Was hat Kirche mit Geld zu tun? Was hat nicht mit Geld zu tun! Man braucht es schließlich. Entscheidend ist der Stellenwert. Geld brauchte ich schon ein bisschen, ich war ziemlich blank. Hier in der Gegend müsste eine Bankfiliale für mich sein; die arbeiten flächendeckend, gerade in den Innenstädten. Ganz nahe entdeckte ich eine, gerade noch geöffnet. Jetzt konnte ich mir doch ein Stück Torte leisten und Bianca einladen. Wenn sie das zuließe...

Vor dem Café erblickte ich keine Bianca. Das konnte sie nicht schaffen, so flott ist die U-Bahn nicht. Immerhin konnte ich den Ausgang gut überblicken. Aber die Zeit verstrich, der Wind wehte mir die Haare ins Gesicht, und ich sah vor lauter Menschen Bianca nicht. Wieder der nagende Zweifel: Kneift sie jetzt, wo sie mich gesehen hat? Vorhin hätte ich es weggesteckt. Aber jetzt interessierte sie mich. Ich wollte sie kennenlernen. Wer steckt hinter diesem freundlichen Gesicht, zu wem gehören diese offenen Augen? Ein bisschen chaotisch wirkte sie, vor allem beim Parken. Aber chaotisch und liebenswert passt mitunter. Bianca, komm, wir müssen klarer sehen! Und ich habe doch nur begrenzt Zeit. Wie sang Barry Ryan, den heute niemand mehr kennt? ‚Zeit macht nur vor dem Teufel halt...'

Da steuert eine strahlende Frau auf mich zu.

"Hast du schon lange gewartet, Frank?"

Ja, aber das macht nichts mehr aus. Ich gehe ins Café voraus. Der dezente Stil passt zum Anwärmen. Eine geschwungene Treppe führt uns in den ersten Stock. Von dort blicken wir durch eine kreisrunde Öffnung ins Erdgeschoß, den Gästen des Parterres direkt auf den Teller. Ein frecher Mensch könnte lässig seine Zigarettenasche abklopfen und die Menschen drunter würden sich über den grauen Belag auf ihrem Kuchen wundern. Alles Gute kommt von oben... Doch aus dem Alter sind wir raus. Auf den gepolsterten Stühlchen haben es sich wenige Gäste bequem gemacht. Die Scharen alter Frauen, die hier ihren Alltag verbringen, tummeln sich bereits wieder in den Parfümerien, um ihr 7411 für den abendlichen Theaterbesuch zu erstehen.

Wir wählen ein Tischchen an der Außenwand. Bianca ordert unspanisch einen Cappuccino, ich einen einfachen Kaffee. Wir lächeln uns kurz an. Frank, jetzt geht es los. Aber wie? Wir haben beide auf der gleichen Seite Platz genommen, nebeneinander. Aber nicht zum Händchenhalten, sondern weil wir den Überblick behalten wollen. Zwei Herzen, eine Seele. Genauer: ein Blickfeld. Oder stehen wir beide mit dem Rücken zur Wand?

"Also, erzähl mal. Wer bist du, was magst du, warum bist du alleine?"

Ich beginne mit der glücklichen Kindheit, der revolutionären Jugend, der großen Liebe und ende mit Petras schwungvollem Abgang. Damit bin ich fast up to date; noch aktueller will ich nicht werden. Wie steht es mit Bianca?

"Deine Schrift hat mir etwas von dir erzählt. Aus ihr sprechen die Schrammen des Lebens..." bringe ich sie ins Gespräch.

"Hat die nicht jeder abbekommen?" fragt sie zu Recht.

"Ja, aber nicht bei jedem prägen sie sich so aus."

Sie lacht. Meine Diagnose stimmt. Aber die trifft so abstrakt für jeden in unserem Alter zu. Vermute ich mal. Wer widerspricht? Niemand. Natürlich!

"Also. Soll ich mit dem Schönsten beginnen? Das ist meine Tochter. Jetzt ist sie fünfzehn. Wir hängen sehr aneinander. Aber die Beziehung, in der ich lebe, zerbricht. Nächste Woche muss ich zur Scheidung..."

Eine dicke Packung für den Anfang. Damit habe ich nicht gerechnet. Ich gondle voll in eine Beziehungskrise? Ich? Jetzt? Muss das sein? Andererseits: Wenn ich Petra damals geheiratet hätte, als ihre Mutter nervtötend oft das Thema beim Abendessen einbrachte ("Jetzt, wo ihr zusammen wohnt, solltet ihr doch heiraten. Warum denn nicht?"), würde ich jetzt auch in Scheidung leben. So sehr unterscheidet sich meine Situation nicht von Biancas.

Meine Augen ruhen immer wieder in ihren. O ja, mit ihr könnte ich klar kommen. Und bei mir weiß sie auch, woran sie ist. Zumindest so weit, wie ich selbst über mich Bescheid weiß. Und da gibt es Grenzen.

Um sechs Uhr schließt das Café. Was tun? Ich zahle als Kavalier und Bianca hat null Probleme damit. Entspannend. Draußen auf dem Platz vor der Kathedrale frage ich unsicher: "Und jetzt?" Statt einer Antwort lacht sie mich an und hakt sich bei mir unter. Ich strahle bestimmt wie ein Honigkuchenpferd und die Leute werden sich fragen, wann ich endlich volljährig werde. Natürlich interessiert sich kein Schwein für mein Glück. Ach, Bianca, es tut so gut, deine Nähe zu spüren, das pulsierende Leben, das du ausstrahlst. Mehr brauche ich nicht. ‚Put some power in your air...'

Die Touristen strömen in die Lorenzkirche. Ob sie auch nur einen Funken Andacht verspüren? Ich bezweifle es. Bin ich ein Misanthrop? Im Augenblick bestimmt nicht. Denn ich bin glücklich. Es zieht mich zum Fluss: Watching the river flow... Dazu müssen wir uns durch die Touristenmassen kämpfen. Bianca zieht mich auffordernd mit. Ihre Fröhlichkeit irritiert mich: Was kann so ein himmlisches Geschöpf nur an mir finden?

Auf der steinernen Brücken setzen wir uns aufs Geländer und betrachten das strömende Wasser. Ja, so gleitet unser Leben dahin. Nichts kommt wieder, was einmal gewesen ist. Lebe das Jetzt! Genau das tue ich. Jetzt liebe ich. Ich genieße die Liebe und danke meinem Schöpfer, dass ich dieser Frau begegnet bin.

Schließlich wandern wir den Fluss entlang, Hand in Hand, ich spüre jeden einzelnen Finger. Ich streichle ihre Handinnenfläche. Reine Hormonsache? Liebe ist ein Mysterium. Vor dem alten Turm bleiben wir stehen. Ich fasse sie an beiden Händen und schau ihr tief in die Augen. Dann umschließe ich ihre Taille wie eine Boa Constrictor und setze meine Lippen vorsichtig und nachdrücklich auf ihre auf. Es funkt! Ein Blitz zuckt mir durchs Gemüt. Ich schließe die Augen und lausche dem Donner in meiner Seele. Bianca! Wenn es einen Namen für den Himmel gibt: Bianca.

Nach himmlischen Ewigkeiten tauchen wir wieder auf. So schamlos küsst man sich nicht in der Öffentlichkeit! Diese Liebe darf die ganze Welt sehen. Die Welt wird sich nicht dafür interessieren. Aber ich bin verwandelt.

Wann sehen wir uns wieder? Am besten sofort, unmittelbar und ewig. Bei Bianca geht es nicht. Sie hat Verpflichtungen. Am Samstag ginge es.

"Sofort nach Geschäftsöffnung?"

"Sofort nach dem Frühstück... Ich bin um halb elf hier."

"Hier?"

Hier vor diesem altehrwürdigen Turm mit den großen Steinen, die schon so viel gesehen haben?

"Hast du einen besseren Vorschlag?"

"Mhm! Es gibt für mich nur einen adäquaten Treffpunkt für uns."

Bianca lächelt verstehend: "Der Brunnen des Amor. Du bist ein Romantiker!" Dann gibt sie mir einen flüchtigen Kuss auf die Stirne und entschwindet. Eine Fata Morgana, ein Traum, ein Phantom, eine Einbildung? Und jetzt muss ich bis Samstag warten, bis ich weiß, ob meine Wirklichkeit auch real ist. Wie schaffe ich das nur?

32 Jetzt sehe ich klar!

(4. Donnerstag)***

Freunde! Ha!! Mein überaus kluger Freund Arnold mitsamt seiner Ehekrise und Erziehungsproblemen wusste wieder einmal alles ganz genau: "Du musst es noch einmal mit Petra versuchen. Es ist deine letzte Chance. Überlege dir mal: Du bist keine zwanzig mehr. Da ist zu viel gelaufen. Wenn nicht Petra, dann ist es aus. Auf dem freien Markt hast du keine Chance. Du bist zu alt, zu dick und zu grau."

Am liebsten hätte ich ihm mein Bier ins Gesicht geschüttet. Mit vollem Schwung. Petra meine letzte Chance! Dass ich nicht lache! Hahaha. Diese letzte Chance hatte ich vor fünf Jahren. Ich weiß es noch genau. Petra wohnte im Dachgeschoß. Mit einem herrlichen Blick über gepflegte Grünflächen.

Oberaffengeil! So drückten es meine Schüler aus. Von wegen oberaffengeil! Die gepflegten Grünflächen verbargen demonstrativ die sterblichen Überreste längst verblichener Mitbürger. Meine letzte Chance! Damals stand ich am Fenster der Mansarde, die Hände auf dem Rücken, nachdenklich auf den Friedhof hinunter blickend und ich sagte mir: "Einmal liegst du auch da unten. Und wenn nicht da, dann wo anders. In irgendeinem Loch, das sie für dich gebuddelt haben und das sie dann wieder zuschaufeln werden. Und was hast du aus deinem Leben gemacht? Was wird der Pfarrer sagen?"

Pfarrer? Okay, Gottesdienst, das habe ich immer wieder gegönnt. Ich bin nie gerannt. Notorische Nicht-Geher behaupten das ja immer wieder: Der Nachbar rennt in die Kirche. Gerade die alten Leute, von denen da die Rede ist, können meist schon gar nicht mehr rennen. Würden sie es tun, käme es einem Wunder gleich. Das fiele den Kritikern aber nicht auf, da sie statt rennen meist nur pennen. Weil man/frau angeblich nur sonntags ausschlafen kann. Naja, lassen wir das. Ich gehe jedenfalls. Das ist so meine Eigenart. Andere verschlafen den Sonntagmorgen, ich gehe in die Kirche. Und hinterher geht mir's besser. Meistens zumindest. Manchmal komme ich dabei aber auch ins Grübeln. Genauso wie jetzt. Was werde ich aus meinem Leben gemacht haben? Diese Frage stellt sich mir im Schlaf nicht, allenfalls als Traum. Aber das wäre ein eigenes Thema. Friedhof hieß das Stichwort. Da geht es um das Leben. Kritisch. Leben als Krise?

Krise! Ich erinnerte mich, dass ein Pfarrer in einer Predigt bemerkte, Jesus erzählte Krisengleichnisse. Jetzt verstand ich es plötzlich. Er predigte über "Das große Weltgericht". Ein Gleichnis, ziemlich bildhaft, ziemlich einlinig: Da werden die Menschen von einem göttlichen König nach gut und böse beurteilt und entsprechend belohnt oder bestraft. Pures Mittelalter! ‚Nein', sagte der Pfarrer – einer aus meiner Generation -, ‚das ist nicht pures Mittelalter, sondern Jesus meinte nicht ein großes, zukünftiges Weltgericht, sondern sprach die Menschen um sich herum auf ihr Hier und Jetzt an: ‚Mach es dir jetzt klar, auf welche Seite zu gehörst. Jetzt ist die Krise. Jetzt fallen die Entscheidungen. Später steht alles fest. Jetzt stellst du die Weichen in deinem Leben. Du musst es dir nur klar machen.'

Damals, angesichts der gepflegten Gräber, verstand ich das. Ich drehte mich um und ging mit dem Rücken zum Friedhof auf Petra zu. Ich nahm sie in den Arm und sagte: "Du, willst du mich heiraten?"

Sie hatte schon öfters an meinem Verstand gezweifelt, aber jetzt schien ihr der Ernstfall eingetreten zu sein: "Wie kommst du denn da drauf? Heiraten ist doch mega-out!"

Mega-out! Ich hasse Modewörter, wenn es um den Ernst des Lebens geht. Den Friedhof im Rücken spürte ich: Jetzt musst du am Ball bleiben; lass dich nicht abhängen, Junge. Diese Frau und keine andere; und gemeinsam die Zukunft gestalten... Petra gegenüber gab ich diesen Überlegungen nonverbal Ausdruck, ziemlich heftig. Und dann, als wir matt nebeneinander lagen, antwortete sie nur: "Es muss nicht gleich das Standesamt sein. Aber ich habe sowieso den Blick auf den Friedhof satt. Suchen wir eine Wohnung..."

Das war der Anfang vom Ende. Jeder hätte es mir sagen können. So laufen alle diese Geschichten. Als könne man selbst gar keine alternativen Wege gehen. Aber ich weiß schon: Ich hätte es keinem geglaubt. Diese spießigen Nonkonformisten... Nur weil sie sich nicht trauen, eine verbindliche Beziehung einzugehen, machen sie gleich alles mies. O Petra! Wir hätten doch zu dir ziehen sollen. Mit dem Blick auf den Friedhof. Denn die Frage bleibt die gleiche: Was machst du aus deinem Leben? Jetzt bist du abgehaut. Vor mir kannst du fliehen, aber vor dir? Du warst es doch, die ewig gemeckert hat, die immer unzufrieden war, die ich schon im Töpferkurs in der Toskana enden sah, oder beim Aquarellkurs der VHS oder bei einem anderen Sinnersatzklub! Wenigstens bekamst du keine Migräne...

An diesen Anfang vom Ende wandern meine Gedanken zurück. Am Mittwochmorgen sah die Welt noch anders aus. Doch heute ist Donnerstag und inzwischen gibt es Petra und Bianca. Dazwischen mich! Doch mein Herz bietet nur für eine Platz. Diesen Platz nahm Bianca im Sturm. Aber darf ich Petra einfach abservieren? Das wäre unfair. Vorgaukeln darf ich ihr auch nichts. Das wäre noch unfairer. Also?

Hier gibt es nur eines: Ein Gespräch unter Männern. Wen rufe ich an? Arnold, der vertraute mir ja auch seine Beziehungsprobleme an. So fanden wir uns bei Alfred wieder und beim zweiten Bier sinnierte Arnold über meine Partnerschaftschancen. Warum habe ich Idiot ihn nur eingeweiht?! Er realisierte den Traum überhaupt nicht. Bei ihm gab es nur den Job, den Ehekrach und den Streit mit seinem Sohn. Da war kein Platz für meine Träume. Petra passte in diese bürgerlichen Kategorien, denn mit ihr hatte ich einen eheähnlichen Zoff. Aber Bianca? Dass es noch etwas anderes im Leben gibt, dass nicht alle Züge schon abgefahren sind, das machte Arnold Angst. Ungewollt, gerade durch seine bürgerliche Angst, half er mir weiter. Jetzt wusste ich mit einem Mal, was ich wollte: Petra schonend beibringen, dass wir gute Freunde bleiben, und Bianca einen goldenen Ring kaufen. Mit einem Brillanten. Denn Traum muss sein. Und mit Kollier und Diamantbrosche ab in die Karibik, unter Palmen, Liebe unter südlichem Himmel, beim Rauschen des weiten Meeres.

33 Happyend

(4. Samstag)

War es ein Fehler, alles auf eine Karte zu setzen? Meine Uhr, auf die ich alle dreißig Sekunden starre, zeigt schon fast dreiviertel elf und Bianca ist noch immer nicht da. So lange kann sie gar nicht frühstücken. Den Brunnen des Amor kenne ich in und auswendig. Bianca verhilft mir zu einer ausgezeichneten Bildung in Heimatkunde. Aber die suche ich nicht, sondern Amors Opfer. Auch das gegenüberliegende Porzellangeschäft bietet seit geraumer Zeit nichts Neues mehr. Jetzt stehe ich sinnierend vor einem Reisebüro. Meine Weltreise! Hier finden die Wünsche neue Nahrung. Aber Bianca? Wird sie die Route Brasilien, Australien, Polynesien, Indien, Ägypten, München akzeptieren? Bevorzugt sie Wanderurlaube in den Alpen? Oder kommt sie gar nicht mehr? Die Krise als Chance? Eine neue Chance, weil Bianca zur Besinnung gekommen ist?

Ich lasse die letzten vier Wochen Revue passieren. Es sind wirklich erst vier Wochen vergangen. Seitdem hat sich meine Welt grundlegend verändert. Die Trauer, die Hoffnungen, Carola, Ramona, Petras Dornröschenrolle, und der Prinz findet die Prinzessin. Glück und Alltag, vertragen sie sich? Frau Greinich geriet völlig aus meinem Blick. Wie steht sie zu der Sache? Meine alten Eltern? Die wissen nicht das Geringste. Petras Mutter? Jetzt muss ich auch an Biancas Tochter denken. Du kannst doch nicht einfach in die Welt eines Kindes eindringen. Was werden die Kollegen sagen? Wie wird Carola reagieren? Endlich mit Eifersucht? Um Bruchteile zu spät... Der Grand Canyon prangt im Schaufenster, die Golden Gate Bridge, das Empire State Building. Sollen wir in die USA fliegen? Uns ein Auto mieten, oder eine Harley-Davidson und die Route 66 entlang gondeln? Warum bieten die keine Reise zum Mond an? Oder zur Venus?! Genau, das wäre das Ziel amouröser Symbolik...

Eine zärtliche Hand tippt mich auf die Schulter: "Fahren wir nach Spanien?" Spanien?

Ende

34 Träumerisches Nachspiel

Alles klar? Alles klar. Meine Seele brodelte wie ein Vulkan. In der folgenden Nacht wachte ich auf. Mein Traum hatte mich voll gepackt. „Daran musst du dich erinnern!", befahl ich mir. Die klare Stimme des Unbewussten, hier spricht deine Seele. Also griff ich zu einem Stift und meinem Traumbuch und notierte mir, was mir noch einfiel: "Wir (eine kleine Gruppe) gehen durch (einen Hof?). Zwei Wächter / Polizisten / Soldaten wollen uns nicht passieren lassen. Sie sind weiß gekleidet wie Lakaien, mit goldenen Borden. Als wir schon durch sind, ohne uns beirren zu lassen, lassen sie nicht locker: Wir dürften hier nicht durch. Ich gehe noch einmal zurück und frage frech: Können Sie sich überhaupt ausweisen? Der Soldat lacht und zieht einen Ausweis heraus. Ich schaue ihn mir an und lache auch, ihm direkt ins Gesicht: Der Ausweis ist eine Spielkarte und zeigt einen Buben. Ich verstehe: Das Ganze ist nur ein Spiel. Aber es soll täuschend echt sein. Wir lachen auch dem zweiten Soldaten noch zu. Die anderen verstehen nichts."

Diese Szene packte mich. Ich legte Stift und Buch beiseite und mich wieder hin. Das interpretierst du morgen. Das macht bestimmt viel Vergnügen.

An meine Verblüffung, als der Soldat die Bubenkarte zog, erinnerte ich mich genüsslich. Der Gag saß. Die Lakai-Soldaten trugen weiße Kleidung. Weiß heißt Bianca auf Deutsch. Was bedeuten Lakaien für mich? Männer mit weiblichen Attributen, Weiß und Gold sind spielerisch. Zwei Frauen? Wer anders als Petra und Bianca käme in Frage: Frauen, die etwas anpacken, ihren Mann stehen. Und wer ist der Bube: Vermutlich ich selbst. Bianca zieht mich als Karte. Wir lachen Petra verschwörerisch zu: Sie versteht sich darauf: Alles ist nur ein Spiel. Ein Liebesspiel. Die Grenze, an der beide stehen, ist die Beziehung. Ich darf da nicht durch. Doch, ich darf, als ich erkenne, dass es nur durch das Spiel gelingt.

Die Krise als Chance? Das Spiel der Spiele, spielen, verspielen, verspielt spielen, spielend lieben... Ich liebe Wortspiele. Spielen heißt Mensch-Sein. Ich bin ein Homo Ludens.